L'été où je t'ai retrouvé

Jenny Han

L'été où je t'ai retrouvé

Traduit de l'anglais (américain)
par Alice Delarbre

Diplômée de la New School à New York, Jenny Han vit désormais à Brooklyn où elle partage son temps entre l'écriture et un poste de bibliothécaire dans un lycée. *L'été où je t'ai retrouvé* est la suite de *L'été où je suis devenue jolie* (Wiz).

Titre original :
IT'S NOT SUMMER WITHOUT YOU
(Première publication : Simon & Schuster Books for Young Readers,
an imprint of Simon & Schuster Children's Publishing Division,
New York, 2010)
© Jenny Han, 2010

Pour la traduction française :
© Éditions Albin Michel, 2011

J + S à tout jamais

Chapitre un

2 juillet

Une chaude journée d'été à Cousins. Je suis allongée près de la piscine, le visage protégé par un magazine. Ma mère fait une réussite sur la véranda, Susannah vaque dans la cuisine. Elle ne tardera sans doute pas à sortir avec un verre de thé glacé et un livre qu'il faut absolument que je lise. Un truc romantique.

Conrad, Jeremiah et Steven ont passé la matinée à surfer. Il y a eu un orage la veille au soir. Conrad et Jeremiah rentrent les premiers. Je les entends avant de les voir arriver. Ils montent les marches en se payant la tête de Steven, qui a perdu son maillot dans une vague particulièrement violente. Conrad s'approche de moi et soulève en souriant le magazine aux pages gondolées par la sueur.

– Tu as des mots imprimés sur les joues.

– Qu'est-ce qu'ils disent ? je demande en plissant les yeux.

Il s'accroupit à côté de moi avant de répondre :

– Je ne sais pas... Laisse-moi regarder un peu...

Il m'observe de son air sérieux. Puis il se penche pour m'embrasser, ses lèvres ont le goût frais et salé de l'océan.

– Eh ! Il y a des hôtels pour ça ! s'écrie Jeremiah.

Je sais bien qu'il plaisante. Il me fait un clin d'œil en s'avançant derrière Conrad, qu'il soulève par les aisselles et jette dans la piscine. Il plonge à son tour en hurlant :

– Viens, Belly !

Évidemment je saute, moi aussi. La température de l'eau est agréable. Plus qu'agréable. Pour rien au monde je ne voudrais être ailleurs.

– Allô ? Tu m'écoutes ou quoi ?

Taylor claquait des doigts sous mon nez ; j'ai ouvert les paupières.

– Désolée, ai-je répliqué. Qu'est-ce que tu disais ?

Je ne me trouvais pas à Cousins. Je n'étais pas avec Conrad, et Susannah nous avait quittés. Plus rien ne serait jamais pareil. Ça faisait deux mois que Susannah était morte – combien de jours ? combien de jours exactement ? –, et je n'arrivais toujours pas à y croire. Je refusais d'y croire. La perte d'un être aimé semble irréelle, comme si cet événement arrivait à quelqu'un d'autre, comme s'il s'agissait de la vie d'un étranger. Je n'ai jamais eu aucun don pour l'abstrait. Que signifie la disparition complète et totale d'une personne ?

Parfois, je fermais les yeux et je me répétais en

boucle, dans ma tête : *Ce n'est pas vrai, ce n'est pas vrai, ce n'est pas la réalité.* Pourtant il s'agissait bien de ma vie, de ma vie à présent. Depuis lors.

J'étais dans le jardin de Marcy Yoo. Les garçons chahutaient autour de la piscine et les filles lézardaient au soleil, allongées sur des serviettes de plage bien alignées. J'étais amie avec Marcy, mais les autres, Katie, Evelyn et compagnie, étaient plutôt des copines de Taylor.

Il faisait déjà plus de trente degrés, à midi tout juste passé. La journée promettait d'être caniculaire. Installée à plat ventre, je sentais la sueur perler au bas de mon dos. Je commençais même à éprouver les signes avant-coureurs d'une insolation. Le mois de juillet débutait à peine et moi, je comptais déjà les jours qui me séparaient de la fin de l'été.

— Je te demandais ce que tu avais l'intention de porter à la soirée de Justin, a répété Taylor.

Elle avait collé sa serviette à la mienne, si bien qu'on avait l'impression de partager la même.

— Aucune idée, ai-je répondu en tournant la tête pour me retrouver face à elle.

De minuscules gouttes de sueur ornaient son nez. Taylor transpirait toujours du nez en premier.

— Moi, je vais mettre la robe que j'ai achetée avec ma mère au centre commercial.

J'ai refermé les yeux. De toute façon, avec mes lunettes de soleil, elle ne pouvait pas les voir.

— Laquelle ?

– Celle avec les petits pois qui s'attache autour du cou. Je te l'ai montrée il y a deux jours, Belly, a-t-elle rétorqué en soupirant d'impatience.

– Ah oui...

Je ne m'en souvenais pas pourtant, et je savais que Taylor s'en rendait compte. Je me suis empressée de réfléchir à quelque chose de sympa à dire sur sa robe, mais j'ai soudain été perturbée par le contact glacé d'un objet en aluminium sur ma nuque. En poussant un cri de surprise, je me suis retournée et j'ai découvert Cory Wheeler mort de rire, une canette dégoulinante à la main.

Je me suis assise, puis je me suis essuyé la nuque en le fusillant du regard. J'en avais vraiment ma claque de cette journée. Je ne rêvais plus que de rentrer chez moi.

– La vache, Cory !

Il continuait de se marrer, ce qui m'a rendue encore plus dingue.

– Ce que tu peux être immature ! ai-je ajouté.

– Mais tu crevais de chaud, a-t-il protesté. J'essayais de te rafraîchir.

Je n'ai rien répondu, gardant ma main sur ma nuque. J'avais la mâchoire crispée et je sentais les regards des autres filles braqués sur moi. Le sourire de Cory a fini par s'évanouir.

– Désolé, a-t-il lancé. Tu veux le Coca ?

J'ai secoué la tête et il a haussé les épaules avant de battre en retraite vers la piscine. En me tournant, j'ai vu que Katie et Evelyn me considéraient l'air de dire :

« C'est quoi, son problème ? » J'en ai éprouvé de la gêne. Malmener Cory était aussi gratuit que torturer un adorable chiot. J'ai essayé, trop tard, de croiser son regard, mais il ne s'est pas retourné.

– Il voulait juste te faire une blague, Belly, a soufflé Taylor.

Je me suis rallongée, sur le dos cette fois. J'ai pris une profonde inspiration puis j'ai lentement expiré. La musique de l'iPod de Marcy me donnait mal au crâne. Elle était trop forte. Et je mourais de soif. J'aurais dû accepter ce Coca... Taylor s'est approchée et a remonté mes lunettes de soleil pour voir mes yeux.

– Tu es fâchée ?

– Non. Simplement, il fait trop chaud ici, ai-je répliqué en m'essuyant le front du revers du bras.

– Ne sois pas fâchée, Belly. Si Cory se conduit comme un idiot avec toi, c'est parce qu'il t'aime bien.

– N'importe quoi, ai-je riposté en détournant les yeux.

Mais elle avait raison et je le savais. Même si j'aurais préféré le contraire.

– Tu peux dire ce que tu veux, il craque carrément sur toi. Je continue d'ailleurs à penser que tu devrais lui laisser une chance. Ça t'aidera à oublier qui-tu-sais.

Comprenant que je n'avais aucune envie d'en discuter, elle a ajouté :

– Et si je te faisais une tresse africaine pour la soirée ? Je pourrais l'attacher sur le côté, comme l'autre fois.

– D'accord.

– Qu'est-ce que tu comptes mettre ?

– Je ne sais pas encore.

– Il faut que tu sois jolie, tout le monde sera là, a-t-elle insisté. Je passerai chez toi, on se préparera ensemble.

Depuis la quatrième, Justin Ettelbrick organisait toujours en juillet une grande fête pour son anniversaire. Habituellement, je me trouvais à Cousins Beach, à des millions de kilomètres de la maison et de mes amis du lycée. Je n'avais jamais regretté d'être absente, même lorsque Taylor m'avait parlé de la machine à barbes à papa que les parents de Justin avaient louée une année, ou des feux d'artifice lancés au-dessus du lac à minuit.

Pour la première fois de ma vie, je pourrais assister à l'anniversaire de Justin ; pour la première fois de ma vie, je ne passerais pas l'été à Cousins. Ça, en revanche, je le regrettais. Je devais en faire mon deuil : j'avais toujours cru que l'été resterait éternellement synonyme de Cousins. La maison de Susannah était le seul endroit où je rêvais d'être. Rien ne changerait jamais ça.

– Tu viens bien ce soir ? m'a demandé Taylor.

– Ouais, je te l'ai dit.

– Bien sûr, mais... a-t-elle rétorqué, le nez plissé, avant de s'interrompre. Laisse tomber.

Je savais qu'elle espérait que la vie reprendrait son cours normal, qu'elle redeviendrait comme avant. Mais c'était impossible. Je ne serais plus jamais celle que j'avais été.

J'y croyais, pourtant. Je croyais qu'en le souhaitant suffisamment fort les choses se résoudraient d'elles-mêmes. Comme Susannah, je croyais au destin. Conrad était l'objet des vœux que je faisais à chaque anniversaire, à chaque étoile filante, à chaque cil perdu, à chaque pièce lancée dans une fontaine. J'avais la conviction qu'il en serait toujours ainsi.

Taylor voulait que j'oublie Conrad, que je le raye de mon esprit et de ma mémoire. Elle me répétait sans cesse : « Tout le monde doit guérir de son premier amour, c'est un rite de passage. » Conrad n'était pas seulement mon premier amour. Ni un rite de passage. Conrad était tellement plus. Jeremiah, Susannah et lui appartenaient à ma famille. Dans mes souvenirs, ils seraient toujours liés. L'un dépendait des deux autres.

Oublier Conrad, le bannir de mon cœur, prétendre qu'il n'avait jamais existé reviendrait à effacer également Susannah de ma vie. Et ça, j'en étais incapable.

Chapitre deux

Habituellement, à la fin des cours, en juin, nous remplissions la voiture et nous prenions la route de Cousins. La veille, ma mère allait faire le plein de bouteilles de jus de pomme, de lots de barres chocolatées, de crème solaire et de céréales complètes. Chaque fois que je la suppliais d'acheter des Miel Pops ou des Chocapic, elle me répondait : « Beck aura ce qu'il faut pour te donner des caries, ne t'inquiète pas. » Elle avait raison bien sûr. Susannah – Beck pour ma mère – raffolait autant que moi des céréales pour enfants. Nous en consommions une quantité impressionnante l'été. Un paquet ouvert ne durait jamais longtemps. Une année, les garçons en avaient mangé matin, midi et soir. En dignes fils de leur mère, Jeremiah et Conrad adoraient ça. Mon frère, Steven, avait une préférence pour les Frosties, Jeremiah les Chocapic et Conrad les Smacks. Quant à moi, j'aurais pu avaler n'importe quel aliment recouvert d'une couche de sucre.

Depuis ma naissance, j'avais passé tous les étés à Cousins. Tous, sans exception. Presque dix-sept étés à vivre dans l'ombre des garçons, à espérer qu'un jour je réussirais à faire partie intégrante de leur bande. La bande des garçons. J'avais fini par atteindre mon but pourtant, même si maintenant il était trop tard. L'an dernier, la nuit précédant notre départ, nous nous étions juré, dans la piscine, de toujours revenir. Les serments se rompent avec une facilité effrayante. Sur un claquement de doigts.

De retour à la maison, après les vacances, j'avais attendu. Août avait cédé le pas à septembre, les cours avaient recommencé et mon attente s'était prolongée. Ce n'était pas comme si nous nous étions fait de grandes déclarations, Conrad et moi. Ce n'était pas comme s'il était mon petit copain. Nous avions seulement échangé un baiser. Il rentrait à la fac, où il croiserait un million d'autres filles. Des filles qui ne devaient pas être chez elles avant onze heures, des filles qui habitaient sur le campus comme lui, toutes plus intelligentes et plus jolies que moi, des filles mystérieuses qui avaient l'attrait de la nouveauté – ce qui ne serait jamais mon cas.

Je pensais à lui sans arrêt, à ce que tout ça signifiait, à ce que nous représentions l'un pour l'autre. Parce que nous ne pouvions pas faire marche arrière. En tout cas moi, je ne pouvais pas. Ce qui était arrivé – entre Conrad et moi, entre Jeremiah et moi – changeait tout. Le téléphone n'ayant toujours pas sonné début septembre, j'avais été contrainte de me raccrocher à un souvenir, à la façon dont Conrad m'avait regardée le dernier soir, pour être sûre qu'il y avait encore de l'espoir. Pour être sûre que je n'avais pas tout imaginé, que c'était impossible.

D'après ma mère, Conrad avait emménagé dans le dortoir de la fac, il partageait sa chambre avec un type pénible et Susannah craignait qu'il ne mange pas à sa faim. Ma mère égrenait ces informations l'air de rien, au fil d'une conversation anodine, pour ne pas me froisser. Je ne lui posais jamais aucune question. Je savais qu'il finirait par appeler. Je le savais. Il fallait juste que je me montre patiente.

Le coup de fil est arrivé la deuxième semaine de septembre, soit trois semaines après notre départ de Cousins. Je mangeais de la glace à la fraise dans le salon tout en me battant avec Steven pour la télécommande. Quoi de plus naturel un lundi soir à vingt et une heures ? La sonnerie du téléphone a retenti, et ni Steven ni moi n'avons esquissé le moindre geste pour décrocher. Celui qui se lèverait perdrait la bataille pour le choix du programme télé.

Ma mère a répondu depuis son bureau. Elle est venue dans le salon avec le combiné en disant :

– Belly, c'est pour toi. Conrad, a-t-elle ajouté avec un clin d'œil.

Tous mes sens étaient en alerte. J'entendais le murmure de l'océan, le grondement des vagues. J'avais l'impression d'être droguée. D'être sur un nuage. Mon attente était enfin récompensée ! Ma persévérance et ma patience avaient payé.

Steven a brisé mon rêve. L'air renfrogné, il a demandé :

– Pourquoi Conrad te téléphonerait à toi ?

Je l'ai ignoré et j'ai pris le combiné des mains de ma mère. Je me suis éloignée de Steven, de la télécommande et de la glace à la fraise en train de fondre. Plus rien ne comptait.

Je n'ai pas prononcé un mot avant d'avoir rejoint l'escalier. Une fois assise sur les marches, j'ai essayé de chasser le sourire de mon visage – je savais qu'il l'entendrait à l'autre bout du fil –, et j'ai lancé :

– Salut.

– Salut. Quoi de neuf ?

– Pas grand-chose.

– Devine quoi ? Le type avec qui je partage ma chambre ronfle plus fort que toi.

Il a rappelé le lendemain soir et le surlendemain. Chaque fois, nous avons discuté pendant des heures. Au début, Steven n'a pas compris la raison de ces appels.

– Pourquoi est-ce que Conrad te téléphone sans arrêt ?

– À ton avis ? Il m'aime bien. On s'aime bien.

Steven a failli vomir.

– Il a perdu la boule, a-t-il dit en secouant la tête.

– Ça te paraît si fou que ça ? Que Conrad Fisher m'apprécie ? ai-je demandé en croisant les bras d'un air de défiance.

Il n'a même pas eu besoin de réfléchir avant de répondre :

– Oui. Complètement fou.

Il n'avait pas tort : ça l'était.

J'avais l'impression de vivre un rêve. Incroyable. Après toutes ces années à me morfondre, à me languir, à espérer, après tous ces étés, il m'appelait enfin. Il aimait discuter avec moi. Je le faisais rire même quand il n'en avait pas envie. Je comprenais ce qu'il traversait, parce que je traversais la même épreuve d'une certaine façon : nous n'étions pas nombreux à aimer Susannah aussi fort. Je croyais que ça suffirait.

Nous partagions quelque chose. Quelque chose d'indéfini, mais quelque chose.

À plusieurs reprises, il a fait trois heures et demie de route pour venir de la fac jusque chez moi. Une fois, il a même passé la nuit à la maison, parce que ma mère refusait de le laisser reprendre le volant si tard. Il a dormi dans la chambre d'amis et j'ai mis des heures à trouver le sommeil, pensant qu'il était à quelques mètres de moi, chez moi.

Si Steven ne nous avait pas collés comme ça, je sais que Conrad aurait au moins tenté de m'embrasser. Mais avec mon frère dans les parages, c'était quasiment mission impossible. Pendant qu'on regardait la télé, Steven s'affalait exprès entre nous deux. Il entreprenait Conrad sur des sujets auxquels je ne comprenais rien ou dont je me fichais, comme le football. Un soir, lorsque j'ai proposé à Conrad d'aller manger une crème glacée dehors après le dîner, Steven s'est empressé d'approuver :

– Bonne idée !

Je l'ai fusillé du regard, mais il s'est contenté de sourire. Du coup, Conrad m'a pris la main devant Steven en lançant :

– Allons-y tous ensemble.

Même ma mère nous a accompagnés. Je n'arrivais pas à le croire : j'allais à un rendez-vous avec ma mère et mon frère sur la banquette arrière.

Avec le recul, pourtant, je réalise que la nuit incroyable que nous avons passée ensemble en décembre n'en a paru que plus exquise. Nous sommes retournés à Cousins, rien que nous deux, Conrad et moi. Des moments aussi parfaits sont rares. Et cette nuit était parfaite. Le genre de nuits qui vaut le coup d'attendre.

Je suis heureuse que nous ayons partagé ce moment.

Parce que, en mai, c'était fini.

Chapitre trois

2 juillet

Je suis partie tôt de chez Marcy. J'ai dit à Taylor que je voulais me reposer en prévision de la soirée de Justin. Ce n'était pas entièrement faux. Je comptais me reposer, mais je me fichais de la fête. Dès que je me suis retrouvée chez moi, j'ai enfilé mon tee-shirt de Cousins, trop grand de plusieurs tailles, rempli une bouteille d'eau de jus de raisin et de glace pilée, et regardé la télé jusqu'à me donner mal à la tête.

Le calme régnait, un vrai bonheur. Seuls les sons de la télé et de la soufflerie de la climatisation, qui se déclenchait de temps à autre, troublaient le silence. J'avais la maison à moi toute seule. Steven travaillait dans un magasin d'électroménager pendant les grandes vacances. Il économisait pour s'offrir un écran plat de 50 pouces qu'il emporterait à la fac avec lui, à l'automne. Ma mère était là, mais elle passait toutes ses journées enfermée dans son bureau, prétendument pour rattraper du travail en retard.

Je comprenais. À sa place, j'aurais préféré la solitude, aussi.

Taylor a débarqué vers dix-huit heures, armée de sa trousse à maquillage rose Victoria's Secret. Quand elle m'a découverte affalée sur le canapé avec mon tee-shirt trop grand, elle s'est renfrognée.

– Belly ! Tu ne t'es même pas douchée ?

– Si, ce matin, ai-je répliqué sans me lever.

– Ouais, avant de passer la journée entière à transpirer au soleil.

Elle m'a attrapée par les bras pour me redresser en position assise et je me suis laissé faire.

– Dépêche-toi d'aller te laver, a-t-elle ajouté.

Je l'ai suivie au premier étage et elle a patienté dans ma chambre pendant que je me rendais dans la salle de bains. Je n'avais jamais pris de douche aussi rapide de toute ma vie. Taylor était une sacrée fouineuse et elle profiterait d'être seule pour fouiller dans mes affaires, comme si c'étaient les siennes. Je l'ai trouvée assise par terre devant mon miroir, occupée à s'appliquer de l'autobronzant sur les joues.

– Tu veux que je te maquille ? a-t-elle proposé.

– Non, merci. Ferme les yeux pendant que je m'habille, d'accord ?

Elle a obtempéré avec une moue d'exaspération.

– Ce que tu peux être prude, Belly !

– Et alors ? ai-je répliqué en enfilant ma culotte et mon soutien-gorge, puis mon tee-shirt de Cousins. C'est bon.

Taylor a écarquillé les yeux et a commencé à appliquer le mascara.

– Je pourrais te vernir les ongles, a-t-elle proposé. J'ai trois nouvelles couleurs.

– Nan, pas la peine, ai-je rétorqué en exhibant mes mains aux ongles rongés jusqu'au sang.

Taylor a fait une grimace puis a repris :

– Qu'est-ce que tu vas mettre, alors ?

– Ça.

J'ai caché mon sourire : je lui montrais mon tee-shirt de vacances. Je l'avais porté si souvent que de minuscules trous étaient apparus tout autour de l'encolure et que le tissu était aussi agréable que celui d'un doudou. J'aurais aimé pouvoir le garder pour la soirée.

– Très drôle, a-t-elle répliqué en se dandinant à genoux jusqu'à ma penderie.

Elle s'est relevée pour farfouiller, repoussant les cintres au fur et à mesure – comme si elle n'en connaissait pas le contenu par cœur... D'ordinaire je m'en fichais, mais aujourd'hui un rien me contrariait.

– C'est bon, Taylor. Mon short en jean et un débardeur feront l'affaire.

– Belly, on est censés s'habiller pour l'anniversaire de Justin. Tu ne peux pas le savoir, tu n'es jamais venue, mais ton vieux short en jean ne convient pas du tout.

Elle a sorti ma robe d'été blanche. La dernière fois que je l'avais portée, j'accompagnais Cam à une soirée, l'été précédent. Susannah avait dit qu'elle me mettait en valeur. Je me suis approchée pour la lui prendre des mains et la ranger.

– Elle est tachée, ai-je expliqué. Je trouverai autre chose.

Taylor s'est réinstallée devant le miroir en lançant :

– Dans ce cas, il reste la robe noire, celle avec les petites fleurs. Elle te fait une poitrine magnifique.

– Elle est trop serrée pour moi, maintenant.

– Allez, Belly !

Avec un soupir, je l'ai enlevée de son cintre pour l'enfiler. Parfois, il valait mieux céder à Taylor. Nous étions amies, meilleures amies, depuis l'enfance. Depuis si longtemps que notre relation était régie par l'habitude, que personne n'avait plus vraiment son mot à dire sur ses modalités.

– Tu vois ? Carrément sexy, a-t-elle approuvé en s'approchant pour remonter la fermeture Éclair dans mon dos. Parlons de notre plan d'action, maintenant.

– Quel plan d'action ?

– Je pense que tu devrais sortir avec Cory Wheeler ce soir.

– Taylor...

Elle m'a interrompue d'un geste de la main.

– Laisse-moi terminer. Cory est supergentil et super-mignon. S'il faisait un peu de sport pour se muscler, il ressemblerait à un mannequin.

– Je t'en prie, ai-je rétorqué avec un ricanement.

– En tout cas, il est au moins aussi mignon que C.

Elle ne l'appelait plus jamais par son prénom. Il était devenu « qui-tu-sais » ou « C ».

– Taylor, arrête de me mettre la pression. Ce n'est pas parce que tu as décidé qu'il fallait que je l'oublie que j'y arriverai.

– Tu pourrais essayer au moins, a-t-elle repris d'un ton radouci. Cory t'y aidera peut-être. Ça ne le dérangerait pas...

– Si tu parles encore une fois de lui, je ne t'accompagne pas à la soirée.

J'étais sincère. J'espérais même qu'elle le mentionnerait à nouveau : ça me donnerait une excuse pour ne pas sortir.

– D'accord, d'accord, a-t-elle dit en écarquillant les yeux. Désolée. Plus un mot.

Se munissant de sa trousse à maquillage, elle est venue s'asseoir sur le bord de mon lit. Je me suis installée à ses pieds. Avec un peigne, elle a séparé mes cheveux en plusieurs mèches et les a rapidement tressées de ses doigts agiles. Une fois la natte achevée, elle l'a ramenée sur mon crâne et l'a attachée sur le côté. Aucune de nous n'a ouvert la bouche avant qu'elle ait terminé.

– J'adore quand tu te coiffes comme ça, Belly. Tu ressembles à une Indienne, une princesse Cherokee ou un truc dans le genre.

Je me suis esclaffée, puis j'ai aussitôt repris mon sérieux. Taylor a croisé mon regard dans le miroir.

– Tu as le droit de rire, tu sais. Tu as le droit de t'amuser.

– Je sais, ai-je répondu même si je n'en pensais pas un mot.

Avant de sortir, je suis passée voir ma mère dans son bureau. Elle était dissimulée derrière des dossiers et des piles de papiers. Susannah avait fait d'elle son exécutrice testamentaire, ce qui signifiait sans doute beaucoup de travail administratif. Ma mère était souvent au téléphone avec l'avocat de Susannah pour régler différents détails. Elle voulait respecter à la lettre les dernières volontés de Beck.

Susannah nous avait laissé, à Steven et moi, de l'argent pour la fac. Elle m'avait également légué des bijoux. Un bracelet de saphirs que je me voyais mal porter. Un collier de diamants pour le jour de mon mariage – elle l'avait spécifié dans son testament. Des boucles d'oreilles en opale et la bague assortie. Ces dernières pièces étaient mes préférées.

– Maman ?

– Oui ? a-t-elle répondu en relevant la tête.

– Tu as dîné ?

Je connaissais la réponse : elle n'avait pas quitté son bureau depuis que j'étais rentrée à la maison.

– Je n'ai pas faim. Si le frigo est vide, vous n'avez qu'à commander une pizza.

– Je peux te préparer un sandwich, ai-je proposé.

J'avais fait des courses en début de semaine – avec Steven, on se relayait. À mon avis, elle avait même oublié que c'était le week-end du 4 Juillet.

– Non merci. Je descendrai me préparer quelque chose dans un moment.

– D'accord.

Après une hésitation, j'ai ajouté :

– Je vais à une soirée avec Taylor. Je ne rentrerai pas tard.

Dans le fond, j'espérais qu'elle me demanderait de rester à la maison. J'avais envie de le proposer, de lui suggérer de regarder un film sur le câble en mangeant du pop-corn. Mais elle s'était déjà replongée dans les papiers.

– Bonne idée, a-t-elle lancé d'un air distrait en mâchouillant son stylo-bille. Sois prudente.

J'ai refermé la porte derrière moi en la quittant. Taylor m'attendait dans la cuisine, elle envoyait des textos.

– Il faut qu'on se dépêche.

– Une minute, je dois faire un dernier truc.

J'ai sorti du frigo de quoi préparer un sandwich à la dinde : moutarde, fromage, pain blanc.

– Belly, il y aura à manger là-bas. Ne t'empiffre pas maintenant.

– C'est pour ma mère.

J'ai placé le sandwich sur une assiette que j'ai recouverte de film transparent et que j'ai posée sur le bar, bien en vue.

La soirée de Justin répondait en tout point à la description que Taylor m'en avait donnée. La moitié de notre classe était présente et les parents de Justin invisibles. Des torches éclairaient le jardin et les enceintes vibraient tant la musique était forte. À notre arrivée, des filles dansaient déjà.

Il y avait un énorme tonneau de bière et une grande glacière rouge. Justin s'occupait du barbecue, faisant griller des steaks et des saucisses. Il portait un tablier qui disait : « Un bisou pour le chef ! »

– Comme si tout le monde rêvait de l'embrasser, a ricané Taylor.

Elle avait voulu sortir avec lui au début de l'année, avant de se mettre avec Davis. Justin et elle s'étaient vus deux ou trois fois, puis il l'avait laissé tomber pour une fille de terminale.

J'avais oublié de m'enduire d'anti-moustiques et je servais de dîner aux bestioles. Je n'arrêtais pas de me plier en deux pour me gratter les jambes, mais ça m'était égal. J'étais même contente d'avoir quelque chose à faire. J'avais peur de croiser accidentellement le regard de Cory, qui traînait près de la piscine. Certains buvaient de la bière dans des gobelets en plastique rouge. Taylor m'a apporté un jus de fruits sirupeux au goût chimique. Après deux gorgées, je l'ai abandonné sur une table.

Dès qu'elle a repéré Davis près de la table de ping-pong, elle m'a entraînée par la main. Nous nous sommes approchées de lui par-derrière, et Taylor l'a enlacé.

– Attrapé ! s'est-elle écriée.

Il s'est retourné et l'a embrassée comme s'ils ne s'étaient pas séparés à peine quelques heures plus tôt.

29

Je suis restée plantée là une minute, mal à l'aise, serrant mon sac à main et promenant mon regard alentour, partout sauf sur eux. Il s'appelait Ben Davis en réalité, mais tout le monde se contentait de Davis. Il était très mignon : il avait des fossettes et des yeux verts, qui rappelaient les tessons de verre polis par l'océan. Il était petit, ce qui, au début, représentait un problème majeur pour Taylor mais dont elle prétendait se ficher maintenant. Je détestais aller au lycée en voiture avec eux, parce qu'ils ne se lâchaient pas la main du trajet et que je me retrouvais seule sur la banquette arrière, comme une enfant. Ils rompaient au moins une fois par mois, alors qu'ils ne sortaient ensemble que depuis avril. À l'occasion de l'une de leurs disputes, il avait appelé Taylor en larmes pour la supplier de ne pas le quitter, et elle avait mis le haut-parleur. Je m'étais sentie coupable d'assister à leur échange, et en même temps jalouse – pour ne pas dire ébahie – de constater qu'il tenait à ce point à elle. Au point de pleurer.

– Pete doit aller aux toilettes, a dit Davis en enlaçant Taylor. Tu joues avec moi jusqu'à son retour ?

Elle a secoué la tête en se tournant vers moi.

– Je ne peux pas abandonner Belly.

Je lui ai jeté un regard noir.

– Taylor, je n'ai pas besoin de baby-sitter. Joue !

– Tu es sûre ?

– Évidemment.

Je me suis éloignée sans lui laisser le temps de discuter. J'ai salué Marcy, Frankie, avec qui je prenais le bus au collège, Alice, ma meilleure amie à l'école maternelle et Simon, qui avait sa photo à côté de la mienne dans l'annuaire du lycée. Je connaissais la plupart des gens présents depuis toujours, pourtant Cousins ne m'avait jamais manqué autant qu'à cet instant.

Du coin de l'œil, j'ai aperçu Taylor en pleine discussion avec Cory et je me suis enfuie pour éviter qu'elle ne m'interpelle. Je me suis servi un soda puis je me suis approchée du trampoline. Personne ne semblait vouloir l'utiliser, j'ai retiré mes tongs et j'ai grimpé dessus. Je me suis placée au milieu, veillant à bien plaquer ma robe sur mes jambes. Les étoiles brillaient déjà dans le ciel, comme autant de petits diamants éclatants. J'ai vidé d'un coup mon Coca et étouffé quelques hoquets en regardant alentour pour vérifier que personne ne m'avait entendue. Tout le monde était aggluciné autour de la maison. J'ai entrepris ensuite de compter les étoiles, ce qui est à peu près aussi idiot que de dénombrer les grains de sable sur une plage, mais je l'ai fait quand même, pour m'occuper. Je me suis demandé combien de temps je devais attendre avant de pouvoir m'éclipser discrètement et rentrer chez moi. Nous étions venues avec ma voiture, Taylor et moi, mais Davis pourrait très bien la raccompagner. Puis je me suis posé une question : est-ce que j'attirerais l'attention en emportant quelques hot-dogs pour plus tard ?

Je n'avais pas pensé à Susannah pendant deux heures au moins. Peut-être que Taylor avait raison, peut-être que j'étais à ma place, ici. Si je continuais à regretter

Cousins, à garder les yeux tournés vers le passé, je me condamnerais à un malheur éternel.

J'étais en train de réfléchir à tout ça quand Cory Wheeler s'est hissé sur le trampoline et m'a rejointe au centre. Il s'est allongé à côté de moi et a lancé :

– Salut, Conklin !

Depuis quand nous appelions-nous par notre nom de famille ? J'ai tout de même répondu, sur le même mode :

– Salut, Wheeler !

Je m'efforçais de ne pas le regarder et de me concentrer sur le dénombrement des étoiles plutôt que sur sa proximité. Il s'est redressé sur un coude et a demandé :

– Tu passes une bonne soirée ?

– Ouais.

Je commençais à avoir mal au ventre. Fuir Cory finirait par me donner un ulcère.

– Des étoiles filantes ?

– Pas encore.

Il sentait l'eau de Cologne, la bière et la sueur, ce qui étrangement ne constituait pas un mauvais mélange. Les grillons étaient si bruyants qu'ils couvraient la musique et que la soirée paraissait se dérouler à des kilomètres de là.

– Alors Conklin...

– Quoi ?

– Tu vois toujours le type que tu as amené au bal de promo ? Le type au monosourcil.

J'ai souri, je n'ai pas pu m'en empêcher.

– Conrad n'a pas un monosourcil. Et non. On a...
euh... on s'est séparés.

– Tant mieux.

Ses mots ont flotté un moment entre nous. On se
trouvait à un embranchement : la soirée pouvait
prendre deux routes différentes. Si je me penchais légèrement sur la gauche, je pourrais l'embrasser. Il me suffirait de fermer les paupières et de me perdre en lui.
D'oublier le reste. De faire semblant.

Même si Cory était mignon, et gentil, il n'était pas
Conrad. Et de loin. Cory avait le mérite de la sim-
plicité, comme une coupe en brosse : bien droit sans
un cheveu qui dépasse. Pas Conrad. Il suffisait d'un
regard ou d'un sourire de Conrad pour me boule-
verser. Cory m'a donné une petite chiquenaude
espiègle.

– Alors Conklin... on pourrait...

Je me suis assise et j'ai lâché la première chose qui
me passait par la tête :

– Mince, il faut que je fasse pipi. À plus !

En me démenant, je suis redescendue du trampoline,
puis j'ai récupéré mes tongs et j'ai filé vers la maison.
J'ai fondu sur Taylor que j'avais repérée près de la piscine.

– Je dois te parler, ai-je soufflé, en l'entraînant vers
le buffet. Il y a environ cinq secondes, Cory Wheeler m'a
quasiment demandé de sortir avec lui.

– Et ? Tu as répondu quoi ? a-t-elle rétorqué, le regard
brillant.

Je lui en voulais de jubiler à ce point, comme si tout se déroulait selon son plan.

– J'ai dit que je devais faire pipi.

– Belly ! Retourne là-bas immédiatement ! Bouge-toi les fesses et va l'embrasser !

– Tu peux arrêter deux secondes ? Je t'ai expliqué que je n'étais pas intéressée par Cory. Je vous ai vus discuter ensemble tout à l'heure. C'est toi qui lui as conseillé de me parler ?

– Eh bien... a-t-elle dit en haussant les épaules. Il en pince pour toi depuis le début de l'année et n'ose pas faire le premier pas. Alors, oui, il se pourrait que je l'aie légèrement encouragé dans cette voie. Vous aviez l'air tellement mignons sur le trampoline, tous les deux.

– J'aurais préféré que tu te taises.

– Je voulais juste t'aider à te changer les idées.

– Oui, eh bien, je n'ai pas besoin de toi.

Nous nous sommes affrontées du regard pendant une minute. Certains jours, comme celui-ci, j'avais envie de lui tordre le cou. Taylor passait son temps à me dicter ma conduite. Je commençais à en avoir ma claque qu'elle me pousse dans telle ou telle direction, qu'elle m'habille comme si j'étais une de ses poupées miteuses. Il en avait toujours été ainsi entre nous.

Pourtant, grâce à elle, je tenais enfin une excuse pour partir, ce qui était un soulagement.

– Je crois que je vais rentrer.

– Qu'est-ce que tu racontes ? On vient à peine d'arriver.

– Je ne suis pas d'humeur à faire la fête, d'accord ?

Je devais sans doute commencer à lui taper sur les nerfs, moi aussi, parce qu'elle a répliqué :

– Ça a assez duré, Belly. Tu te morfonds depuis des mois, ce n'est pas sain... Ma mère pense que tu devrais voir quelqu'un.

– Quoi ? Tu en as discuté avec ta mère ? me suis-je exclamée en la foudroyant du regard. Dis-lui de garder ses conseils psy pour Ellen.

Taylor a failli s'étrangler.

– Je n'arrive pas à croire que tu sois aussi cruelle, Belly !

D'après la mère de Taylor, leur chatte Ellen souffrait de dépression saisonnière. Elles l'avaient mise sous antidépresseurs tout l'hiver et, ne voyant pas d'amélioration au printemps, l'avaient envoyée chez un chuchoteur pour chats. Ça n'avait servi à rien. À mon avis, Ellen était tout simplement mauvaise. J'ai pris une inspiration avant de lâcher :

– Je t'ai écoutée te lamenter sur le sort de ta chatte pendant des mois, et maintenant que Susannah est morte tu voudrais que je l'oublie en sortant avec Cory et en jouant au ping-pong ? Désolée, mais j'en suis incapable.

Taylor a rapidement observé les alentours puis s'est penchée vers moi.

– Ne fais pas comme si Susannah était la seule raison de ta tristesse, Belly. Conrad contribue à ton chagrin, et tu le sais.

Je n'en revenais pas qu'elle me balance un truc pareil, aussi blessant. Aussi blessant parce que vrai. Mais ça restait un coup bas. Mon père répétait que Taylor était indomptable ; il avait raison. Mais, pour le meilleur et pour le pire, nous étions liées l'une à l'autre.

– Tout le monde ne peut pas te ressembler, Taylor, ai-je riposté sans réelle méchanceté.

– Non, mais tu pourrais essayer, a-t-elle répondu avec un petit sourire. Écoute, je suis désolée pour Cory. Je veux juste ton bonheur.

– Je sais.

Elle m'a enlacée et je ne me suis pas dégagée.

– Ça va être un été incroyable, tu verras.

– Incroyable, ai-je répété.

Je voulais simplement en voir le bout. Continuer à aller de l'avant. Si je réussissais à survivre à cet été, le suivant serait plus facile. Il le fallait. Je suis donc restée un peu plus longtemps. Installée sur la véranda avec Davis et Taylor, j'ai regardé Cory draguer une fille de seconde. J'ai mangé un hot-dog. Puis je suis rentrée.

À la maison, j'ai trouvé le sandwich sur le bar, sous son film en plastique. Je l'ai rangé dans le frigo avant de monter. La lumière était allumée dans la chambre de ma mère, mais je ne me suis pas arrêtée pour lui souhaiter une bonne nuit. J'ai filé directement à la mienne, j'ai enfilé mon tee-shirt de Cousins et défait ma tresse, puis je me suis lavé les dents et le visage. Je me suis glissée entre les draps et j'ai commencé à

réfléchir. Voilà à quoi allait ressembler la vie maintenant. Sans Susannah. Sans les garçons.

Ça durait depuis deux mois. J'avais survécu à juin, en
me répétant comme un mantra : *J'en suis capable.* Il suffisait d'aller au cinéma avec Taylor et Davis, de me baigner dans la piscine de Marcy, peut-être même de sortir
avec Cory Wheeler. Si je suivais ce programme, ça irait.
Si j'arrivais à oublier combien j'étais heureuse autrefois, tout serait sans doute plus simple.

Pourtant cette nuit-là, quand j'ai enfin réussi à
m'endormir, j'ai rêvé de Susannah et de la maison de
vacances ; même dans mon sommeil je savais que mon
bonheur, que ma place étaient là-bas. Et on a beau
déployer tous les efforts du monde, on ne peut pas
s'empêcher de rêver.

Chapitre quatre

Jeremiah

Rien de tel pour perdre pied que voir son père pleurer. Peut-être pas pour tout le monde. Peut-être que certains pères n'ont aucun problème à exprimer leurs émotions, même avec des larmes. Pas le nôtre. Le nôtre ne pleure pas et il ne nous a jamais encouragés dans cette voie. Pourtant à l'hôpital, et au funérarium, il a chialé comme un petit garçon abandonné.

Notre mère est morte un matin, de bonne heure. Tout est arrivé si vite qu'il m'a bien fallu une minute pour comprendre ce qui se passait. On ne percute pas immédiatement. Plus tard ce soir-là, la première nuit sans elle, on s'est retrouvés tous les deux, Conrad et moi. On n'avait pas été seuls depuis des jours.

La maison était si calme. Notre père était au funérarium avec Laurel. Les autres proches dormaient à l'hôtel. Il n'y avait que Rad et moi. Toute la journée, les visites s'étaient succédé, mais il ne restait que nous à présent.

On était installés à la table de la cuisine. On nous

avait envoyé un tas de trucs à manger. Des corbeilles de fruits, des plateaux de sandwichs, un gâteau au café. Une énorme boîte en fer-blanc remplie de sablés. Avec mes doigts, j'ai détaché un morceau de gâteau au café, que j'ai enfourné. Il était sec, mais je me suis resservi.

– Tu en veux ? ai-je proposé à Conrad.

– Nan.

Il buvait du lait. Je me suis demandé si sa date de péremption n'était pas dépassée. Je ne me souvenais pas de la dernière fois que quelqu'un avait fait des courses pour la maison.

– Comment ça se passe demain ? ai-je repris. Tout le monde vient ici ?

– Sans doute, a-t-il répondu en haussant les épaules.

Il avait une moustache de lait.

On ne s'est rien dit de plus. Il est monté dans sa chambre et j'ai rangé la cuisine. Puis, vaincu par la fatigue, j'ai grimpé au premier à mon tour. J'ai hésité à rejoindre Conrad, parce que même si on ne parlait pas, je préférais être avec lui, pour me sentir moins seul. J'ai attendu une seconde devant sa porte avant de frapper et je l'ai entendu pleurer. Des sanglots étouffés. Je ne suis pas entré, je l'ai laissé seul. Je savais que c'était ce qu'il voulait. Je suis allé me coucher dans mon lit. Et j'ai pleuré, moi aussi.

Chapitre cinq

Je portais mes vieilles lunettes le jour de l'enterrement, celles avec la monture en plastique rouge. En les chaussant, j'ai eu l'impression d'enfiler un manteau devenu trop petit. J'avais la tête qui tournait, mais ça m'était égal. Susannah avait toujours aimé ces lunettes : elle disait qu'avec j'avais l'air d'être la fille la plus futée de la pièce, le genre de fille qui a un but et qui sait exactement comment l'atteindre. J'avais relevé mes cheveux, parce que c'était sa coiffure préférée. Elle disait que ça mettait mon visage en valeur.

Il me semblait important de respecter son avis. J'avais beau savoir qu'elle n'avait prononcé ces paroles que pour m'aider à me sentir bien, elles me paraissaient vraies. Je croyais tout ce qui sortait de la bouche de Susannah. Je la croyais même quand elle prétendait qu'elle ne partirait jamais. Et je n'étais pas la seule ; je suis sûre que ma mère en était également persuadée. Nous avons tous été pris au dépourvu par sa mort, alors qu'elle était devenue inéluctable. Nous étions incapables de l'admettre. Pas notre Susannah, pas Beck. On entend toujours parler de guérisons miraculeuses défiant les pronostics. J'avais la certitude que Susannah serait l'un de ces cas. Même s'il n'y avait qu'une chance sur un million : elle serait celle-là.

Son état s'est dégradé rapidement. À tel point que ma mère faisait la navette entre la maison de Susannah, à Boston, et la nôtre, un week-end sur deux au début, puis plus fréquemment par la suite. Elle a dû prendre un congé au travail. Elle avait sa chambre chez Susannah.

La nouvelle est arrivée un matin, très tôt. Le jour n'était pas encore levé. Elle était forcément mauvaise : seules les mauvaises nouvelles ne peuvent pas attendre. Dès la première sonnerie du téléphone, même si je dormais encore, j'ai su. Susannah nous avait quittés. Je suis restée dans mon lit, attendant que ma mère vienne me l'annoncer. Je l'ai entendue s'agiter dans sa chambre, puis la douche s'est mise à couler.

Comme elle ne venait pas, j'ai fini par me lever. Elle faisait déjà sa valise, les cheveux mouillés. Elle a tourné vers moi des yeux las et vides.

– Beck est morte.

C'est tout ce qu'elle a dit.

J'ai senti mon ventre se serrer, mes genoux se dérober. Je me suis laissée glisser à terre, prenant le mur comme appui. Je croyais savoir ce qu'on ressentait quand on avait le cœur brisé. Je croyais que c'était ce qui m'était arrivé au bal de promo, lorsque j'avais été

41

abandonnée. Ce n'était rien. Là, là j'avais le cœur brisé. La douleur dans la poitrine et derrière les yeux. La conscience que plus rien ne sera jamais pareil. Tout est relatif, je suppose. On se figure qu'on connaît l'amour, qu'on connaît la véritable souffrance, mais c'est faux. On ignore tout.

Je ne me rappelle plus à quel moment j'ai commencé à pleurer. Une fois les vannes ouvertes, je ne pouvais plus m'arrêter. Je n'arrivais plus à respirer. Ma mère a traversé la pièce pour venir s'agenouiller à côté de moi et me serrer dans ses bras, en me berçant. Mais elle n'a pas versé une larme. Elle était un roseau incassable. Elle avait largué les amarres.

Ma mère a roulé jusqu'à Boston, ce jour-là. Elle était seulement passée chez nous pour vérifier que j'allais bien et prendre des vêtements propres. Elle pensait disposer de plus de temps. Elle aurait dû se trouver au chevet de Susannah lorsque celle-ci avait rendu son dernier souffle. Pour les garçons. Je savais que c'était ce qu'elle se disait.

De son ton le plus professoral, elle nous a expliqué, à Steven et à moi, que nous la rejoindrions en voiture deux jours plus tard, pour l'enterrement. Elle ne voulait pas de nous dans ses pattes pendant les préparatifs ; il y avait beaucoup à faire. Beaucoup de détails à régler.

Susannah ne s'était pas trompée en nommant ma mère exécutrice testamentaire. Personne n'était mieux taillé qu'elle pour le rôle et elles avaient pu passer

42

l'essentiel en revue avant la disparition de Susannah. Mais surtout, ma mère ne se portait jamais aussi bien que lorsqu'elle était occupée. Elle ne s'effondrait pas quand on avait besoin d'elle. Ma mère restait toujours à la hauteur. J'aurais aimé hériter de ce gène. Parce que moi, j'étais perdue, j'ignorais comment me conduire.

J'ai pensé à appeler Conrad. J'ai même composé son numéro plusieurs fois. Mais je ne pouvais pas le faire. Les mots me manquaient, je craignais de dire ce qu'il ne fallait pas, d'aggraver la situation. Alors j'ai eu l'idée de contacter plutôt Jeremiah. Cette fois, c'est la peur qui m'a retenue. Je savais qu'au moment où je lui téléphonerais, au moment où je prononcerais les mots à voix haute, ça deviendrait réel. Susannah serait vraiment morte.

Pendant le trajet, nous n'avons presque pas échangé un mot avec Steven. Son unique costume, celui qu'il avait porté une seule fois, à l'occasion de son bal de promo, était suspendu à l'arrière dans sa housse. Je n'avais pas pris la peine de faire de même avec ma robe.

– Qu'est-ce qu'on va leur dire ? ai-je fini par lâcher.

– J'en sais rien, a-t-il reconnu. Je n'ai assisté qu'à un enterrement, celui de tante Shirle, et elle était très vieille.

Quant à moi, j'étais trop jeune pour m'en souvenir.

– Où est-ce qu'on va dormir ce soir ? Chez Susannah ?

– Aucune idée.

– À ton avis, comment s'en sort M. Fisher ?

Je ne pouvais pas me résoudre à imaginer Conrad ou Jeremiah. Pas encore.

– Avec du whisky, a répondu Steven.

J'ai arrêté de poser des questions.

Nous nous sommes changés dans une station-service à une cinquantaine de kilomètres du funérarium. En découvrant le costume de Steven net et sans un faux pli, j'ai regretté de ne pas avoir suspendu ma robe aussi. Pendant la fin du trajet, je n'ai pas cessé de lisser le tissu sur mes cuisses, mais ça ne servait à rien. Ma mère m'avait prévenue que la rayonne était un tissu absurde ; j'aurais dû l'écouter. J'aurais aussi dû l'essayer avant de la glisser dans ma valise. La dernière fois que je l'avais mise, à l'occasion d'une réception à la fac de ma mère, remontait à trois ans et elle était trop petite pour moi.

Nous sommes arrivés suffisamment tôt pour trouver ma mère en train de s'affairer : elle arrangeait les fleurs tout en discutant avec M. Browne, le directeur du funérarium. Elle s'est renfrognée dès qu'elle m'a aperçue.

– Tu aurais dû repasser ta robe, Belly.

Je me suis mordu la lèvre pour ne pas rétorquer quelque chose que j'aurais ensuite regretté.

– Pas eu le temps, ai-je dit, même si c'était faux, archifaux.

Je tirais sur ma robe pour qu'elle paraisse moins courte. Ma mère a hoché la tête à mon intention puis a repris :

– Allez voir les garçons, vous voulez ? Parle à Conrad, Belly.

J'ai échangé un regard avec Steven. Qu'est-ce que j'allais lui dire ? Il s'était écoulé un mois depuis le bal de promo, nous ne nous étions pas adressé la parole depuis. Nous les avons trouvés dans un petit salon contenant des bancs et des distributeurs de Kleenex en bois laqué. Jeremiah avait la tête courbée, comme pour prier – ce qu'à ma connaissance il n'avait jamais fait. Conrad était assis bien droit, les épaules carrées, le regard perdu dans le vide.

– Salut ! a lancé Steven après s'être éclairci la gorge.

Il s'est approché d'eux pour leur donner une accolade virile. Je n'avais jamais vu Jeremiah en costume avant. Celui-ci était un peu étriqué, il paraissait mal à l'aise et ne cessait de tirer sur le col de sa chemise. Ses chaussures semblaient neuves, en revanche. Ma mère l'avait peut-être aidé à les choisir. Quand mon tour est arrivé, je me suis jetée sur Jeremiah et je l'ai étreint de toutes mes forces. Il était raide.

– Merci d'être venue, a-t-il dit d'un ton étrangement formel.

J'ai eu l'impression fugace qu'il était en colère contre moi, mais j'ai immédiatement chassé cette idée, me reprochant même de l'avoir eue. Il enterrait Susannah, pourquoi se préoccuperait-il de moi ? Je lui ai tapoté le dos maladroitement, en décrivant de petits cercles. Ses yeux étaient d'un bleu incroyable, comme toujours lorsqu'il pleurait.

45

– Je suis vraiment désolée.

J'ai aussitôt regretté mes mots, leur vanité. Ils ne réussissaient pas à exprimer ce que je ressentais effectivement, ce que je voulais lui dire. « Je suis désolée » était aussi absurde que la rayonne. Je me suis alors tournée vers Conrad. Il s'était déjà rassis, droit comme un I, sa chemise blanche entièrement chiffonnée.

– Hello, ai-je dit en m'asseyant à côté de lui.

– Hello.

J'hésitais entre le serrer dans mes bras et le laisser tranquille. Je me suis donc contentée de poser une main sur son épaule, il n'a pas réagi. Il restait de marbre. Je me suis juré de ne pas le quitter de la journée. Je serais là, je serais un roc, comme ma mère.

Nous nous sommes installés, Steven, elle et moi, au quatrième rang, derrière les cousins de Conrad et de Jeremiah, derrière le frère de M. Fisher et son épouse, qui avait mis trop de parfum. Je pensais que ma mère aurait dû être assise au premier rang, et je le lui ai d'ailleurs dit en chuchotant. Elle m'a répliqué en reniflant que ça n'avait aucune importance. Elle avait raison, je suppose. Elle a alors ôté sa veste pour la poser sur mes cuisses dénudées.

Pendant l'enterrement, je me suis retournée une fois et j'ai aperçu mon père au fond. Je ne sais pas pourquoi, mais je ne m'attendais pas à le voir là. Ce qui était étrange, parce qu'il connaissait Susannah aussi et que sa présence était parfaitement justifiée. Je lui ai adressé un petit signe de la main, auquel il a répondu.

– Papa est là, ai-je soufflé à ma mère.

– Bien sûr, a-t-elle riposté sans bouger.

Réunis au fond, les amis de Jeremiah et de Conrad semblaient gênés. Ils n'étaient pas à leur place. Les garçons gardaient la tête baissée et les filles murmuraient nerveusement.

La messe a duré longtemps. Le pasteur s'est chargé de l'éloge funèbre de Susannah. Il a dit des choses gentilles, évoquant sa bonté, sa compassion et son élégance. Le portrait qu'il en a tracé avait beau être conforme à la réalité, on se rendait parfaitement compte qu'il ne l'avait jamais rencontrée. Je me suis penchée une nouvelle fois vers ma mère pour le lui faire remarquer, mais elle acquiesçait à tout ce qu'il disait. Je croyais que je ne verserais plus une larme, mais je m'étais trompée. Sur toute la ligne.

M. Fisher a pris la parole pour nous remercier, tous, d'être venus et préciser que nous étions les bienvenus chez eux ensuite. Sa voix s'est brisée à plusieurs reprises, mais il n'a pas craqué. La dernière fois que je l'avais vu, il était bronzé, il paraissait grand et sûr de lui. Ce jour-là, il m'évoquait davantage un homme perdu dans une tempête de neige. Épaules affaissées, mine de papier mâché. J'ai songé combien ça devait être difficile de se présenter devant tous ceux qui avaient aimé Susannah. Il l'avait trompée et abandonnée quand elle avait le plus besoin de lui, même s'il avait été présent à la fin. Il lui avait tenu la main au cours des dernières semaines. Peut-être croyait-il avoir plus de temps, lui aussi.

Le cercueil était scellé. Susannah avait dit à ma mère qu'elle ne voulait pas être l'objet de tous les regards alors qu'elle ne serait pas à son avantage. Les morts ressemblaient à des statues de cire, expliquait-elle. Je me suis répété que la personne dans le cercueil n'était pas Susannah, que son apparence importait peu puisqu'elle était déjà partie.

À la fin de la messe, après avoir récité le *Notre Père*, nous avons formé une procession pour aller, tour à tour, présenter nos condoléances à la famille. Je me sentais étonnamment adulte, en patientant avec ma mère et mon frère. M. Fisher m'a donné une accolade raide, les yeux humectés. Il a serré la main de Steven. Ma mère lui a susurré quelque chose à l'oreille quand il l'a prise dans ses bras et il a acquiescé. Lorsque je me suis approchée de Jeremiah, nous pleurions si fort tous les deux que nous avons été obligés de nous soutenir mutuellement. Ses épaules étaient secouées de tremblements.

J'aurais voulu dire quelque chose à Conrad pour le consoler. Quelque chose de mieux que « désolée ». Mais tout s'est passé trop vite et je n'ai pas eu le temps de trouver les mots. Beaucoup faisaient la queue derrière moi, attendant de présenter leurs condoléances, eux aussi.

Le cimetière n'était pas très loin. Mes talons ne cessaient de s'enfoncer dans le sol ; il avait dû pleuvoir la veille. Avant que les fossoyeurs ne descendent Susannah dans la terre humide, Conrad et Jeremiah ont déposé chacun une rose blanche sur le cercueil, imités ensuite par le reste de l'assemblée. J'ai choisi une pivoine rose. Quelqu'un a entonné un cantique. À la fin, Jeremiah est resté planté devant la tombe en sanglotant. Ma mère s'est approchée pour lui prendre la main et le réconforter à voix douce.

À peine arrivés à la réception, Steven et moi nous sommes réfugiés avec Jeremiah dans sa chambre, assis sur son lit, dans nos costumes du dimanche.

– Où est Conrad ? ai-je demandé.

Je n'avais pas oublié mon vœu de demeurer à ses côtés, mais il ne me facilitait pas la tâche, disparaissant systématiquement.

– Il vaut mieux lui lâcher les baskets pour le moment, a répondu Jeremiah. Vous avez faim ?

C'était le cas, mais je n'osais pas l'avouer.

– Et toi ?

– Ouais, un peu. Il y a de quoi manger en bas.

Il a insisté sur les derniers mots. *En bas.* Je savais qu'il n'avait aucune envie de descendre et d'affronter la pitié dans le regard de tout le monde. « Quelle tristesse, elle laisse deux garçons si jeunes... » Les amis de Jeremiah s'étaient éclipsés juste après l'enterrement. Il n'y avait que des adultes au rez-de-chaussée.

– J'y vais, ai-je proposé.

– Merci.

J'ai refermé la porte derrière moi en sortant. Dans le couloir, j'ai pris le temps d'examiner les portraits de famille, tirés sur papier mat et encadrés en noir. Sur l'une des photos, Conrad, à qui manquaient les dents de devant, arborait un nœud papillon. Sur une autre, Jeremiah, âgé de huit ou neuf ans, portait la casquette des Red Sox qu'il avait refusé de quitter durant tout un été. Il prétendait qu'il s'agissait d'un porte-bonheur ; il l'avait gardée trois mois entiers. Toutes les deux semaines, profitant du sommeil de Jeremiah, Susannah la subtilisait pour la laver, puis la remettait dans sa chambre.

Le salon grouillait d'adultes qui buvaient du café et discutaient à voix feutrée. Près du buffet, ma mère servait du gâteau à des inconnus. En tout cas, des gens que je ne connaissais pas. Je me suis demandé si elle les avait déjà vus, si eux savaient ce qu'elle avait représenté pour Susannah, qu'elle avait été sa meilleure amie, qu'elles avaient passé leurs étés ensemble, quasiment depuis toujours.

J'ai attrapé deux assiettes et les ai remplies avec l'aide de ma mère.

– Ça va, là-haut ? s'est-elle enquise en plaçant un morceau de fromage persillé sur l'une d'elles.

J'ai acquiescé en le reposant aussitôt sur le buffet.

– Jeremiah n'aime pas ça, ai-je expliqué avant de prendre une poignée de crackers et une grappe de raisin blanc. Tu as vu Conrad ?

– Je crois qu'il est au sous-sol.

Tout en remettant de l'ordre sur le plat à fromages, elle a ajouté :

50

– Pourquoi tu n'irais pas lui apporter une assiette ?
Je monterai l'autre aux garçons.

– D'accord.

Jeremiah et Steven sont descendus alors que je traversais la salle à manger. Je me suis arrêtée pour observer Jeremiah, qui échangeait un mot avec les invités et les laissait le gratifier d'une accolade ou d'une poignée de main. Nos regards se sont croisés et je lui ai adressé un signe discret. Il y a répondu tout en levant les yeux au ciel, à cause de la femme qui venait de se pendre à son bras. Susannah aurait été fière.

Je suis descendue au sous-sol. Il y avait de la moquette par terre et la pièce était insonorisée. Susannah l'avait aménagée ainsi lorsque Conrad avait commencé la guitare électrique.

Il faisait noir, Conrad n'avait pas allumé de lumière. J'ai attendu que mes yeux s'habituent à la pénombre, puis j'ai gravi les dernières marches en prenant appui sur le mur. Je n'ai pas eu besoin de le chercher longtemps. Il était allongé sur le canapé, la tête posée sur les genoux d'une fille, comme s'il n'y avait rien de plus naturel. Alors que l'été venait à peine de commencer, elle était déjà bronzée. Elle avait retiré ses chaussures et posé ses jambes nues sur la table basse. Conrad lui caressait un mollet.

Je me suis figée de la tête aux pieds.

Je l'avais vue à l'enterrement. Je l'avais trouvée vraiment très jolie et je m'étais d'ailleurs interrogée sur son identité. Elle avait le type indien, cheveux et yeux noirs.

51

Elle portait une minijupe noire et une blouse à pois noirs et blancs. Et un bandeau, elle avait un bandeau noir dans les cheveux.

Elle m'a repérée la première.

– Salut, a-t-elle dit.

Conrad a alors relevé la tête et m'a aperçue dans l'embrasure de la porte avec l'assiette de fromages et les crackers.

– C'est pour nous ? a-t-il demandé en s'asseyant sans me regarder.

– De la part de ma mère, ai-je répondu d'une voix à peine audible.

Je me suis approchée pour déposer l'assiette sur la table, puis je suis restée plantée là, hésitant sur l'attitude à adopter.

– Merci, a lancé la fille, d'une façon de dire : « Tu peux y aller maintenant. »

Elle ne cherchait pas à être méchante, simplement à me faire comprendre que je les avais dérangés. Je suis sortie d'un pas tranquille de la pièce, mais dès que j'ai atteint le pied de l'escalier, j'ai accéléré. Je traversais le salon en courant quand j'ai entendu Conrad dans mon dos.

– Attends une seconde ! s'est-il écrié.

J'avais presque franchi le vestibule quand il m'a rattrapée et agrippée par le bras.

– Qu'est-ce que tu veux ? ai-je dit en me dégageant. Lâche-moi.

– C'est Aubrey, a-t-il repris en me libérant.

Aubrey, la fille qui avait piétiné le cœur de Conrad. Je l'avais imaginée différemment. Blonde. Cette fille-là était plus jolie que celle dans mon esprit. Face à cette fille-là je n'avais aucune chance.

– Désolée de vous avoir dérangés.

– Oh, grandis un peu, Belly !

Il y a certains instants que l'on souhaiterait, de tout son cœur, effacer de sa vie. Faire disparaître. Quitte à disparaître soi-même pour s'assurer qu'ils n'existeront plus. Ce que j'ai répondu à Conrad appartient à cette catégorie-là. Le jour où il avait enterré sa mère, j'ai balancé au garçon que j'aimais plus que n'importe qui, plus que tout :

– Va mourir !

Je n'avais jamais rien dit d'aussi terrible, jamais. À personne. J'avais déjà prononcé ces mots, bien sûr. Mais je ne pourrai pas oublier l'expression de son visage. Cette expression m'a donné envie de m'évaporer. Elle confirmait toute la méchanceté et la mesquinerie dont je me savais capable. La bassesse d'âme dont chacun d'entre nous espère qu'elle ne sera jamais découverte par autrui. Parce qu'une fois sa véritable nature exposée au monde, on ne serait plus qu'objet de mépris.

– J'aurais dû me douter que tu réagirais comme ça, a lâché Conrad, la mâchoire contractée.

– Comment ça ? ai-je lamentablement demandé.

– Laisse tomber.

– Non, dis-moi.

Il a pivoté sur ses talons pour partir mais je l'ai retenu. Je me suis placée en travers de son chemin.

— Dis-moi, ai-je insisté en parlant plus fort.

En soutenant mon regard, il a répondu :

— Je savais que c'était une mauvaise idée de démarrer une histoire avec toi. Tu n'es qu'une gamine. Il s'agissait d'une énorme erreur.

— Je ne te crois pas.

Les invités commençaient à se tourner vers nous. Ma mère était en pleine discussion avec des personnes que je n'identifiais pas. Elle m'observait depuis que j'avais élevé la voix. J'étais incapable de soutenir son regard, je sentais que j'avais les joues en feu.

J'aurais dû partir. Je sais que c'est ce que j'aurais dû faire. À cet instant précis, j'avais l'impression de flotter au-dessus de moi-même, d'assister à la scène en tant que spectatrice, de me voir et de voir tous ceux qui m'observaient. Pourtant, quand Conrad s'est contenté de hausser les épaules et de s'éloigner, je me suis sentie si furieuse et si... petite, que je n'ai pas pu m'empêcher d'ajouter :

— Je te hais.

Conrad s'est retourné et a acquiescé comme s'il s'était attendu à ce que je prononce exactement ces mots.

— Très bien, a-t-il dit.

Le mélange de pitié, de ras-le-bol et de désintérêt que je lisais dans ses yeux m'a donné la nausée.

— Je ne veux plus jamais te voir, ai-je rétorqué en le

54

bousculant pour m'élancer dans l'escalier, si précipitamment que j'ai trébuché sur la dernière marche.

J'ai atterri sur les genoux, de tout mon poids. Quelqu'un a poussé un petit cri étouffé, je crois. Je ne voyais presque plus rien à travers mes larmes. Je me suis relevée et j'ai couru me réfugier dans la chambre d'amis. Après avoir retiré mes lunettes, je me suis allongée sur le lit et j'ai pleuré. Ce n'était pas Conrad que je haïssais. C'était moi.

Mon père est venu me trouver au bout d'un moment. Il a frappé plusieurs coups, mais comme je ne répondais pas il est entré et s'est assis sur le bord du lit.

– Ça va ?

Sa voix était si tendre que mes larmes se sont remises à couler. Personne n'aurait dû être gentil avec moi. Je ne l'avais pas mérité. J'ai roulé sur le côté pour lui tourner le dos.

– Maman m'en veut ?

– Non, bien sûr que non. Redescends dire au revoir à tout le monde.

– J'en suis incapable.

Comment aurais-je pu affronter quiconque après avoir fait une scène pareille ? Je m'étais ridiculisée et je ne pouvais m'en prendre qu'à moi-même.

– Qu'est-ce qui s'est passé entre Conrad et toi, Belly ? Vous vous êtes disputés ? Vous vous êtes séparés ?

Cette dernière question n'était pas à sa place dans la bouche de mon père. Nous ne pouvions pas en discuter ensemble, c'était trop bizarre.

– Papa, je n'ai pas envie d'en parler avec toi. Tu pourrais me laisser ? J'ai besoin d'être seule.

– Très bien, a-t-il répondu d'une voix légèrement peinée. Tu veux que je t'envoie ta mère ?

C'était la dernière personne que je souhaitais voir.

– Non, surtout pas, s'il te plaît.

Le sommier a grincé quand il s'est relevé.

Susannah était la seule dont j'avais besoin. La seule. Soudain, j'ai eu une illumination : je ne serais plus jamais la petite protégée de quiconque. Je ne serais plus jamais une enfant, plus de la même façon. C'était terminé, tout ça. Elle nous avait quittés pour de bon.

J'espérais que Conrad me prendrait au mot. J'espérais que je ne le reverrais plus jamais. Si je devais croiser une nouvelle fois son regard, si je devais y lire la même chose que le jour de l'enterrement, je ne m'en remettrais pas.

Chapitre six

3 juillet

Quand le téléphone a sonné de bonne heure, le lendemain, j'ai immédiatement pensé : *Les appels aussi matinaux sont toujours mauvais signe.* J'avais raison, d'une certaine façon.

Je n'étais pas parfaitement réveillée lorsque j'ai décroché. Pendant une seconde interminable, je me suis méprise sur la voix de mon interlocuteur : j'ai cru que c'était celle de Conrad. Et pendant cette seconde, j'ai retenu mon souffle. Un coup de fil de Conrad et j'en oubliais de respirer. Sauf qu'il ne s'agissait pas de Conrad, mais de Jeremiah.

Ils étaient frères après tout, leurs voix se ressemblaient. Des voix semblables mais pas identiques.

– Belly, c'est Jeremiah. Conrad a disparu.

– Comment ça, disparu ?

J'étais très bien réveillée, soudain, et mon cœur était remonté dans ma gorge. Ce terme avait pris une signification différente ces derniers temps, une signification plus définitive. Plus tragique.

– Il a quitté son école d'été il y a deux jours et depuis il n'a donné aucun signe. Tu sais où il est ?

– Non.

Je n'avais pas reparlé à Conrad depuis l'enterrement de Susannah.

– Il a séché deux cours. Ça ne lui ressemble pas de faire un truc pareil.

Jeremiah avait l'air inquiet, affolé presque. Je ne l'avais jamais connu dans un tel état. Il était toujours détendu et de bonne humeur, jamais sérieux. Et il avait raison : ça ne ressemblait pas à Conrad de partir sans prévenir personne. Pas l'ancien Conrad en tout cas. Pas le Conrad que j'aimais depuis mes dix ans.

Je me suis assise dans mon lit et, me frottant les yeux, j'ai demandé :

– Ton père est au courant ?

– Ouais, il flippe complètement. Il ne sait pas gérer ce genre de situation.

Ce genre de situation relevait du domaine de compétence de Susannah, pas de M. Fisher.

– Qu'est-ce que tu comptes faire, Jer' ?

Je m'efforçais d'adopter le ton calme et raisonnable de ma mère. De prétendre que je n'étais pas terrorisée par la disparition de Conrad. Pas parce que je m'imaginais qu'il avait des ennuis. Non, ce que je craignais, c'est qu'il soit parti pour de bon, qu'il ne revienne jamais. Ce qui me terrifiait plus que je n'aurais su le dire.

– Aucune idée, a soupiré Jeremiah. Son téléphone ne

58

répond plus depuis plusieurs jours. Tu crois que tu pourrais m'aider à le retrouver ?

– Oui. Bien sûr que oui.

Ça me semblait presque logique à cet instant-là. C'était l'occasion de me réconcilier avec Conrad. Je me suis même persuadée que j'avais attendu cette occasion sans le savoir. À croire que j'avais traversé ces deux derniers mois comme une somnambule et que je me réveillais enfin. J'avais un but, une mission.

Le jour de l'enterrement, j'avais prononcé des mots horribles. Impardonnables. Peut-être qu'en aidant Jeremiah, je réussirais à réparer ce que j'avais brisé. Pourtant, j'avais beau être paralysée par la peur d'avoir perdu Conrad à tout jamais, j'avais beau souhaiter me racheter, la perspective de me retrouver près de lui à nouveau me terrorisait également. Personne au monde ne me troublait comme Conrad Fisher.

Nous avions à peine raccroché que je me suis activée, jetant des sous-vêtements et des tee-shirts dans un sac. Combien de temps nous faudrait-il pour le trouver ? Était-il sain et sauf ? Je le saurais dans le cas contraire, non ? J'ai aussi pris ma brosse à dents et un peigne. De la lotion pour mes lentilles.

Ma mère repassait dans la cuisine. Le regard perdu dans le vide, le front plissé.

– Maman ?

– Quoi ? a-t-elle demandé en me considérant avec surprise. Qu'est-ce qui se passe ?

J'avais déjà préparé mon laïus.

– Taylor déprime parce que Davis et elle se sont encore une fois séparés. Je vais rester chez elle, cette nuit, et peut-être demain, ça dépendra de sa forme.

J'ai retenu mon souffle en attendant sa réaction. Personne ne détectait les mensonges comme ma mère. Ça dépassait l'intuition maternelle et frisait l'arme de pointe. Pourtant, aucune alarme ne s'est déclenchée et elle a conservé son expression absente.

– Entendu, a-t-elle lâché en poursuivant son repassage. Essaie d'être là demain soir, je préparerai du flétan.

Elle a vaporisé de l'amidon sur un pantalon en coton. J'avais son autorisation. Bizarrement, je n'étais pas soulagée.

– J'essaierai, ai-je répondu.

L'espace d'un instant, j'ai envisagé de lui avouer la vérité. Si quelqu'un était en mesure de comprendre, c'était bien elle. Elle proposerait même son aide. Elle aimait les frères Fisher. Elle avait emmené Conrad aux urgences le jour où il s'était cassé le bras en faisant du skate-board, parce que Susannah tremblait tellement qu'elle ne pouvait pas prendre le volant. Ma mère était stable, imperturbable. Elle avait toujours la réaction adéquate. Du moins avant. Maintenant, je n'en étais plus si sûre. Lorsque Susannah était retombée malade, ma mère s'était mise sur pilote automatique ; elle accomplissait le nécessaire sans être vraiment là. L'autre jour, en remarquant qu'elle balayait le couloir les yeux rougis, j'avais eu peur. Elle n'était pas du genre à pleurer. La voir dans cet état, la voir comme une vraie personne et plus seulement comme ma mère détruisait presque ma confiance en elle.

Elle a posé son fer à repasser pour attraper son sac à main sur le bar et en sortir son portefeuille.

– Achète un pot de glace à Taylor, a-t-elle dit en me tendant vingt dollars.

– Merci, maman, ai-je lancé en empochant le billet.

Je pourrais m'en servir pour payer un plein d'essence.

– Amuse-toi bien, a-t-elle ajouté avant de s'abstraire à nouveau, de s'absenter.

De repasser le même pantalon, une nouvelle fois.

Ce n'est que dans ma voiture, au moment de mettre le contact, que je me suis autorisée à éprouver du soulagement. Je n'aurais pas à subir le silence et la tristesse de ma mère. En tout cas pas aujourd'hui. Je détestais l'idée de l'abandonner, mais je détestais aussi sa présence, parce qu'elle me rappelait ce que je voulais le plus oublier. Que Susannah avait disparu, qu'elle ne reviendrait pas et que nous ne serions plus jamais les mêmes.

Chapitre sept

3 juillet

La porte d'entrée chez Taylor n'était presque jamais fermée à clé. Son escalier, avec sa longue rampe et ses marches en bois ciré, m'était aussi familier que le mien. Je suis directement montée à sa chambre. Allongée sur le ventre, Taylor feuilletait des magazines people. Dès qu'elle m'a aperçue, elle s'est assise et m'a demandé :

– Tu es maso, ou quoi ?

J'ai déposé mon sac par terre et je me suis installée à côté d'elle. Je l'avais appelée en route, lui avais tout raconté. Je n'en avais aucune envie, mais je l'avais fait.

– Pourquoi tu vas le chercher ? a-t-elle repris. Vous n'êtes plus ensemble.

– Comme si on l'avait jamais vraiment été, ai-je soupiré.

– Tu m'ôtes les mots de la bouche.

Elle a cherché une page dans son magazine puis me l'a tendu.

– Regarde ça, a-t-elle repris. Je te verrais trop bien dans ce deux-pièces. Le blanc avec le bandeau en haut. Ce serait sexy avec ton bronzage.

– Jeremiah ne va pas tarder, ai-je dit en jetant un coup d'œil au magazine avant de le lui rendre.

Je ne me voyais absolument pas avec ce maillot, mais j'imaginais parfaitement Taylor dedans.

– Pourquoi tu ne l'as pas choisi, lui, plutôt ? Conrad est foncièrement dérangé.

Je lui avais dit et redit combien le choix avait été compliqué. Rien n'était simple avec eux. Et puis, je n'avais pas réellement eu le choix.

– Conrad n'est pas dérangé, Taylor.

Elle ne lui avait jamais pardonné de ne pas l'avoir dévorée des yeux l'été où je l'avais amenée à Cousins, l'année de nos quatorze ans. Taylor était habituée à retenir l'attention des garçons et Conrad l'avait ignorée. Contrairement à Jeremiah : il avait suffi qu'elle lui fasse les yeux doux pour qu'il succombe. Qu'il devienne « son Jeremy », comme elle l'appelait – pour le « taquiner parce que les garçons adorent ça ». Jeremiah buvait d'ailleurs du petit-lait jusqu'à ce que Taylor le lâche pour mon frère, Steven.

Les lèvres pincées, elle a répliqué :

– D'accord, je suis un peu dure, il n'est peut-être pas fou. N'empêche, Belly, tu vas continuer à l'attendre toute ta vie ? En espérant qu'il se décide ?

– Non ! Mais il a des ennuis. Il a plus que jamais besoin de ses amis, ai-je rétorqué en jouant avec un des

63

fils du tapis. Peu importe ce qui s'est produit entre nous, nous resterons toujours amis.

– Si tu le dis, a-t-elle lancé en levant les yeux au ciel. Je ne cautionne cette entreprise que parce que j'espère qu'elle te permettra de tourner la page.

– Tourner la page ?

– Oui. Je comprends aujourd'hui que c'est l'unique moyen. Tu as besoin de voir Conrad, de lui annoncer en face que tu es passée à autre chose et que tu ne te plieras plus à ses petits jeux. Alors seulement tu seras capable d'oublier ce tocard.

– Taylor, je ne suis pas complètement innocente dans cette histoire, ai-je répondu d'une voix étranglée. La dernière fois, j'ai été odieuse.

– Peu importe. Ce qui compte, c'est que tu puisses aller de l'avant. Vers des pâturages plus verts, a-t-elle ajouté en m'adressant une œillade. Comme Cory. Même si, soit dit en passant, je doute que tu aies encore une chance avec lui après ce qui est arrivé hier soir.

J'avais l'impression que la soirée de la veille remontait à des milliers d'années. Après m'être composé une mine contrite, j'ai repris :

– Eh, merci encore de me permettre de laisser ma voiture ici. Si ma mère appelle...

– Je t'en prie, Belly, un peu de respect ! J'ai un don pour mentir aux parents, contrairement à toi. Tu seras rentrée demain soir, hein ? On va tous faire un tour sur le bateau des parents de Davis, tu te souviens ? Tu as promis.

– Si vous ne partez pas avant vingt ou vingt et une heures, je serai sans doute de retour, oui. De toute façon, je ne t'ai jamais rien promis.

– Alors fais-le maintenant. Promets d'être là.

J'ai manifesté mon agacement.

– Pourquoi est-ce que tu insistes autant ? Tu comptes encore encourager Cory Wheeler à passer à l'attaque ? Tu n'as pas besoin de moi, tu as Davis.

– J'ai carrément besoin de toi, même si tu es la pire des meilleures amies. Un petit copain ne remplace pas une amie, tu le sais très bien. Ce sera bientôt la fin du lycée... Et si on allait dans des facs différentes ? Hein ?

Elle dardait un regard accusateur sur moi.

– D'accord, d'accord, je promets.

Taylor continuait à espérer qu'on irait dans la même université, comme on se le jurait depuis toujours. Elle m'a tendu son petit doigt pour que j'y noue le mien.

– Tu as l'intention d'y aller habillée comme ça ? m'a-t-elle demandé subitement.

Baissant les yeux sur mon top gris, j'ai répondu :

– Euh... ouais.

Elle a secoué sa tête, faisant virevolter ses cheveux blonds.

– Tu oublies que tu vas revoir Conrad ?

– Je ne vais pas à un rendez-vous, Taylor !

– On se doit toujours d'être plus belle que jamais en présence d'un ex. C'est une des règles d'or des ruptures. Il doit penser : « La vache, j'ai laissé filer une bombe pareille ? »

Je n'avais jamais envisagé les choses ainsi.

– Je me fiche de ce qu'il pense, ai-je répliqué.

Elle farfouillait déjà dans mon sac.

– Tu n'as emporté que des sous-vêtements et un tee-shirt. Et ce vieux débardeur. Beurk... Je le déteste ! Il devrait prendre sa retraite.

– Arrête, Taylor ! Laisse mes affaires tranquilles !

Elle a bondi sur ses pieds, le regard brillant d'excitation.

– Oh, je peux m'occuper de ton sac ? S'il te plaît, dis oui, Belly ! S'il te plaît, ça me ferait tellement plaisir !

– Non, ai-je riposté aussi fermement que je le pouvais (il fallait se montrer autoritaire avec Taylor). Je serai sans doute de retour demain. Je n'ai besoin de rien d'autre.

Sans m'écouter, elle s'est rendue dans son dressing. La sonnerie de mon téléphone a résonné à ce moment-là : c'était Jeremiah. Avant de décrocher, j'ai insisté :

– Je suis très sérieuse, Tay.

– Ne t'inquiète pas, je sais ce que je fais. Tu n'as qu'à considérer que je suis ta marraine la bonne fée, a-t-elle lancé.

– Salut, Jeremiah. Où es-tu ?

– À moins d'une heure. Tu es chez Taylor ?

– Ouais. Tu as besoin d'indications supplémentaires ?

– Non, c'est bon.

Comme il n'ajoutait rien, j'ai cru qu'il avait déjà raccroché, mais il a fini par murmurer :

– Merci de m'accompagner.

– C'est normal.

J'aurais voulu dire quelque chose, lui expliquer qu'il était l'un de mes meilleurs amis et qu'au fond de moi je me réjouissais presque d'avoir cette occasion de le revoir. Un été sans les fils de Beck n'était pas un vrai été. Mais je peinais à trouver les mots justes et il a raccroché sans me laisser le temps d'y parvenir.

Taylor a fini par ressortir de son dressing en fermant la fermeture Éclair de mon sac.

– C'est bon ! a-t-elle lancé, un sourire jusqu'aux oreilles.

– Taylor...

J'ai essayé de lui arracher mon sac des mains.

– Non, attends d'arriver à destination. Tu me remercieras, j'ai été vraiment sympa, alors que tu m'abandonnes...

Je n'ai pas relevé la fin de sa phrase.

– Merci, Tay.

– De rien, a-t-elle dit en vérifiant sa coiffure dans le miroir au-dessus de sa commode. Tu réalises à quel point tu as besoin de moi ? a-t-elle poursuivi en se plaçant devant moi, les mains sur les hanches. Quel est votre plan pour retrouver Conrad ? À ce que vous en savez, il peut très bien être sous un pont à l'heure qu'il est.

Je n'avais pas examiné cette question en détail.

– Je suis sûre que Jeremiah a des pistes.

Jeremiah s'est pointé une heure plus tard, comme il l'avait annoncé. Nous l'avons vu se garer devant la maison depuis la fenêtre du salon, devant laquelle nous étions postées.

– Oh mon Dieu, il est trop mignon ! s'est exclamée Taylor avant d'aller se remettre du gloss devant le miroir de l'entrée. Pourquoi tu ne m'as jamais dit qu'il était devenu aussi canon ?

La dernière fois qu'elle avait vu Jeremiah, il mesurait une tête de moins et était maigrichon. Pas étonnant qu'elle lui ait préféré Steven. Pour moi, il restait toujours le même.

J'ai empoigné mon sac et me suis dirigée vers la sortie, Taylor sur les talons. Jeremiah se tenait sur les marches du perron. Il portait sa casquette des Red Sox et s'était coupé les cheveux depuis notre dernière rencontre. Ça faisait bizarre de le voir là, sur le seuil de Taylor. Une vision surréaliste.

– J'allais t'appeler, a-t-il dit en retirant sa casquette.

Il se fichait d'avoir les cheveux aplatis, il se fichait d'avoir l'air idiot. C'était l'une de ses qualités les plus touchantes, une de celles qui suscitaient mon admiration, moi qui vivais dans la peur constante du ridicule.

Je voulais le serrer dans mes bras mais, pour une raison qui m'échappait – peut-être parce qu'il n'avait pas esquissé le geste lui-même ou peut-être parce que je me sentais timide tout à coup –, je me suis retenue. À la place, j'ai lancé :

– Tu es venu super vite.

– J'ai speedé !

Puis il a ajouté :

– Salut, Taylor !

Elle s'est dressée sur la pointe des pieds pour l'étreindre et j'ai regretté de ne pas l'avoir précédée. Ensuite, se reculant, elle l'a observé d'un air appréciateur avant de lâcher :

– Jeremiah, tu es superbe.

Elle lui a souri en attendant qu'il lui retourne le compliment. Comme il ne le faisait pas, elle a repris :

– Tu es censé me répondre que moi aussi. Ah, les garçons...

– Cette bonne vieille Taylor ! s'est-il esclaffé. Tu sais que tu es superbe, tu n'as pas besoin que je te le dise.

Ils ont échangé un sourire taquin.

– On devrait y aller, suis-je intervenue.

Il a pris mon sac sur mon épaule et nous l'avons suivi jusqu'à la voiture. Pendant qu'il dégageait de la place dans le coffre, Taylor m'a attrapée par le coude et m'a soufflé :

– Appelle-moi quand tu seras arrivée à destination, Cendrelly.

Un vieux surnom qu'elle m'avait donné à l'âge où nous étions obsédées par Cendrillon. Elle chantait sur l'air des souris en remplaçant Cendrillon par Cendrelly. J'ai éprouvé un subit élan d'affection pour elle, envahie par la nostalgie. Nous avions partagé tellement. Beaucoup plus que je ne le pensais. Elle me manquerait l'an prochain, lorsque nous serions dans des facs différentes.

– Merci de garder ma voiture, Tay.

En acquiesçant, elle a articulé silencieusement les mots « Tourne la page ».

– Salut, Taylor, a lancé Jeremiah avant de s'installer derrière le volant.

Je suis montée moi aussi dans la voiture, où régnait l'habituel capharnaüm. Des bouteilles en plastique vides jonchaient le plancher et la banquette arrière.

– Salut ! ai-je crié par la vitre baissée lorsque Jeremiah a démarré.

Elle nous a regardés partir en agitant le bras :

– N'oublie pas ta promesse, Belly !

– Quelle promesse ? a demandé Jeremiah en jetant un coup d'œil dans le rétroviseur.

– D'être revenue pour la fête du 4 Juillet qu'organise son copain. Sur un bateau.

– Tu seras rentrée, ne t'inquiète pas, a-t-il répliqué en hochant la tête. Si tout se passe bien, je te ramènerai même dès ce soir.

– Ah... d'accord.

Je n'aurais sans doute pas besoin des affaires que j'avais emportées.

– Taylor n'a pas changé, a-t-il repris.

– Si tu le dis.

Nous n'avons rien ajouté ensuite. Nous avons roulé en silence.

Chapitre huit

Jeremiah

Je me rappelle l'instant précis où tout a changé. C'était l'été dernier. J'étais assis sur la véranda avec Rad et je lui expliquais que le nouvel assistant de l'entraîneur de foot était une vraie tête de nœud.

– Continue à t'accrocher, avait-il rétorqué.

Facile à dire pour lui, il avait arrêté.

– Tu ne piges pas, Rad. Ce type est fêlé, avais-je insisté.

Il ne m'écoutait plus. Leur voiture venait de se garer devant la maison. Steven est descendu le premier, suivi de Laurel. Après avoir demandé où se trouvait notre mère, elle m'a serré dans ses bras. Pendant qu'elle étreignait Conrad, j'ai lancé :

– Hé ! Où est Belly-Bella ?

Elle est apparue à cet instant-là. Conrad l'a vue en premier. Par-dessus l'épaule de Laurel. Il l'a détaillée du regard. Elle se dirigeait vers nous. Ses cheveux virevoltaient et ses jambes semblaient interminables. Elle portait un short en jean et des baskets sales. La bretelle de son soutien-gorge dépassait de son débardeur. Je n'avais jamais prêté attention à son soutien-gorge avant, je le jure. Elle avait une drôle d'expression, une expression qui ne m'était pas familière. Un mélange de timidité, de nervosité et de fierté à la fois.

J'ai regardé Conrad la prendre dans ses bras en attendant mon tour. Je crevais d'envie de lui demander à quoi elle pensait, pourquoi elle avait cette expression. Au lieu de quoi j'ai contourné Conrad et je l'ai soulevée de terre en lançant un truc idiot, qui l'a fait rire, et elle est redevenue Belly. J'ai été soulagé, parce que je ne voulais pas qu'elle soit autre chose que Belly.

Je la connaissais depuis toujours. Je ne l'avais jamais considérée comme une fille. Elle faisait partie de la tribu, elle était mon amie. La voir différemment, même une seconde, m'avait bouleversé.

Notre père répétait constamment que, dans la vie, il y avait, pour tout, un moment où la donne changeait. La suite dépendait de ce moment, même si on n'en était pas toujours conscient quand cela se produisait. C'est le panier à trois points au début de la deuxième période qui modifie le rythme du match. Qui réveille les joueurs. Tout se joue à cette seconde-là.

J'aurais pu oublier cet instant où la voiture s'est arrêtée devant la maison, une voiture qui contenait une fille que j'ai à peine reconnue. J'aurais pu ranger ce souvenir dans la catégorie de ceux qui ne comptent pas plus que ça. La catégorie des événements fugaces, pareils à des effluves de parfum : ce n'est pas parce qu'une odeur a retenu votre attention dans la rue que vous vous arrêtez. Vous poursuivez votre route. Vous oubliez. J'aurais pu oublier. Les choses auraient pu redevenir comme avant.

Sauf que la donne a changé.

C'est arrivé une nuit, peut-être une semaine après le début des vacances. Je traînais avec Belly près de la piscine et elle s'esclaffait à cause d'un truc que j'avais dit, je ne sais plus lequel. J'adorais l'idée d'être capable de la faire rire. Même si elle riait souvent et que ça n'avait rien de remarquable. J'aimais la sensation que ça me procurait. Elle a dit :

– Jer', tu es la personne la plus drôle que je connaisse.

On m'avait rarement adressé un compliment pareil. Mais ce n'est pas à ce moment que la donne a changé. Non, tout a basculé ensuite. Continuant sur ma lancée, j'ai imité Conrad au réveil. Une sorte d'incarnation du monstre de Frankenstein. Soudain Conrad s'est pointé et assis sur la même chaise longue qu'elle. Il lui a tiré la queue-de-cheval en lui demandant :

– Qu'est-ce qui vous fait marrer ?

Belly s'est tournée vers lui, toute rouge. Elle avait carrément les joues en feu et le regard brillant.

– Je ne me souviens pas, a-t-elle répondu.

J'en ai eu le ventre retourné. Comme si quelqu'un m'avait décoché un coup de pied en plein estomac. J'étais jaloux à en crever. Jaloux de Conrad. Et lorsqu'elle s'est levée, un peu plus tard, pour aller

73

chercher un soda, j'ai observé mon frangin pendant qu'il la regardait s'éloigner et j'en ai été malade.

À cet instant, j'ai compris que rien ne serait plus jamais pareil. J'aurais voulu dire à Conrad qu'il n'avait pas le droit. Qu'il l'avait ignorée pendant toutes ces années, qu'il ne pouvait pas décider de la prendre parce qu'il en avait subitement envie.

Elle était à nous tous. Notre mère l'adorait. Elle appelait Belly sa fille secrète. À longueur d'année elle trépignait d'impatience de la revoir. Steven la charriait peut-être souvent, mais il se montrait protecteur avec elle. Tout le monde veillait sur elle, simplement elle ne s'en rendait pas compte : elle était trop occupée à couver Conrad des yeux. Elle l'aimait depuis toujours.

Et moi, je rêvais qu'elle me regarde de la même façon. Après ce soir-là, j'étais cuit. Je me suis mis à l'apprécier plus qu'une amie. À l'aimer même peut-être.

Il y a eu d'autres filles, mais ce n'était pas pareil.

Je ne voulais pas appeler Belly à la rescousse. J'étais en colère contre elle. Pas seulement parce qu'elle avait choisi Conrad. Je m'étais fait à l'idée depuis le temps : ce serait toujours lui. Mais on était censés être amis, elle et moi. Combien de fois m'avait-elle appelé depuis la mort de ma mère ? Deux fois ? En complément de quelques SMS et mails.

Pourtant je me suis retrouvé assis dans la voiture à côté d'elle, à humer son parfum (un mélange de savon, de noix de coco et de sucre), à guetter la façon dont elle plissait le nez chaque fois qu'elle se concentrait, à observer son sourire nerveux et ses ongles rongés. À attendre qu'elle prononce mon prénom.

Lorsqu'elle s'est penchée pour régler l'air conditionné, ses cheveux ont balayé ma cuisse. Une caresse si douce que tous les souvenirs sont remontés à la surface. Difficile de rester en pétard contre elle et de garder mes distances comme j'en avais l'intention. Difficile, voire impossible. Quand Belly était là, je n'avais plus qu'une envie : la prendre dans mes bras et l'embrasser comme un dingue. Peut-être qu'alors elle finirait par oublier mon abruti de frère.

Chapitre neuf

3 juillet

– Où est-ce qu'on va, alors ? ai-je demandé à Jeremiah.

J'ai tenté de croiser son regard juste une seconde. J'avais l'impression qu'il ne m'avait pas regardée dans les yeux depuis qu'on s'était retrouvés et ça me rendait nerveuse. J'avais besoin de m'assurer que tout allait bien entre nous.

– Je ne sais pas, a-t-il répondu. Je n'ai pas parlé à Rad depuis un moment. Je n'ai aucune idée de l'endroit où il pourrait se trouver. J'espérais que tu aurais des pistes.

Je n'en avais pas plus que lui. Je me suis éclairci la gorge avant de lâcher :

– Avec Conrad, on n'a pas échangé un mot depuis... depuis mai.

Jeremiah m'a jeté un regard en biais, mais il n'a rien dit. Qu'est-ce que Conrad lui avait raconté ? Sans doute pas grand-chose. Comme Jeremiah restait muet, j'ai poursuivi :

– Tu as appelé le type qui partage sa chambre ?

– Je n'ai pas son numéro. Je ne connais même pas son nom.

– Il s'appelle Eric, ai-je répondu du tac au tac, trop contente de détenir enfin une information. C'est le même que pendant l'année scolaire, ils ont gardé leur chambre pour les cours d'été. Bon... alors... on va là-bas, non ? À Brown. On interrogera Eric, les autres personnes du dortoir. Si ça se trouve, il est resté sur le campus.

– Ça me va, comme plan.

Tout en vérifiant son rétroviseur pour changer de file, il m'a demandé :

– Tu as été voir Rad à la fac ?

– Non, ai-je répondu en me tournant vers la vitre (c'était un aveu plutôt gênant). Et toi ?

– Avec mon père, on l'a aidé à emménager dans sa piaule.

Puis, presque à contrecœur, il a ajouté :

– Merci d'être venue, au fait.

– De rien.

– Ça ne dérangeait pas Laurel ?

– Pas du tout, ai-je menti. Je suis contente de pouvoir être là.

Autrefois, l'année durant j'attendais de revoir Conrad. Je comptais les jours qui me séparaient de l'été comme les enfants guettent Noël. Je ne pensais qu'à ça. Aujourd'hui encore, en dépit de ce qui était arrivé, Conrad restait l'objet de toutes mes pensées.

Un peu plus tard, j'ai allumé la radio pour combler

le silence. À un moment, croyant que Jeremiah avait parlé, j'ai lancé :

– Tu as dit quelque chose ?

– Nan.

Pendant une partie du trajet, nous nous sommes contentés de rouler. Nous n'étions jamais à court de sujets de conversation, Jeremiah et moi, pourtant là, nous n'échangions pas un seul mot. Il a fini par lâcher :

– J'ai vu Nona la semaine dernière. Je suis passé dans la maison de retraite où elle travaille.

Il parlait de l'infirmière des soins palliatifs qui s'était occupée de Susannah. Je l'avais rencontrée deux ou trois fois. Elle était drôle, forte. Elle mesurait à peine un mètre soixante, avait des membres grêles, mais je l'avais vue soulever Susannah comme si celle-ci ne pesait pas plus qu'une plume. Ce qui, à la fin, devait quasiment être le cas.

Chapitre dix

Quand l'état de santé de Susannah s'est de nouveau dégradé, je n'ai pas été prévenue immédiatement. Ni par Conrad, ni par ma mère, ni par Susannah elle-même. C'est arrivé si vite...

J'étais prête à tout pour éviter de retourner la voir encore une fois. J'avais raconté à ma mère que j'avais un contrôle de trigonométrie qui comptait pour un quart de ma moyenne. J'aurais inventé n'importe quoi.

– Il faut que je révise tout le week-end, je ne peux pas venir. Peut-être la semaine prochaine... lui ai-je annoncé au téléphone en essayant d'adopter un ton neutre et non implorant. D'accord ?

Elle a aussitôt rétorqué :

– Non, pas du tout d'accord. Tu nous rejoins ce week-end. Susannah veut te voir.

– Mais...

– Il n'y a pas de mais qui tienne. J'ai déjà acheté ton billet de train. À demain.

Tout le long du voyage, je me suis creusé les méninges

pour trouver des choses à dire quand je serais en présence de Susannah. Je lui expliquerais que la trigonométrie me donnait du fil à retordre, que Taylor était amoureuse, que je comptais me présenter à l'élection des délégués de classe, ce qui était un pur mensonge. Je n'avais aucune intention de briguer ce poste, mais je savais que cette idée plairait à Susannah. Je lui raconterais une tonne de trucs et je ne poserais aucune question sur Conrad.

Ma mère m'attendait à la gare. Quand je suis montée dans la voiture, elle m'a dit :

– Je suis contente que tu sois là.

Puis elle a ajouté :

– Ne t'en fais pas, Conrad est absent.

Je suis restée silencieuse, me bornant à regarder par la vitre. Je n'avais pas de raison valable, mais j'étais furieuse contre elle, furieuse qu'elle m'ait forcée à cette visite. Ce dont elle se fichait royalement, continuant à déblatérer :

– Je ne vais pas y aller par quatre chemins, Belly : elle n'est pas en forme, je te préviens. Tu vas la trouver marquée par la fatigue. Elle est épuisée mais excitée à l'idée de ta visite.

J'ai fermé les yeux aux mots « elle n'est pas en forme ». Je m'en voulais d'appréhender cette confrontation, de ne pas venir plus souvent. Je n'étais pas aussi forte que ma mère, je n'étais pas solide comme un roc. C'était trop dur de voir Susannah dans cet état. J'avais l'impression que de petits morceaux d'elle, de celle qu'elle était autrefois, disparaissaient chaque fois. La voir dans cet état rendait sa maladie réelle.

Lorsque nous sommes arrivées devant la maison, Nona était en train de fumer une cigarette sur la véranda. J'avais fait sa connaissance une quinzaine de jours plus tôt, quand Susannah s'était réinstallée chez elle. La poignée de main de Nona était très intimidante. Au moment où nous sommes descendues de voiture, elle se nettoyait les paumes avec une lotion antiseptique et vaporisait du Febreze sur son uniforme comme une adolescente qui fume en cachette – Susannah ne s'en formaliserait pas pourtant, elle adorait savourer une cigarette de temps à autre, même si elle n'y était plus autorisée (elle n'avait droit qu'à un peu d'herbe).

— Bonjour ! a lancé Nona en agitant le bras.

— Bonjour ! avons-nous répondu.

— Je suis contente de te voir, a-t-elle ajouté à mon intention. Susannah est habillée, elle vous attend toutes les deux dans le salon.

Ma mère s'est assise à côté de l'infirmière.

— Vas-y en premier, Belly. Je vais papoter avec Nona.

Par « papoter », elle voulait dire fumer une cigarette, je le savais pertinemment. Nona et elle s'entendaient bien. Nona était à la fois dotée d'un remarquable esprit pratique et ouverte à la spiritualité. Un jour, elle avait invité ma mère à l'accompagner à l'église, qui bien que non croyante avait accepté. Au début, j'avais cru qu'elle voulait juste faire plaisir à Nona mais, quand elle s'était mise à fréquenter la paroisse de retour chez nous, j'avais compris qu'il s'agissait d'autre chose. Elle cherchait une forme de paix.

– Toute seule ? ai-je demandé, le regrettant aussitôt.

Je ne tenais pas à ce l'une ou l'autre perçoive mon appréhension et me juge. J'étais suffisamment sévère avec moi-même.

– Elle t'attend, a répondu ma mère.

Ce qui était le cas. Elle avait troqué son pyjama contre de vrais vêtements. Elle s'était même maquillée : son blush pêche formait un contraste violent avec son teint de papier mâché. Elle avait fait cet effort pour moi. Pour ne pas m'effrayer. J'ai donc prétendu que je ne l'étais pas.

– Ma Belly préférée, s'est-elle exclamée en écartant les bras.

Je l'ai serrée prudemment en lui disant qu'elle avait l'air plus en forme. Un mensonge.

Elle m'a expliqué que Jeremiah ne rentrerait que plus tard dans la soirée et que nous avions donc la maison pour nous l'après-midi entier, entre filles. Ma mère est entrée à ce moment-là, mais nous a laissées tranquilles. Elle est juste passée dire bonjour avant d'aller préparer le déjeuner pendant que nous discutions. Dès que ma mère a quitté le salon, Susannah a lancé :

– Si tu redoutes de croiser Conrad, ne t'inquiète pas, trésor. Il ne rentre pas ce week-end.

Après avoir dégluti, j'ai demandé :

– Est-ce qu'il t'a raconté ?

Elle a poussé un petit rire.

– Ce garçon ne me raconte rien. Ta mère m'a expliqué que le bal de promo ne s'était pas déroulé... aussi bien que nous l'avions espéré. Je suis désolée, ma chérie.

– Il m'a quittée.

Évidemment, la réalité était plus compliquée, mais ça se résumait à ça, d'une certaine façon. Et c'était arrivé parce qu'il l'avait voulu. La décision lui était toujours revenue – la décision d'être, ou pas, avec moi.

– Ne le hais pas, a dit Susannah en me prenant la main.

– Ce n'est pas le cas, ai-je menti.

Je le haïssais plus que tout. Je l'aimais plus que tout. Parce qu'il était tout pour moi. Et je haïssais cette situation, aussi.

– Connie vit très mal ce qui arrive. Ça fait beaucoup à encaisser.

Elle s'est interrompue pour chasser quelques mèches de mon visage, s'attardant sur mon front comme si j'avais de la fièvre. Comme si j'étais la malade, celle qu'il fallait réconforter.

– Ne le laisse pas te repousser, a-t-elle ajouté. Il a besoin de toi. Il t'aime, tu sais.

J'ai secoué la tête.

– Non.

Et mentalement j'ai poursuivi : *Les seules personnes qu'il aime, c'est lui. Et toi.*

83

Elle a fait semblant de ne pas m'avoir entendue.

– Est-ce que tu l'aimes, Belly ?

Face à mon silence, elle a acquiescé, comme si j'avais répondu.

– Acceptes-tu de me rendre un service ?

J'ai hoché lentement la tête.

– Veille sur lui pour moi, tu veux ?

– Tu n'as pas besoin de moi pour ça, Susannah, tu seras là pour le faire, ai-je répliqué en essayant de contrôler l'émotion dans ma voix.

Susannah a souri en disant :

– Ma Belly chérie.

Après le déjeuner, Susannah est montée pour la sieste. Elle a dormi jusqu'en fin d'après-midi et, à son réveil, elle était irritable et désorientée. Elle a même été désagréable avec ma mère, ce qui m'a bouleversée : je ne l'avais jamais vue dans cet état, avec personne. Quand Nona a voulu la coucher, elle a refusé dans un premier temps, puis a cédé. En nous disant bonsoir, elle m'a adressé un clin d'œil sans conviction.

Jeremiah est rentré à l'heure du dîner. J'étais soulagée de le voir. Il rendait la vie plus insouciante, plus simple. Sa présence suffisait à alléger la tension et à rendre la corvée de ma visite ici moins fastidieuse. Il est entré dans la cuisine en lançant :

– Ça sent le brûlé ! Ah, Laurel cuisine, tout s'explique !

Ma mère lui a donné un coup de torchon qu'il a esquivé avant de se mettre à soulever les couvercles des marmites d'un air taquin.

– Salut, Jer' ! ai-je lancé.

Assise sur un tabouret, j'épluchais des haricots.

– Ah, salut, a-t-il dit en me découvrant. Comment ça va ?

Puis il s'est approché et m'a serrée rapidement dans ses bras. J'ai essayé de croiser son regard pour savoir comment il allait, mais il s'est dérobé. Il s'agitait sans arrêt dans la pièce, plaisantant avec Nona et ma mère.

D'un côté, il restait le même, mais d'un autre, je percevais combien cette épreuve l'avait changé. L'avait fait mûrir. Tout exigeait davantage d'efforts : les blagues, les sourires. Plus rien n'était facile.

Chapitre onze

3 juillet

J'ai eu l'impression qu'une éternité s'était écoulée avant que Jeremiah ne rompe à nouveau le silence. Je faisais semblant de dormir et il pianotait sur le volant. Soudain, il a lancé :

– C'était l'hymne de mon bal de promo.

J'ai aussitôt rouvert les yeux et demandé :

– Tu as été à combien de bals ?

– Au total ? Cinq.

– Quoi ? Ouais, c'est ça... je ne te crois pas.

Je le croyais parfaitement pourtant. Bien sûr que Jeremiah s'était rendu à cinq bals de promo. Toutes les filles rêvaient d'avoir un cavalier comme lui. Un cavalier qui vous donnait l'impression d'être la reine de la soirée même si vous n'étiez personne.

– En première, j'ai assisté à deux bals, a-t-il dit en comptant sur ses doigts, le mien et celui de Flora Martinez au Sacré-Cœur. Cette année, je suis allé au mien et à deux autres. Celui de Sophia Franklin au...

– OK, OK, j'ai pigé, tu es très sollicité, l'ai-je interrompu en me penchant en avant pour régler la clim.

– J'ai dû acheter un smoking, ça revenait moins cher que d'en louer un sans arrêt.

Il gardait les yeux fixés droit devant lui. Soudain, il a ajouté la dernière chose que je m'attendais à entendre venant de lui :

– Tu étais très belle au tien. J'aimais beaucoup ta robe.

Je l'ai dévisagé. Est-ce que Conrad lui avait montré des photos ? Est-ce qu'il lui avait raconté quelque chose ?

– Comment tu le sais ?

– Ma mère a fait encadrer une des photos.

Je ne m'attendais pas à ce qu'il mentionne Susannah. Je pensais que le bal de promo était un sujet sans danger. Je me suis empressée de reprendre :

– J'ai appris que tu avais été sacré roi de la promo dans ton lycée.

– Ouais.

– Tu as dû bien t'amuser.

– Ouais, je me suis marré.

J'aurais dû choisir Jeremiah comme cavalier. Avec lui, les choses auraient été différentes. Il aurait eu les mots justes. Il aurait occupé le centre de la piste de danse, il aurait fait la Machine à écrire, la Tondeuse à gazon, le Grille-Pain et toutes les autres chorégraphies débiles qu'il apprenait quand on regardait MTV ensemble. Il se serait souvenu que les marguerites étaient mes fleurs préférées et aurait engagé la conversation avec le copain de Taylor, Davis. Et toutes les autres filles l'auraient dévoré du regard en regrettant qu'il ne soit pas leur cavalier.

Chapitre douze

J'ai toujours su que j'aurais du mal à convaincre Conrad de m'accompagner. Il n'était pas du genre à aimer les bals de promo. Mais je m'en fichais. Je voulais qu'il vienne avec moi, je voulais arriver à son bras. Sept mois s'étaient écoulés depuis notre premier baiser. Deux mois depuis notre dernière rencontre. Une semaine depuis son dernier appel.

Aller ensemble à un bal de promo, c'est du concret. Et j'avais tellement fantasmé sur cette soirée, je m'étais si souvent représenté son déroulement. Comment il me regarderait, comment, au moment de danser un slow, il poserait la main sur mes hanches. Sans oublier les frites au fromage fondu qu'on mangerait après, dans un snack, et le lever de soleil qu'on contemplerait installés sur le capot de sa voiture. J'avais tout prévu de A à Z.

Lorsque je l'ai appelé, ce soir-là, j'ai eu l'impression de le déranger. Pourtant j'ai foncé sans hésiter.

– Qu'est-ce que tu fais le premier week-end d'avril ?

Ma voix a tremblé quand j'ai prononcé le mot « avril ». J'avais trop peur qu'il refuse. Au fond de moi, j'étais persuadée que c'était ce qui arriverait.

– Pourquoi ? a-t-il répondu d'un air blasé.

– Le bal de mon lycée a lieu à ce moment-là.

– Belly, je déteste danser, a-t-il soupiré.

– Je sais. Mais il s'agit de mon bal de promo. J'ai vraiment envie d'y aller et j'ai encore plus envie que tu m'accompagnes.

Pourquoi fallait-il qu'il complique toujours tout ?

– Je suis à la fac maintenant. Et je ne me suis même pas pointé à mon propre bal.

– Raison supplémentaire de venir à celui-là, ai-je rétorqué d'un ton léger.

– Tu ne peux pas y aller avec tes amis, tout simplement ?

J'ai conservé le silence.

– Je suis désolé, Belly, ça ne me dit vraiment rien. Les partiels approchent, ce ne serait pas très raisonnable de faire tout ce trajet pour une seule nuit.

Il n'était pas prêt à ce petit sacrifice pour moi ? Il n'était pas prêt à me rendre heureuse ? Ça ne lui disait rien ? Très bien.

– Aucun problème, ai-je riposté. Il y a plein d'autres garçons qui rêvent de m'accompagner, t'inquiète.

J'ai entendu les rouages de son cerveau se mettre en branle à l'autre bout du fil.

– Laisse tomber, Belly, je vais venir, a-t-il fini par lâcher.

– Tu sais quoi ? N'y pense plus. Cory Wheeler m'a déjà proposé d'être sa cavalière. Je lui dirai que j'ai changé d'avis.

– C'est qui, ce Cory Wheeler ?

J'ai souri : je le tenais. Ou plutôt, je croyais le tenir.

– Il joue au foot avec Steven. Il danse bien. Et il est plus grand que toi.

J'ai été prise au dépourvu par la repartie de Conrad :

– Tu pourras mettre des talons, dans ce cas.

– Sans doute, oui.

J'ai raccroché. C'était trop lui demander, alors, de m'escorter à une fichue soirée ? Une seule ? J'avais menti au sujet de Cory Wheeler : il ne m'avait rien proposé. Mais je savais qu'il n'hésiterait pas si je lui faisais comprendre que j'étais disposée à l'accompagner.

Je me suis cachée sous mon couvre-lit pour pleurer. Je m'étais imaginé une soirée parfaite, Conrad dans son costume et moi dans la robe prune que ma mère m'avait achetée, deux étés plus tôt, sur mes supplications. Je n'avais jamais porté une belle robe devant lui, ni des chaussures à talons. Et je crevais d'envie qu'il me voie ainsi.

Plus tard ce soir-là, il avait rappelé et j'avais laissé le répondeur se déclencher. Son message disait :

– Salut, Belly. Désolé pour tout à l'heure. N'y va pas avec Cory Wheeler ou un autre type. Je t'accompagnerai. Et tu pourras quand même mettre des talons.

J'ai dû réécouter son message trente fois au moins. Pourtant, je n'ai jamais compris ce qu'il disait vraiment : qu'il ne voulait pas que j'y aille avec quelqu'un d'autre mais qu'il n'avait pas, pour autant, envie de venir.

Je portais ma robe prune. Ma mère était aux anges, ça sautait aux yeux. D'autant que j'avais également mis le collier de perles que Susannah m'avait offert pour mes seize ans. Taylor et les autres filles avaient toutes prévu d'aller chez le coiffeur. J'ai décidé d'arranger mes cheveux moi-même. Je les ai fait onduler au fer – ma mère m'a aidée. Je crois qu'elle ne s'était pas occupée de ma coiffure depuis que j'avais cessé, à la fin du CE1, de porter des tresses au quotidien. Pour autant, je n'ai pas été surprise en constatant qu'elle savait manier le fer à friser : elle excellait dans tout ce qu'elle faisait.

Dès que j'ai entendu la voiture de Conrad, je me suis précipitée à la fenêtre. Il était magnifique avec son costume. Un costume noir que je n'avais jamais vu avant. Je me suis élancée dans l'escalier et j'ai ouvert la porte avant qu'il ait le temps de sonner. Je souriais à n'en plus finir et je m'apprêtais à lui sauter au cou lorsqu'il a lancé :

– Tu es très élégante.

– Merci, ai-je répondu en laissant mes bras pendre le long de mon corps. Toi aussi.

Nous avons dû faire une centaine de photos au moins, avant de sortir. Susannah voulait une preuve que Conrad avait porté un costume, et moi la fameuse robe. Elle était au téléphone avec ma mère pendant que celle-ci nous mitraillait. Elle a parlé à Conrad en premier ; je n'ai pas entendu ce qu'elle lui disait, mais il a répondu :

– Promis.

Je me suis demandé ce qu'il avait promis. Je me suis également demandé si un jour Taylor et moi serions comme elles, si nous nous appellerions pendant que nos enfants se prépareraient pour le bal de leur lycée. L'amitié de Susannah et de ma mère durait depuis des décennies. Est-ce que la nôtre, à Taylor et à moi, était du même bois ? Une amitié durable et invincible. Quelque part, j'en doutais. Le lien qui les unissait était trop unique.

Quand j'ai pris le téléphone, Susannah m'a interrogée :

– Tu es coiffée comme convenu ?

– Oui.

– Conrad t'a dit combien tu étais ravissante ?

– Oui, ai-je répondu, même si ce n'était pas vraiment le cas.

– Cette soirée sera parfaite, m'a-t-elle promis.

Ma mère nous a fait poser sur les marches du perron, dans l'escalier, devant la cheminée. Steven était là avec sa cavalière, Claire Cho. Ils se sont marrés pendant notre séance photo, et quand leur tour est venu, Steven s'est placé derrière elle, l'enlaçant par la taille, et elle a pris appui contre lui. Ça semblait si naturel. Sur nos clichés, Conrad se tenait droit comme un I, un bras autour de mes épaules.

– Tout va bien ? ai-je chuchoté.

– Ouais, a-t-il rétorqué avec un sourire.

Je n'y croyais pas. Quelque chose avait changé, même si j'ignorais quoi. Je lui ai offert une orchidée pour qu'il l'accroche à sa boutonnière. Il n'avait pas de fleurs pour moi ; il les avait oubliées dans son petit frigo à la fac. Je n'éprouvais ni tristesse ni colère, mais de la gêne. Je faisais en permanence toute une histoire de notre relation, du couple que nous formions, lui et moi. Alors que j'avais dû le supplier de m'accompagner à cette soirée. Et qu'il n'avait même pas été capable de se souvenir de m'apporter des fleurs.

J'ai bien vu qu'il s'était senti minable quand il avait réalisé son oubli – au moment où Steven était allé chercher dans notre réfrigérateur un petit bouquet de minuscules roses assorties à la robe rose de Claire et le lui avait fixé autour du poignet. Il lui avait aussi offert un énorme bouquet. Elle avait extrait une fleur de son bouquet et me l'avait tendue.

– Tiens, on va l'accrocher sur ta robe.

J'avais souri pour lui témoigner ma reconnaissance.

– Ne t'embête pas. Je ne veux pas la trouer.

Quelle excuse minable ! Elle ne m'a pas crue, évidemment, mais elle a prétendu le contraire.

– Et si on la mettait dans tes cheveux plutôt ? Je pense que ce serait vraiment joli.

– Entendu.

Claire Cho était adorable. J'espérais que Steven et elle ne se sépareraient jamais. J'espérais qu'ils resteraient ensemble pour toujours.

Après l'épisode des fleurs, Conrad s'est encore plus renfermé. Au moment de nous diriger vers la voiture, il m'a attrapée par le poignet et m'a soufflé :

– Je suis désolé pour les fleurs. J'aurais dû m'en souvenir.

J'ai dégluti et me suis forcée à sourire.

– Qu'est-ce que c'était ?

– Une orchidée blanche. Ma mère l'avait choisie.

– On n'a qu'à dire que pour te rattraper, l'année prochaine, tu devras m'en apporter deux, une pour chaque poignet.

Tout en parlant, je le dévisageais. Nous serions toujours ensemble à ce moment-là, n'est-ce pas ? Voilà ce que je voulais savoir en réalité. Son visage est resté de marbre. Il m'a pris le bras et a répondu :

– Comme tu veux, Belly.

Pendant le trajet en voiture, Steven nous a observés dans le rétroviseur.

– Je n'arrive pas à croire que je vais à cette soirée avec ma petite sœur et toi, mec.

Il a secoué la tête en s'esclaffant. Conrad n'a pas décroché un mot.

Je sentais que la soirée m'échappait déjà.

Le bal réunissait les élèves de première et de terminale. Notre lycée procédait toujours ainsi. L'avantage, c'est qu'on faisait la fête deux ans de suite. Le choix du thème revenait aux élèves de terminale, et cette année ils avaient opté pour « L'âge d'or de Hollywood ». La soirée se déroulait au Water Club, devant lequel se trouvaient un tapis rouge et des faux paparazzi.

Les organisateurs avaient commandé sur Internet un kit qui leur avait coûté une petite fortune : ils avaient collecté des fonds tout au long du dernier trimestre. Il y avait plein d'affiches de vieux films sur les murs et une enseigne lumineuse clignotante de Hollywood. La piste de danse était censée figurer un plateau de tournage, avec des spots, une fausse caméra sur un trépied et un fauteuil de réalisateur sur un côté.

Nous nous sommes installés à la table de Taylor et Davis. Avec ses talons aiguilles de plus de dix centimètres, elle était aussi grande que lui. Conrad a serré Taylor dans ses bras à notre arrivée, mais il n'a fait aucun effort pour discuter avec elle ou Davis. Il était mal à l'aise dans son costume, le derrière vissé sur sa chaise. J'ai frémi lorsque Davis a écarté un pan de sa veste pour montrer à Conrad la flasque en argent que contenait sa poche intérieure. Peut-être que Conrad était trop vieux pour ces bêtises.

Puis j'ai aperçu Cory Wheeler sur la piste de danse, au milieu d'un cercle de gens, parmi lesquels mon frère et Claire. Il faisait du break dance. Je me suis penchée vers Conrad pour lui chuchoter :

– C'est Cory.

– Qui ça ?

Il avait oublié, je n'en revenais pas. J'hallucinais même. Je l'ai fixé pendant une seconde, puis je me suis détournée.

– Personne, ai-je répondu.

Nous étions assis depuis plusieurs minutes quand Taylor m'a entraînée en expliquant que nous allions aux toilettes. J'étais heureuse d'avoir une excuse pour m'esquiver. En se remettant du gloss, elle m'a dit :

– Avec Davis, on a prévu d'aller dans la chambre de son frère, à la fac, après la soirée.

– Pour quoi faire ? ai-je demandé en cherchant mon rouge à lèvres dans mon minuscule sac à main.

Elle m'a tendu le sien.

– Pour être... tu sais... seuls.

Elle a écarquillé les yeux sur le dernier mot.

– Sérieux ? Waouh, ai-je lâché. Je ne savais pas qu'il te plaisait autant.

– Tu as été très prise par ton histoire avec Conrad. Qui, au passage, est très sexy mais franchement pénible. Vous vous êtes disputés ?

– Non...

Comme je n'arrivais pas à soutenir son regard, j'ai continué à m'appliquer du gloss.

– Belly, ne te laisse pas marcher sur les pieds, c'est ta soirée. Bon sang, il sort avec toi, non ?

Elle a fait gonfler ses cheveux avant d'afficher une moue boudeuse et de prendre la pose devant le miroir.

– Tu devrais au moins le forcer à danser avec toi, a-t-elle ajouté.

Nous avons retrouvé Conrad et Davis en plein débat sur le tournoi universitaire de basket, et je me suis un peu détendue. Davis soutenait l'équipe de UConn, la fac du Connecticut, et Conrad celle de UNC, en Californie du Nord. Le meilleur ami de M. Fisher était remplaçant là-bas, et Conrad et Jeremiah avaient toujours été de grands fans. Conrad était intarissable sur ce sujet.

Un slow a résonné, Taylor a pris Davis par la main et ils se sont dirigés vers la piste de danse. Je les ai regardés, elle avait posé la tête sur son épaule et lui avait les mains sur ses hanches. Elle ferait bientôt le grand saut. Elle avait toujours dit qu'elle serait la première.

– Tu veux boire quelque chose ? m'a proposé Conrad.

– Non. On danse ?

Après avoir marqué une hésitation, il s'est enquis :

– On est obligés ?

Je me suis forcée à sourire.

– Je te rappelle que c'est toi qui m'as appris à danser.

Conrad s'est levé en me tendant la main.

– Allons-y, alors.

Je l'ai suivi au milieu de la piste et nous avons commencé à nous balancer en rythme. J'étais heureuse que la musique soit forte, elle couvrait les battements de mon cœur.

– Je suis contente que tu sois là, ai-je dit en le regardant.

– Quoi ?

– Je disais que j'étais contente que tu sois là, ai-je répété plus fort.

– Moi aussi.

Sa voix était bizarre ; je me souviens parfaitement de l'émotion qu'elle laissait transparaître. Il avait beau se tenir juste devant moi, les mains autour de ma taille, j'avais beau avoir noué mes doigts autour de son cou, il ne m'avait jamais paru aussi lointain.

De retour à la table, il m'a demandé :

– Ça te tenterait d'aller ailleurs ?

– Je crois que les organisateurs ont prévu quelque chose après la fin de la soirée officielle, à minuit, mais je ne sais pas où, ai-je répondu en jouant avec mon collier de perles, que j'enroulais autour de mes doigts.

J'étais incapable de croiser son regard.

– Non, juste toi et moi. Dans un endroit où on pourrait discuter.

J'ai été prise d'un vertige. Conrad voulait discuter seul à seule, dans un lieu tranquille : autrement dit, il comptait rompre. Je le savais.

– Pas tout de suite, ai-je répliqué en m'efforçant de masquer mon désespoir. Restons un peu ici pour le moment.

– Entendu.

Nous nous sommes donc attardés à contempler les autres danser, le visage luisant. J'ai retiré la fleur de mes cheveux et l'ai placée dans mon sac à main. Au bout d'une longue plage de silence, j'ai demandé :

– Est-ce que ta mère t'a forcé à venir ?

Cette question me brisait le cœur, mais je devais connaître la vérité.

– Non, a-t-il fini par répondre après avoir attendu trop longtemps.

Dehors, il s'était mis à bruiner. Mes cheveux que j'avais passé tout l'après-midi à faire boucler étaient déjà tout aplatis. Nous nous dirigions vers la voiture lorsque Conrad a lancé :

– Ma tête menace d'exploser.

Je me suis arrêtée.

– Tu veux que je retourne à l'intérieur chercher de l'aspirine ?

– Non, ne t'en fais pas. Tu sais quoi, Belly ? Je vais peut-être filer à la fac. Il y a ce partiel lundi, et le reste. Ça t'embêterait si je ne t'accompagnais pas à l'after ? Je pourrais toujours te déposer.

Il évitait mon regard.

– Je croyais que tu dormais à la maison cette nuit.

Jouant avec ses clés de voiture, il a marmonné :

– C'est ce qui était prévu, oui, mais je me dis maintenant que je ferais mieux de rentrer...

Il a laissé la fin de sa phrase en suspens.

– Mais je n'ai pas envie que tu partes.

On aurait dit que je le suppliais, je détestais ça.

– Désolé, a-t-il rétorqué en enfonçant les mains dans ses poches.

Plantée sur le parking, face à lui, j'ai pensé : *Si on monte dans cette voiture, tout sera terminé. Il me déposera chez moi, puis il retournera à la fac et ne reviendra plus jamais. Ce sera la fin.*

– Qu'est-ce qui s'est passé ? ai-je demandé en sentant la panique enfler dans ma poitrine. J'ai fait quelque chose de mal ?

– Non, a-t-il répondu en détournant les yeux. Ce n'est pas toi. Ça n'a rien à voir avec toi.

Je l'ai agrippé par le bras et il a tressailli.

– Parle-moi s'il te plaît, Conrad ! Explique-moi ce qui arrive !

Il n'a pas desserré les dents. Il aurait aimé être déjà dans sa voiture, sur la route. Loin de moi. J'avais envie de le frapper.

– D'accord, très bien. Puisque tu ne le diras pas, c'est moi qui vais le faire.

– Dire quoi ?

– Que c'est terminé entre nous. Que notre... je ne sais même pas comment appeler ça... notre relation est finie. C'est bien ça, non ? Je me trompe ?

Je pleurais, mon nez coulait et le tout se mêlait à la pluie. Du bras, je me suis essuyé le visage. Il a hésité. J'ai vu qu'il hésitait, pesait ses mots.

– Belly...

– Tais-toi ! l'ai-je interrompu en reculant. Tais-toi ! Je t'interdis de me parler !

– Attends une minute, Belly, ne pars pas comme ça.

– C'est toi qui pars comme ça.

J'ai pivoté et je me suis éloignée aussi vite que possible avec mes talons débiles.

– Attends ! a-t-il hurlé.

J'ai accéléré sans me retourner. Je l'ai entendu

abattre le poing sur le capot de la voiture. J'ai failli m'arrêter. Je l'aurais sans doute fait s'il m'avait suivie, mais il n'a pas bougé. Il est monté dans sa voiture et il est parti, comme il l'avait annoncé.

À l'aube, Steven est venu me trouver dans ma chambre. Il s'est assis à mon bureau. Il venait de rentrer, il était encore en smoking.

– Je dors, ai-je lancé en roulant sur le côté.

– Non, bien sûr que non.

Il a marqué une pause avant d'ajouter :

– Conrad n'en vaut pas la peine, d'accord ?

Je savais ce qu'il en coûtait à mon frère de me dire une chose pareille, et j'ai eu un élan d'affection pour lui. Il était le fan numéro un de Conrad depuis toujours. Après le départ de Steven, je me suis répété en boucle ses paroles : *Il n'en vaut pas la peine.*

Lorsque je suis descendue, vers midi, ma mère m'a demandé :

– Ça va ?

Je me suis assise à la table de la cuisine et j'ai posé la joue sur le plateau. Le bois était froid et doux.

– Steven n'a pas pu s'empêcher de jacasser, ai-je affirmé en redressant la tête.

– Pas vraiment, a-t-elle répondu avec prudence. Je me suis étonnée que Conrad n'ait pas passé la nuit ici comme prévu.

– On s'est séparés.

D'une certaine façon, c'était agréable de le prononcer

à haute voix, parce que pour être séparés il fallait avoir été ensemble avant. Avoir eu une histoire. Ma mère s'est assise en face de moi.

– Je craignais que ça n'arrive, a-t-elle soupiré.

– Comment ça ?

– C'est tellement compliqué, ça vous dépasse, Conrad et toi. D'autres personnes sont impliquées dans cette histoire.

J'ai voulu lui hurler après, lui crier combien elle était insensible et cruelle. Elle ne se rendait donc pas compte que j'avais le cœur littéralement brisé ? Mais en découvrant l'expression de son visage, j'ai ravalé mes mots. Elle avait raison. Nous avions d'autres sujets de préoccupation que mes pauvres petits sentiments. Il y avait Susannah. Elle serait déçue, et je détestais la décevoir.

– Ne t'en fais pas pour Beck, a ajouté ma mère doucement. Je le lui annoncerai. Tu veux que je te prépare quelque chose à manger ?

J'ai accepté.

Plus tard, dans la solitude de ma chambre, je me suis répété que ça valait mieux ainsi. Que Conrad voulait mettre un terme à cette histoire depuis le début et que j'avais bien fait de prendre les devants. Je ne m'illusionnais pas cependant. S'il avait appelé pour s'excuser, s'il s'était pointé chez moi avec un bouquet de fleurs ou en chantant notre chanson – je ne savais même pas si nous avions une chanson à nous... Bref, s'il avait fait le moindre geste, j'aurais pardonné. Mais Conrad n'a pas appelé.

Lorsque j'ai découvert que l'état de Susannah empirait, qu'elle ne guérirait pas, j'ai décroché mon téléphone, une fois. Il n'a pas répondu et je n'ai pas laissé de message. J'ignore ce que j'aurais dit si je l'avais trouvé au bout du fil ou s'il avait rappelé.

Et voilà. Conrad et moi, c'était fini.

Chapitre treize

Jeremiah

Quand notre mère a appris que Conrad emmenait Belly au bal de son lycée, elle a perdu la tête. Elle était euphorique. On aurait cru qu'ils allaient se marier ou un truc dans le genre. Je ne l'avais pas vue aussi heureuse depuis longtemps et d'un côté, je me réjouissais qu'il lui fasse ce plaisir. Mais d'un autre côté, j'étais affreusement jaloux. Notre mère lui téléphonait sans arrêt à la fac pour lui rappeler des détails comme la location d'un smoking. Elle avait suggéré que je lui prête le mien, mais j'avais répliqué que je serais surpris qu'il lui aille. Elle n'avait pas insisté, à mon grand soulagement. De toute façon, une fille d'une école privée m'avait finalement demandé de l'accompagner à son bal ce soir-là, Conrad n'aurait donc pas pu le porter. Mais même si ça avait été possible, je n'aurais pas voulu le lui prêter.

Notre mère lui a fait promettre d'être gentil avec elle, de se conduire comme un vrai gentleman.

– Elle doit vivre une soirée magique, dont elle se souviendra toujours.

Quand je suis rentré, l'après-midi suivant cette fameuse soirée, j'ai été surpris de trouver la voiture de Conrad garée devant la maison. Je croyais qu'après avoir passé la nuit chez Laurel il irait directement à la fac. Je me suis rendu à sa chambre, mais il dormait, et je n'ai pas tardé à m'endormir, moi aussi.

On a commandé de la nourriture chinoise pour le dîner, parce que maman en avait envie, pourtant elle n'y a pas touché. On a mangé dans le salon télé, sur le canapé, ce qu'on ne faisait jamais avant sa maladie.

– Alors ? a-t-elle soudain demandé, en le regardant avec curiosité.

Je ne l'avais pas vue aussi énergique de la journée. Conrad enfournait un rouleau de printemps comme s'il était pressé. Et il avait apporté tout son linge sale à la maison, à croire qu'il espérait que maman le laverait pour lui.

– Alors quoi ? a-t-il rétorqué.

– Alors j'ai mariné la journée entière en attendant que tu me racontes la soirée ! Je veux tout savoir !

– Ah, ça...

À son air gêné, j'ai compris qu'il ne tenait pas à en parler. J'étais certain qu'il avait réussi à tout gâcher.

– Ah, ça... l'a-t-elle taquiné. Allez, Connie, des détails ! Elle était belle avec sa robe ? Vous avez dansé ? Je veux que tu me racontes tout. Laurel ne m'a toujours pas envoyé les photos par mail.

– C'était sympa, a lâché Conrad.

– Sympa ? ai-je répété.

Il m'agaçait ce soir-là. Tout en lui m'agaçait. Il avait eu la chance d'emmener Belly au bal de son lycée et il s'était conduit comme s'il n'y avait pas pire corvée. Si elle m'avait choisi comme cavalier, j'aurais bien fait les choses. Conrad a ignoré mon ironie.

– Elle était très belle. Elle portait une robe prune.

Notre mère a acquiescé en souriant.

– Je la connais. Les fleurs allaient bien avec ?

Il s'est tortillé sur le canapé avant de répondre :

– Très bien.

– Qu'avais-tu choisi ? Celles qu'on épingle sur la robe ou celles qu'on porte au poignet ?

– Celles qu'on épingle.

– Vous avez dansé ?

– Ouais, beaucoup. Quasiment à chaque chanson, même.

– Quel était le thème ?

– Je ne me souviens pas.

Quand il a perçu la déception de ma mère, il s'est empressé d'ajouter :

– Je crois que c'était « Une nuit en Europe ». Il y avait une immense tour Eiffel avec des guirlandes lumineuses et un pont de Londres sur lequel on pouvait monter. Sans oublier la tour penchée de Pise.

Je l'ai dévisagé en silence : il s'agissait du thème de notre lycée l'an passé. J'en savais quelque chose, j'y étais. Notre mère avait dû oublier, elle, parce qu'elle s'est exclamée :

– Oh, ça devait être merveilleux ! J'aurais aimé être

107

là pour aider Belly à se préparer. J'appellerai Laurel tout à l'heure et je la tannerai jusqu'à ce qu'elle m'envoie ces photos. Quand penses-tu récupérer les photos officielles ? J'aimerais les faire encadrer.

– Aucune idée.

– Demande à Belly, tu veux ? a-t-elle suggéré en posant son assiette sur la table basse et en se laissant aller contre les coussins du canapé.

Elle semblait épuisée, soudain.

– Je n'y manquerai pas, a-t-il dit.

– Je crois que je vais aller me coucher maintenant. Jer', tu pourras ranger ?

– Bien sûr, maman, ai-je répondu en l'aidant à se relever.

Elle nous a tous les deux embrassés sur la joue avant de rejoindre sa chambre. On l'avait installée au rez-de-chaussée, dans le bureau, pour lui épargner de monter et descendre sans arrêt.

Une fois seul avec Conrad, j'ai lancé, sans dissimuler mon ironie :

– Alors comme ça, vous avez dansé toute la nuit ?

– Lâche-moi, a-t-il répliqué en appuyant la tête sur le dossier du canapé.

– Tu as mis le pied au bal, au moins ? Ou tu as aussi menti à maman à ce sujet ?

Il m'a foudroyé du regard.

– Ouais, j'y suis allé.

– Je ne sais pas pourquoi, j'ai du mal à croire que vous ayez dansé toute la nuit.

J'avais conscience de me conduire comme un minable, mais c'était plus fort que moi.

– Pourquoi tu es aussi pénible ? Qu'est-ce que ça peut te faire, d'abord ?

– J'espère juste que tu ne lui as pas gâché la soirée, ai-je déclaré en haussant les épaules.

Je m'attendais à ce qu'il se fiche en pétard, quelque part, c'était même exactement ce que je voulais. Mais il s'est contenté de rétorquer :

– Tout le monde ne peut pas être le roi de la piste. Tu as terminé ? a-t-il ajouté en refermant les boîtes de nourriture.

– Ouais, j'ai terminé.

Chapitre quatorze

3 juillet

Les pelouses du campus grouillaient d'étudiants. Des filles en short et haut de maillot de bain bronzaient et un groupe de garçons faisaient une partie d'Ultimate. Nous avons trouvé une place pour garer la voiture juste devant le dortoir de Conrad. Nous nous sommes glissés dans le bâtiment au moment où une fille en sortait avec un panier de linge sale. Je me sentais incroyablement jeune et perdue – je n'étais jamais venue. C'était différent de l'image que je m'en étais faite. Plus bruyant. Plus animé.

Jeremiah connaissait le chemin et j'ai dû presser le pas pour le suivre : il montait les marches deux par deux. Il s'est arrêté au deuxième et s'est engagé dans un long couloir généreusement éclairé. Près de l'ascenseur se trouvait un tableau en liège, sur lequel était punaisée une affiche proclamant : « Tout ce que vous avez toujours voulu savoir sur le sexe sans oser le demander. » Il y avait également des brochures sur les MST, un guide pratique expliquant comment se palper la poitrine et des préservatifs agrafés un peu partout. « Prenez-en un, avait écrit quelqu'un au marqueur, ou trois ! »

Le nom de Conrad était sur la porte de sa chambre, juste au-dessus de celui de son colocataire : Eric Trusky. Ce dernier était un garçon trapu et musclé, aux cheveux auburn. Il nous a ouvert en short et tee-shirt.

– Salut, a-t-il dit en posant ses yeux tombants sur moi.

Il me faisait penser à un loup. Loin de me sentir flattée d'être reluquée par un étudiant, j'en ai été dégoûtée. J'ai eu envie de me cacher derrière Jeremiah comme quand je me planquais dans les jupes de ma mère par timidité, à cinq ans. J'ai dû me rappeler que j'en avais seize, presque dix-sept. Je n'avais plus l'âge de me sentir nerveuse en présence d'un type du nom d'Eric Trusky. Même si Conrad m'avait raconté qu'Eric lui transférait régulièrement des vidéos osées et passait l'essentiel de ses journées devant son ordinateur. Sauf quand il regardait des feuilletons à la télé, entre quatorze et seize heures.

Jeremiah s'est éclairci la gorge.

– Je suis le frère de Conrad, et c'est... une amie. Est-ce que tu sais où il se trouve ?

Eric nous a invités à entrer en ouvrant la porte en grand.

– Aucune idée, mec. Il s'est barré sans prévenir. Ari vous a appelés ?

111

– Ari ? ai-je lancé en regardant Jeremiah d'un air interrogateur.

– Le RD, a-t-il expliqué. Le responsable du dortoir.

– Ari le RD, ai-je répété et les commissures des lèvres de Jeremiah se sont incurvées.

– Comment tu t'appelles ? m'a demandé Eric.

– Belly.

Je l'ai observé, guettant une lueur dans son regard, quelque chose qui me permettrait de penser que Conrad lui avait parlé de moi ou m'avait au moins mentionnée. Bien sûr, c'était le calme plat.

– Belly, hein ? Mignon. Je suis Eric, a-t-il rétorqué en s'adossant au mur.

– Ah... salut.

– Alors... Conrad ne t'a rien dit avant de partir ? a insisté Jeremiah.

– Il n'est jamais très causant. Il ressemble à un androïde.

Il s'est tourné vers moi en souriant puis a ajouté :

– Enfin, il parle aux jolies filles.

Mon cœur s'est serré. Quelles jolies filles ? Jeremiah a poussé un lourd soupir puis a croisé les mains dans sa nuque, avant de sortir son téléphone pour le consulter, comme si la réponse pouvait s'y trouver.

Je me suis assise sur le lit de Conrad – aux draps et au couvre-lit bleu marine ; il n'était pas fait. Conrad faisait toujours son lit dans la maison de Cousins. Bien au carré.

Voilà où il vivait. Son existence était ici, à présent.

Il n'y avait pas beaucoup d'affaires lui appartenant dans la chambre. Ni télé, ni chaîne stéréo, ni photos. Pas de moi, naturellement, mais pas non plus de Susannah ou de son père. Rien que son ordinateur, ses fringues, quelques paires de chaussures et des livres.

– En fait, je m'apprêtais à lever le camp, les gars. Je vais dans la maison de campagne de mes parents. Vous ferez gaffe de bien fermer la porte derrière vous en sortant ? Et quand vous aurez remis la main sur C, dites-lui de ma part qu'il me doit vingt billets pour la pizza.

– Aucun souci, mec, je lui passerai le message.

À la façon dont ses lèvres esquissèrent un sourire sans le laisser s'épanouir, j'ai compris que Jeremiah n'appréciait pas Eric. Il s'est assis au bureau de Conrad et a observé la pièce. Quelqu'un a frappé à la porte, Eric est allé ouvrir d'un pas nonchalant. C'était une fille en tee-shirt à manches longues et leggings, des lunettes perchées sur le sommet du crâne.

– Tu as vu mon pull ? l'a-t-elle interrogé en fouillant la chambre du regard comme à la recherche de quelque chose, de quelqu'un.

Je me suis demandé si elle était sortie avec Conrad. Puis je me suis aussitôt fait la réflexion que j'étais plus jolie qu'elle. J'avais honte de penser un truc pareil, mais je ne pouvais pas m'en empêcher. En vérité, peu importait qui était la plus jolie de nous deux. Il ne voulait pas de moi de toute façon. Jeremiah a bondi sur ses pieds.

– Tu es une copine de Rad ? Tu sais où il est parti ?

Elle nous a dévisagés avec curiosité. Je voyais bien qu'elle trouvait Jeremiah mignon, à la façon dont elle a replacé une mèche de cheveux derrière son oreille et retiré ses lunettes de soleil.

– Euh... oui. Salut ! Je suis Sophie. Et toi ?

– Son frère.

Jeremiah s'est levé pour lui serrer la main. Bien que préoccupé, il a pris le temps de la détailler de la tête aux pieds et de lui lancer un de ses sourires irrésistibles : elle est immédiatement tombée dans le panneau.

– Waouh ! Vous ne vous ressemblez pas du tout !

J'ai tout de suite compris qu'elle était le genre de filles que je n'aimais pas.

– Ouais, on nous le dit souvent, a rétorqué Jeremiah. Est-ce que tu aurais une idée de l'endroit où est Rad, Sophie ?

Elle a apprécié qu'il l'appelle par son prénom.

– Je crois qu'il a mentionné une plage pour surfer ou un truc dans le style. Il est tellement zarbi...

Jeremiah s'est tourné vers moi. La plage. Il était à Cousins.

Pendant que Jeremiah appelait son père, je suis restée assise sur le bord du lit de Conrad, feignant de ne pas écouter. Il a expliqué à M. Fisher que tout allait bien, que Conrad était dans la maison de vacances, sain et sauf. Il n'a pas signalé ma présence à ses côtés.

– Je vais là-bas, papa, ce n'est pas la fin du monde.

M. Fisher a dit quelque chose à l'autre bout du fil et Jeremiah a riposté :

– Mais papa...

Il a pivoté vers moi et articulé en silence : « Je reviens. » Il est sorti dans le couloir et a refermé la porte derrière lui. Une fois seule, je me suis allongée sur le lit de Conrad et j'ai fixé le plafond. Il dormait là, chaque nuit. Je le connaissais depuis toujours, mais, de bien des façons, il restait mystérieux. Une véritable énigme.

Je me suis dirigée vers son bureau. Délicatement, j'ai ouvert le premier tiroir et trouvé des stylos, des livres, du papier. Conrad était toujours soigneux avec ses affaires. Je me suis rassurée en me répétant que je ne fouillais pas mais que je cherchais des preuves. Inspecteur Belly Conklin.

Je l'ai découvert dans le second tiroir. Un petit écrin bleu de chez Tiffany, caché tout au fond. Je savais que je commettais une erreur en l'ouvrant, mais la tentation était trop forte. Il contenait un collier, plus exactement un pendentif passé à une chaîne. Je l'ai sorti et l'ai laissé pendre au bout de mes doigts. J'ai d'abord cru que le pendentif représentait le chiffre huit et que Conrad devait le destiner à une fille qui aimait le patin à glace – fille que j'ai aussitôt haïe. Puis je l'ai observé un peu plus attentivement et l'ai posé dans ma paume, à l'horizontale. Il ne s'agissait pas d'un huit, mais du symbole de l'infini.

∞

C'est à ce moment-là que j'ai compris. Ce collier n'était pas pour une fille qui faisait du patin à glace ou pour Sophie. Conrad l'avait acheté pour moi. J'avais ma preuve, la preuve qu'il tenait à moi.

Conrad était bon en maths. Enfin, il était doué en tout, mais particulièrement en maths. Quelques semaines après le début de nos échanges téléphoniques réguliers, que la routine ne rendait pas moins excitants, je lui avais confié mes difficultés en trigonométrie. Je m'étais aussitôt reproché d'avoir mis le sujet sur le tapis : je me plaignais de mes problèmes en maths alors que Susannah avait un cancer. Des ennuis si mesquins, si puérils, si *lycéens* comparés aux épreuves que Conrad traversait.

– Désolée, avais-je ajouté.

– De quoi ?

– De t'embêter avec mes mauvaises notes en trigo, alors que... Alors que ta mère est malade.

– Tu n'as pas à t'excuser. Tu peux me dire ce que tu veux.

Il s'était interrompu avant de poursuivre :

– Et ma mère va mieux, Belly. Elle a pris plus de deux kilos ce mois-ci.

L'espoir qui perçait dans sa voix m'a tellement attendrie que j'en aurais pleuré.

116

– Oui, ma mère me l'a dit hier. C'est vraiment super.

– Bon, alors, est-ce que votre prof vous a parlé de SOH-CAH-TOA ?

À partir de ce jour-là, Conrad m'avait donné des cours au téléphone. Au début, je n'écoutais pas vraiment ses explications, j'adorais le son de sa voix, l'entendre parler. Mais il s'était mis à m'interroger et je ne voulais pas le décevoir. Nos leçons particulières de trigonométrie avaient commencé ainsi. Au sourire taquin que ma mère m'adressait quand le téléphone sonnait, le soir, je savais qu'elle s'imaginait que nous vivions une histoire d'amour et je ne l'avais pas détrompée. C'était plus simple. Et ça me faisait du bien de penser que les gens nous considéraient comme un couple. Je savais que ce n'était pas la vérité, pas encore, mais ça me donnait l'impression que ça pourrait l'être. Un jour. En attendant, j'avais mon prof de maths particulier et je commençais à piger la trigonométrie. Conrad avait un don pour clarifier des problèmes extrêmement complexes, et je ne l'ai jamais autant aimé que lors de ces soirées qu'il passait avec moi au téléphone, à faire et refaire les mêmes exercices jusqu'à ce je finisse par les comprendre.

Jeremiah est revenu dans la chambre et j'ai refermé le poing sur le collier pour qu'il ne le voie pas.

– Alors ? ai-je demandé. Ton père est fâché ? Qu'est-ce qu'il a dit ?

– Il voulait aller à Cousins lui-même, mais je l'ai

convaincu de me laisser faire. Conrad n'est pas en état d'écouter mon père. Sa présence ne servirait qu'à l'énerver encore plus.

Jeremiah s'est assis sur le lit avant d'ajouter :

– On dirait bien qu'on ira à Cousins cet été, finalement.

À peine avait-il prononcé ces mots qu'ils sont devenus réels. Enfin plutôt que la situation m'est apparue dans ce qu'elle avait de concret. Revoir Conrad n'était plus un fantasme lointain : ça allait se produire. J'ai aussitôt oublié mon intention de le sauver et j'ai bafouillé :

– Tu... tu devrais peut-être... peut-être me déposer au passage.

Jeremiah m'a dévisagée.

– Tu es sérieuse ? Je ne peux pas y arriver tout seul, Belly. Tu ne te rends pas compte à quel point la situation est grave. Depuis la rechute de maman, Conrad est en mode autodestruction. Il se fiche de tout.

Jeremiah a marqué une pause avant de reprendre :

– Mais je sais qu'il ne se fiche pas de ce que tu penses de lui.

Je me suis humecté les lèvres : elles étaient très sèches subitement.

– Je ne suis pas sûre...

– Eh bien moi, si. Je connais mon frère. Tu veux bien m'accompagner, s'il te plaît ?

Au souvenir des dernières paroles que j'avais prononcées devant Conrad, la honte me consumait. On ne balance pas des choses pareilles à quelqu'un qui vient de perdre sa mère. J'étais incapable de me retrouver face à lui. Tout bonnement incapable.

– Je te ramènerai à temps pour ta fête du 4 Juillet, si c'est ce qui t'inquiète.

Ça ressemblait tellement peu à Jeremiah de dire ça, que j'en ai oublié ma honte.

– Tu crois vraiment que j'en ai quelque chose à faire, de cette fichue soirée sur un bateau ? me suis-je exclamée en le fusillant du regard.

– Tu adores les feux d'artifice, a-t-il répliqué.

– La ferme !

Il a souri.

– Très bien, ai-je poursuivi. Tu as gagné, je viens.

– Super, a-t-il conclu en se levant. Je vais passer aux toilettes avant de partir. Ah… et au fait, Belly ?

– Ouais ?

Il me considérait de son air moqueur.

– Je savais que tu céderais. C'était perdu d'avance.

Il a esquivé l'oreiller que je lui ai balancé et a rejoint la sortie en entamant une petite danse de victoire.

– Dépêche-toi, idiot ! lui ai-je lancé.

Dès qu'il a été parti, j'ai attaché la chaîne autour de mon cou et j'ai dissimulé le pendentif sous mon débardeur. Celui-ci avait laissé une petite marque au creux de ma paume, tant je l'avais serré fort.

Pourquoi avais-je fait ça ? Pourquoi l'avais-je mis ?

119

Pourquoi ne l'avais-je pas plutôt rangé dans ma poche ou replacé dans son écrin ? Je n'étais même pas capable de répondre à ces questions. Tout ce que je savais, c'est que j'avais vraiment, vraiment envie de le porter. J'avais le sentiment qu'il m'appartenait.

Chapitre quinze

3 juillet

Avant de rejoindre la voiture, j'ai rassemblé les manuels et les notes de cours de Conrad et je les ai jetés dans le sac à dos que j'avais dégoté dans son placard.

– Comme ça, il pourra réviser pour ses partiels de lundi prochain, ai-je expliqué à Jeremiah en lui tendant l'ordinateur portable.

Avec un clin d'œil, il a répondu :

– Bel esprit d'initiative, Belly Conklin.

Sur le chemin de la sortie, nous nous sommes arrêtés à la chambre d'Ari, le RD. Sa porte était ouverte et il se tenait derrière son bureau. Jeremiah a passé la tête à l'intérieur et lancé :

– Salut, Ari. Je suis le frère de Conrad, Jeremiah. Nous avons retrouvé sa trace. Merci de nous avoir prévenus, mec.

– Aucun problème, a répondu ce dernier avec un large sourire.

Jeremiah se faisait des copains partout où il allait. Tout le monde voulait être l'ami de Jeremiah Fisher.

Puis nous avons pris la route. Direction Cousins, sans détour. Nous avons roulé les vitres baissées, la musique à fond.

Nous n'avons pas beaucoup parlé, mais ça m'était égal à présent. Je crois que nous étions tous deux trop occupés à réfléchir. Pour ma part, je repensais à la dernière fois que j'avais emprunté cette route. Je n'étais pas avec Jeremiah. Mais avec Conrad.

Chapitre seize

Cette nuit-là avait été, sans l'ombre d'un doute, l'une des plus merveilleuses de ma vie. Avec le réveillon du Nouvel An à Disney World. Mes parents étaient encore mariés à l'époque, j'avais neuf ans. Nous avions contemplé le feu d'artifice au-dessus du château de Cendrillon et Steven n'avait même pas râlé.

Je n'ai pas reconnu sa voix quand il a appelé, en partie parce que j'ai été surprise par son coup de fil et en partie parce qu'il m'avait réveillée. Il m'a dit :

– Je suis en voiture, j'arrive en bas de chez toi. On peut se voir ?

Il était minuit et demi. Boston se trouvait à plus de cinq heures de route, il avait dû conduire toute la soirée. Et il voulait me voir.

Je lui ai dit de se garer dans la rue, à l'angle, je viendrais le retrouver dès que ma mère serait couchée. Il a répondu qu'il m'attendrait.

Je me suis postée près de la fenêtre pour guetter la lumière de ses phares. Dès que j'ai repéré sa voiture, j'ai eu envie de courir le rejoindre, mais je devais encore patienter. J'entendais ma mère s'agiter dans sa chambre et je la connaissais : elle lirait au moins une demi-heure avant de s'endormir. C'était une vraie torture de le savoir juste là et de ne pas pouvoir y aller aussitôt. L'idée de Conrad était complètement démente, parce que c'était l'hiver et qu'on se gèlerait sans doute à Cousins. Pourtant, lorsqu'il m'en avait parlé, c'est au bon sens du terme que j'avais trouvé son idée démente.

Dans le noir, j'ai mis l'écharpe et le bonnet que Gran m'a tricotés pour Noël. Puis j'ai refermé la porte de ma chambre et je me suis avancée sur la pointe des pieds jusqu'à celle de ma mère ; j'ai collé l'oreille contre le battant. La lumière était éteinte et je l'entendais ronfler doucement. Steven n'était pas encore rentré, ce qui était une chance, parce qu'il avait le sommeil aussi léger que notre père.

La maison était calme, silencieuse. Le sapin allumé. On le laissait toute la nuit, pour conserver l'illusion qu'à n'importe quel instant le Père Noël pouvait débarquer avec des cadeaux. Je n'ai pas pris le temps d'écrire un message à ma mère. Je l'appellerais le lendemain matin, quand elle aurait découvert que j'étais partie.

J'ai descendu l'escalier en faisant attention à la planche qui craquait au milieu. Dès que j'ai eu franchi le seuil de la maison, j'ai dévalé les marches du perron et traversé en courant la pelouse givrée. Elle a crissé sous les semelles de mes baskets. J'avais oublié mon manteau. J'avais pensé à l'écharpe et au bonnet, mais pas au manteau.

Il était garé à l'angle, comme convenu. La voiture était plongée dans le noir, il avait coupé les phares. J'ai ouvert la portière passager comme si j'avais fait ce geste un million de fois.

J'ai passé la tête à l'intérieur, mais je ne me suis pas assise, pas encore. Je voulais le voir d'abord. Il portait une polaire grise et ses joues étaient rosies par le froid. Son bronzage avait disparu, mais il restait le même.

– Salut ! ai-je dit avant de monter.

– Tu n'as pas de manteau.

– Il ne fait pas si froid.

Je frissonnais pourtant.

– Tiens, m'a-t-il proposé en retirant son pull pour me le passer.

Je l'ai enfilé. Il était chaud et ne sentait pas la cigarette. Il sentait son odeur. Conrad avait finalement arrêté de fumer, alors. Cette pensée me faisait sourire.

Il a tourné la clé de contact, et je lui ai confié :

– Je n'en reviens pas que tu sois là.

D'une voix presque timide il a répondu :

– Moi non plus.

Puis il a hésité avant de poursuivre :

– Tu viens toujours avec moi ?

Comment pouvait-il me poser cette question ? J'irais n'importe où avec lui.

– Oui.

Plus rien n'existait en dehors de ce mot, de cet instant. Il n'y avait que nous. Tous les événements de cet été, et des étés précédents, nous avaient menés là. Maintenant.

Sa présence à mes côtés était comme un cadeau incroyable. Le plus beau cadeau de Noël que j'aie jamais reçu. Parce qu'il me souriait, qu'il n'était ni sombre, ni triste, ni aucun des adjectifs que j'associais habituellement à son humeur. Il était guilleret, expansif, il était ce qu'il y avait de meilleur en lui.

– Je crois que je vais devenir médecin, m'a-t-il annoncé en me coulant un regard de biais.

– Vraiment ? Waouh !

– La médecine est un domaine passionnant. Au début, je comptais me consacrer à la recherche, mais finalement je préfère être en contact avec les patients.

J'ai surmonté mon indécision pour demander :

– C'est à cause de ta mère ?

Il a acquiescé.

– Elle va de mieux en mieux, tu sais. Grâce à la médecine. Elle réagit bien à son nouveau traitement. Ta mère t'en a parlé ?

– Oui, bien sûr.

Ce n'était pas le cas pourtant. Elle ne voulait sans doute pas que je nourrisse de faux espoirs. Elle ne voulait sans doute pas en nourrir elle non plus. Ma mère était ainsi ; elle refusait de se réjouir tant qu'elle n'était pas certaine. Pas moi. Je me sentais déjà plus légère, plus heureuse. Susannah allait mieux, j'étais avec Conrad : tout se déroulait selon mes désirs.

Je me suis penchée pour lui serrer le bras.

— C'est la meilleure nouvelle du monde, ai-je dit avec sincérité.

Il m'a souri : l'espoir se lisait sur son visage.

Il faisait un froid de loup dans la maison. Nous avons monté le chauffage au maximum et Conrad a lancé un feu dans la cheminée. Agenouillé, il déchirait des morceaux de papier et retournait délicatement les bûches. Moi, je l'observais. J'aurais parié qu'il avait été gentil avec son chien, Boogie. Qu'il le laissait dormir dans son lit. Penser à un lit m'a soudain rendue nerveuse. Je n'aurais pas dû pourtant, parce que après avoir allumé le feu Conrad s'est installé sur le fauteuil relax au lieu de me rejoindre sur le canapé. J'ai compris quelque chose : il était fébrile, lui aussi. Conrad qui conservait habituellement son calme. En toutes circonstances.

— Pourquoi tu t'assieds aussi loin ? ai-je lancé en entendant mon cœur tambouriner dans mes oreilles.

Je ne me serais jamais crue capable d'avoir le courage de lui livrer le fond de ma pensée. Visiblement surpris lui aussi, il est néanmoins venu prendre place à côté de moi. J'avais envie qu'il m'enlace. J'avais envie de faire toutes les choses que j'avais seulement vues à la télé ou entendues dans la bouche de Taylor. Enfin peut-être pas toutes, mais certaines.

– Je ne veux pas que tu aies peur, a soufflé Conrad à voix basse.

– Ce n'est pas le cas, ai-je menti.

Je n'avais pas peur de lui, mais de ce que j'éprouvais. Parfois, j'étais débordée par mes émotions. Ce que je ressentais pour Conrad était énorme, plus grand que tout.

– Bien, a-t-il murmuré avant de m'embrasser.

Ses baisers étaient langoureux et tendres, et même si je l'avais déjà embrassé j'ai été prise au dépourvu. Il ne se précipitait pas : il m'effleurait les cheveux comme il aurait caressé les cordes de sa guitare.

Être dans ses bras, c'était... comme boire une limonade fraîche avec une paille, un plaisir doux, mesuré et infini. Une idée m'a traversé l'esprit : je ne voulais jamais cesser de l'embrasser, je pouvais continuer éternellement.

Nous avons échangé des baisers sur le canapé pendant ce qui aurait pu être des heures ou des minutes. Nous n'avons rien fait d'autre cette nuit-là que nous embrasser. Il me touchait avec prudence, comme si j'étais une décoration de Noël qu'il craignait de casser.

– Ça va ? m'a-t-il demandé dans un murmure une fois.

J'ai posé la main sur son torse et senti que son cœur battait aussi vite que le mien. J'ai ouvert les yeux et j'ai été transportée de joie en découvrant qu'il avait les paupières closes. Ses cils étaient plus longs que les miens.

Il a sombré dans le sommeil le premier. J'avais

entendu quelque part qu'il ne fallait pas dormir avec un feu allumé, j'ai donc attendu qu'il s'éteigne. J'ai observé Conrad un moment. Il ressemblait à un petit garçon avec ses cheveux qui lui tombaient sur le front et ses cils qui lui caressaient les joues. Dans mon souvenir, il n'avait jamais paru aussi jeune. Quand j'ai été certaine qu'il était profondément endormi, je lui ai chuchoté au creux de l'oreille :

– Conrad, il n'y a que toi. Pour moi, il n'y a jamais eu que toi.

Ma mère a paniqué en découvrant mon absence le lendemain matin. J'avais raté ses deux premiers appels parce que je dormais. Lorsqu'elle a téléphoné pour la troisième fois, j'ai décroché, hors de moi.

– Tu n'as pas eu mon message ?

Puis je me suis souvenue que je n'en avais pas laissé. Elle rugissait presque :

– Non, je n'ai trouvé aucun message. Je t'interdis de quitter la maison au milieu de la nuit sans me prévenir, Belly.

– Même pour une petite balade au clair de lune ? ai-je plaisanté.

La faire rire était le plus sûr moyen de dissiper sa colère. J'ai entonné sa chanson préférée de Patsy Cline :

– *I go out walkin', after midnight, out in the moonlight*[1]...

_____

1. « Je sors me promener, à minuit passé, au clair de lune... » (Toutes les notes sont de la traductrice.)

129

– Ça n'a rien de drôle. Où es-tu ?

Sa voix était ferme, cassante. J'ai hésité : rien ne la mettait plus hors d'elle qu'un mensonge. Elle finirait par apprendre la vérité de toute façon, elle avait des dons de voyance.

– Euh... à Cousins.

Je l'ai entendue retenir son souffle à l'autre bout de la ligne.

– Avec qui ?

Je me suis tournée vers Conrad ; il nous écoutait. Ça ne m'enchantait pas.

– Conrad, ai-je répondu en baissant la voix.

Sa réaction m'a prise au dépourvu. Elle a libéré sa respiration en poussant un petit soupir de soulagement.

– Tu es avec Conrad.

– Oui.

– Comment va-t-il ?

C'était une question bizarre, surtout au milieu de notre dispute. J'ai souri à Conrad en m'éventant le visage pour lui faire comprendre que ça s'arrangeait. Il m'a adressé un clin d'œil.

– Super, ai-je rétorqué plus détendue.

– Bien, bien, a-t-elle lancé comme si elle se parlait à elle-même. Belly, tu as intérêt à être à la maison ce soir. Suis-je bien claire ?

– Oui.

J'étais contente, je m'attendais à ce qu'elle exige que nous prenions la route immédiatement.

– Dis à Conrad de conduire prudemment.

Après un silence, elle a ajouté :

– Et Belly ?

– Oui, Laurel ?

Je lui tirais toujours un sourire quand je l'appelais par son prénom.

– Profite bien de cette journée. Parce que tu n'auras pas l'occasion de t'amuser à nouveau avant très, très longtemps.

– Tu vas me punir ? ai-je grommelé.

C'était une nouveauté : ma mère ne m'avait jamais privée de sortie. Il faut dire que je ne lui avais jamais donné de raison de le faire.

– Question stupide.

Sentant que sa colère s'était dissipée, je n'ai pas pu résister :

– Je croyais qu'il n'y avait pas de questions stupides ?

Elle m'a raccroché au nez. Mais je savais que je lui avais arraché un sourire. J'ai rabattu le clapet de mon portable et me suis tournée vers Conrad.

– Quel est le programme ?

– Il n'y en a pas.

– J'ai envie d'aller sur la plage.

Nous y sommes allés. Nous nous sommes emmitouflés et nous avons mis les bottes en caoutchouc que nous avons trouvées dans la buanderie. Je portais celles de Susannah, qui étaient trop grandes d'au moins deux pointures, et je n'arrêtais pas de glisser sur le sable en courant. Je suis tombée deux fois sur les fesses. Je riais

131

à gorge déployée, mais je m'entendais à peine avec le mugissement du vent. Quand nous sommes rentrés à la maison, j'ai posé mes mains glaciales sur ses joues et au lieu de me repousser il a dit :

– Ahhh... c'est trop bon.

En m'esclaffant, j'ai répondu :

– C'est parce que tu as un cœur de pierre.

Il a glissé mes mains dans les poches de son manteau et a répliqué d'une voix si douce que je l'entendais à peine :

– Avec les autres, peut-être, mais pas avec toi.

Comme il ne me regardait pas en le disant, j'ai compris qu'il était sincère. Ne sachant quoi répondre, je me suis hissée sur la pointe des pieds et j'ai déposé un baiser sur sa joue. Celle-ci était froide et lisse. Conrad m'a souri avant de s'éloigner. Sans se retourner, il m'a demandé :

– Tu as froid ?

– Un peu, ai-je avoué en rougissant.

– Je vais refaire du feu.

Pendant qu'il s'y attelait, j'ai trouvé une vieille boîte de chocolat en poudre dans le placard, à côté des sachets de thé et du café de ma mère. Susannah nous faisait du chocolat chaud les soirées pluvieuses, lorsque l'air se rafraîchissait. Elle le préparait avec du lait, mais comme il n'y en avait pas je me suis servie d'eau.

Je me suis assise sur le canapé pour remuer ma tasse en regardant les petits flocons de chocolat se dissoudre. Mon cœur battait un million de fois par minute. En présence de Conrad, j'avais toujours l'impression d'être à bout de souffle.

Il continuait de s'affairer, déchirait des morceaux de papier et remuait les braises, accroupi devant l'âtre, faisant régulièrement basculer son poids d'avant en arrière.

– Tu veux ton chocolat ? lui ai-je proposé.

– Oui, merci, a-t-il acquiescé en me jetant un coup d'œil par-dessus son épaule.

Il s'est assis à côté de moi sur le canapé et a pris le mug à l'effigie des Simpson. Ça avait toujours été son préféré.

– C'est...

– Délicieux ?

– Pâteux.

Nous avons éclaté de rire.

– Pour ta gouverne, le chocolat chaud est ma spécialité. De rien d'ailleurs, ai-je ajouté en avalant ma première gorgée.

C'était un peu pâteux, il avait raison. Il m'a observée avant de me relever le menton. Puis il s'est mis à me frotter la joue avec son pouce comme pour enlever de la suie.

– J'ai du chocolat en poudre sur le visage ?

– Non. Juste des saletés... oh, pardon, je voulais dire des taches de rousseur.

Je me suis esclaffée et lui ai donné une tape sur le bras. Il m'a prise par la main et m'a attirée vers lui. Il a chassé une mèche de cheveux de mes yeux – je craignais qu'il ne m'entende retenir mon souffle, comme chaque fois qu'il me touchait. Le jour déclinait. En poussant un soupir, Conrad a dit :

– Je ferais mieux de te raccompagner.

J'ai consulté ma montre : dix-sept heures.

– Ouais... on devrait y aller, je crois.

Aucun de nous n'a bougé. Il s'est mis à enrouler une mèche autour de son doigt.

– J'adore tes cheveux, ils sont si doux...

– Merci, ai-je murmuré.

Je n'avais jamais pensé que ceux-ci avaient quoi que ce soit de particulier. Pour moi, ils n'étaient que des cheveux. Châtains de surcroît, ce qui n'était pas aussi remarquable que des cheveux blonds, noirs ou roux. Pourtant, la façon qu'il avait de les contempler... de me contempler. Comme s'ils exerçaient une forme de fascination sur lui, comme s'il ne pourrait jamais se lasser de les toucher.

Nous nous sommes embrassés, mais nos baisers étaient différents de la veille. Ils n'avaient plus rien de lent ou de langoureux. Et Conrad me dévorait de son regard, il semblait avoir envie de moi, besoin de moi... J'avais l'impression que nos baisers agissaient à la façon d'une drogue. La sensation de manque ne cessait de s'accroître. Mais c'est surtout moi qui avais envie de lui.

Lorsque je l'ai serré contre moi, lorsque j'ai glissé ma main dans son dos, sous sa chemise, il a réprimé un frisson.

– Mes mains sont trop froides ? lui ai-je demandé.

– Non, a-t-il dit avant de s'écarter et de se redresser.

Il avait le visage rouge et les cheveux ébouriffés.

– Je ne veux rien précipiter, a-t-il complété.

Je me suis redressée à mon tour.

– Mais je croyais que tu avais déjà...

J'ignorais comment finir ma phrase. C'était trop gênant ; je n'avais jamais rien dit de tel. Conrad est devenu encore plus cramoisi.

– Ouais, je... oui, c'est le cas. Mais pas toi.

– Oh... ai-je lâché en piquant du nez vers mes chaussettes.

En relevant la tête, j'ai repris :

– Qu'est-ce que tu en sais d'abord ?

Rouge comme une tomate à présent, il a bredouillé :

– Je... je croyais juste que tu n'avais pas... enfin je pensais...

– Tu pensais que je n'avais rien fait avant, c'est bien ça ?

– Oui. Enfin, non.

– Tu ne devrais pas tirer des conclusions aussi hâtives.

– Je suis désolé. Alors... a-t-il ajouté, indécis. Tu l'as fait ?

Je me suis contentée de le regarder. Lorsqu'il a ouvert la bouche pour parler, je l'ai interrompu :

– Non. Loin de là.

Puis j'ai déposé un baiser sur sa joue. J'avais l'impression que pouvoir l'embrasser à ma guise était un privilège immense.

– Tu es vraiment adorable avec moi, ai-je chuchoté.

J'étais si heureuse, si reconnaissante d'être là, à ses côtés. Le regard sombre, sérieux, il m'a dit :

– Je veux simplement... m'assurer que tu vas bien. C'est important pour moi.

– Je vais bien. Je vais mieux que bien.

Après avoir hoché la tête, il s'est mis debout et m'a tendu la main pour m'aider à me relever.

– Tant mieux. Maintenant, il est temps que je te ramène.

Je ne suis arrivée à la maison qu'après minuit. On s'était arrêtés sur l'autoroute pour dîner. J'avais commandé des pancakes et des frites, et il m'avait invitée. Quand je suis rentrée, ma mère était furieuse. Je n'ai rien regretté pourtant. Jamais. Comment regretter l'une des plus belles nuits de sa vie ? Impossible. On se souvient de chaque mot, de chaque regard. Et même lorsque ça se met à faire mal, on continue à se souvenir.

Chapitre dix-sept

3 juillet

Nous avons traversé la ville, dépassé les endroits habituels, le minigolf, la baraque à crabes... Jeremiah roulait au maximum autorisé, en sifflant. J'aurais voulu qu'il ralentisse, que nous n'atteignions jamais notre but. Mais c'était impossible, naturellement. Nous y étions presque.

J'ai tiré de mon sac un petit pot de gloss. Après en avoir appliqué sur mes lèvres, j'ai passé mes doigts dans mes cheveux emmêlés – nous avions fait toute la route vitres baissées. Du coin de l'œil, je voyais bien que Jeremiah m'observait ; il devait me trouver ridicule. J'avais envie de lui dire que j'avais conscience de l'être. De ne pas valoir mieux que Taylor. Mais je ne pouvais pas me pointer devant Conrad les cheveux en désordre.

En apercevant sa voiture devant la maison, mon cœur s'est serré : il était bien là. Jeremiah est sorti en trombe, il a grimpé les marches du perron deux par deux. Je l'ai suivi en traînant. La maison avait toujours la même odeur, ce qui m'a prise au dépourvu.

Je m'étais peut-être attendue à ce que tout soit différent avec la disparition de Susannah. Mais rien n'avait changé, au contraire. À tel point que je n'aurais pas été surprise de la trouver dans la cuisine, flottant dans sa robe.

Conrad a eu le culot d'afficher un air contrarié en nous apercevant. Il revenait de la plage, ses cheveux étaient encore mouillés et il avait gardé sa combinaison de surf. Cette vision m'a sonnée : ça ne faisait que deux mois, pourtant j'avais l'impression de voir un fantôme. Le fantôme de mon premier amour. Ses yeux se sont attardés sur moi une seconde avant de se poser sur Jeremiah.

– Qu'est-ce que tu fous là ?

– Je suis venu te chercher et te ramener à la fac, a répondu Jeremiah d'une voix qu'il s'efforçait de garder détendue. T'as vraiment déconné, mec. Papa est comme un dingue.

Conrad a balayé ses paroles du revers de la main.

– Dis-lui d'aller se faire voir. Je reste ici.

– Rad, tu as raté deux cours et tu as un exam lundi. Tu ne peux pas le louper. Sinon tu vas être viré de l'école d'été.

– C'est mon problème. Et elle, qu'est-ce qu'elle fabrique là ?

Il ne m'a même pas accordé un regard, j'ai eu l'impression qu'il me plantait un poignard dans la poitrine. Je me suis reculée vers les portes vitrées. J'avais du mal à respirer.

– Je lui ai demandé de m'accompagner, de m'aider, a dit Jeremiah en se tournant vers moi.

Il a inspiré puis a repris :

– Écoute, on t'a apporté tes bouquins. Tu pourras réviser ce soir, et demain on te ramènera à la fac.

– Je me fous de la fac, a déclaré Conrad en retirant le haut de sa combinaison.

Il avait déjà les épaules bronzées. Il s'est assis sur le canapé sans se donner la peine de se sécher.

– C'est quoi, ton problème ? lui a lancé Jeremiah en s'évertuant à conserver son calme.

– Pour le moment, vous. Toi et elle. Ici.

Pour la première fois depuis que nous étions arrivés, Conrad m'a regardée dans les yeux.

– Tu veux m'aider ? Pourquoi ? Pourquoi es-tu là ?

J'ai ouvert la bouche pour parler, mais aucun son n'a franchi mes lèvres. Comme toujours, Conrad pouvait m'anéantir d'un coup d'œil, d'un mot. Il a attendu patiemment. Face à mon silence, il a fini par poursuivre :

– Je croyais que tu ne voulais plus jamais me revoir. Tu me hais, tu te souviens ?

Son ton était sarcastique, méprisant.

– Je ne te hais pas, ai-je dit avant de prendre la fuite.

J'ai refermé la porte-fenêtre derrière moi et j'ai dévalé les marches de la véranda. J'avais besoin d'être sur la plage, je me sentirais mieux là-bas. Rien, rien ne m'apaisait comme le contact du sable sous la plante de mes pieds : il était à la fois solide et mouvant, constant et instable. Comme l'été.

Je me suis assise dans le sable et j'ai observé les vagues déferler sur le rivage et s'étaler comme un glaçage blanc sur un biscuit. J'avais commis une erreur en venant ici. Rien de ce que je pourrais dire ou faire ne parviendrait à effacer le passé. Le dédain avec lequel il avait dit « elle ». Il ne m'avait même pas appelée par mon prénom.

Au bout d'un moment, je suis retournée à la maison. J'ai trouvé Jeremiah dans la cuisine, seul. Pas de Conrad en vue.

– Eh bien, on peut affirmer que tout s'est déroulé à merveille, a-t-il lancé.

– Je n'aurais jamais dû t'accompagner.

Jeremiah a ignoré ma remarque.

– Je te parie ce que tu veux que le frigo ne contient que des bières.

Il essayait de me faire rire, mais je m'y refusais. J'en étais incapable.

– Il faudrait être débile pour parier l'inverse, ai-je répondu en me mordant la lèvre.

Je ne voulais pas pleurer, vraiment pas.

– Ne le laisse pas t'atteindre, m'a intimé Jeremiah.

Il a tiré sur ma queue-de-cheval et l'a enroulée autour de son poignet.

– Je ne peux pas m'en empêcher.

La façon dont il m'avait considérée, comme si je ne représentais rien pour lui, moins que rien.

– Il joue l'imbécile, il ne pense pas ce qu'il a dit.

Jeremiah m'a donné un coup de coude avant d'ajouter :

– Tu regrettes d'être venue.

– Oui.

– Eh bien pas moi, a-t-il rétorqué avec un sourire en coin. Je suis content que tu sois là. Je suis content de ne pas avoir à m'occuper de lui tout seul.

Devant les efforts qu'il déployait, j'ai décidé d'en faire également. J'ai ouvert le frigo d'un geste théâtral.

– Roulement de tambour ! ai-je lancé.

Il avait raison : à part deux caisses de bières, les rayons étaient vides. Susannah devait se retourner dans sa tombe.

– Qu'est-ce qu'on va faire ? ai-je repris.

Le regard perdu vers la plage, il a répondu :

– On va sans doute devoir passer la nuit ici. Je réussirai à le convaincre, mais j'ai besoin de temps.

Il a marqué une pause, puis ajouté :

– Voilà ce que je te propose : pendant que tu vas nous chercher de quoi dîner, je reste ici pour discuter avec Rad.

Je savais qu'il essayait de se débarrasser de moi et j'en étais contente. J'avais besoin de quitter la maison, de m'éloigner de Conrad.

– Des calamars, ça te tente ?

Il a acquiescé, visiblement soulagé. Quand il a voulu sortir son portefeuille, je l'ai arrêté.

– C'est bon.

Il a secoué la tête.

– Je ne veux pas que tu dépenses ton argent, a-t-il insisté en me tendant deux billets de vingt dollars froissés et la clé de sa voiture. Tu es déjà venue jusqu'ici.

– J'en avais envie.

– Parce que tu es quelqu'un de bien et que tu voulais aider Rad.

– Et toi aussi. Enfin, je veux toujours t'aider. Tu ne devrais pas affronter ça seul.

L'espace d'un éclair, je ne l'ai plus reconnu : il ressemblait à son père.

– Qui s'en chargera sinon ?

Puis il m'a souri et il est redevenu Jeremiah. Le benjamin de Susannah, son rayon de soleil. Son petit ange.

Jeremiah m'avait appris à conduire sa voiture, avec un levier de vitesse. C'était agréable de se retrouver derrière le volant à nouveau. Au lieu d'allumer la clim, j'ai baissé les vitres pour que l'air marin pénètre. Je me suis rendue en ville tranquillement et j'ai garé la voiture près de la vieille église baptiste.

Des gamins en maillot de bain et short envahissaient les trottoirs, accompagnés par des parents en pantalon de toile et des golden retrievers qui n'étaient pas tenus en laisse. C'était probablement le premier week-end depuis la fin de l'année scolaire pour la plupart d'entre eux. Ça se sentait. J'ai souri en voyant un garçon courir après deux filles plus âgées, sans doute ses sœurs.

– Attendez ! leur a-t-il crié, en faisant claquer ses tongs sur le bitume.

Elles ont pressé le pas sans se retourner.

Je me suis d'abord arrêtée à l'épicerie. Autrefois, je passais des heures à choisir des bonbons. Comme si ma vie en dépendait. Les garçons remplissaient leurs sachets sans réfléchir, une poignée de ceux-ci, une autre de ceux-là. Je procédais avec beaucoup plus de méticulosité : dix crocodiles, cinq boules au chocolat, une cuillerée moyenne de Jelly Belly à la poire. En souvenir du bon vieux temps, j'ai pris un sachet. J'y ai mis des M&M's pour Jeremiah, un Twix pour Conrad et, même s'il n'était pas là, des Dragibus pour Steven. En guise d'hommage aux vacances de notre enfance, à cette époque de notre vie où choisir des bonbons était le moment le plus important, et le meilleur, de la journée.

Je faisais la queue pour payer quand j'ai entendu quelqu'un m'interpeller.

– Belly ?

Je me suis retournée et j'ai découvert Maureen O'Riley, la propriétaire de la boutique de chapeaux en ville : La Chapellerie de Maureen. Elle était plus âgée que mes parents – elle devait friser la soixantaine – et s'était toujours bien entendue avec ma mère et Susannah. Elle prenait la question des chapeaux très au sérieux.

Elle m'a serrée dans ses bras, elle sentait toujours le savon de Marseille.

– Comment va ta mère ? Et Susannah ?

– Ma mère va bien, ai-je répondu avant d'avancer pour garder ma place dans la queue.

Elle m'a suivie.

– Et Susannah ?

Je me suis éclairci la gorge.

– Son cancer est revenu et elle est morte.

Le visage bronzé de Maureen s'est plissé sous le choc.

– Je n'étais pas au courant, je suis désolée. Je l'aimais beaucoup. Quand ?

– Début mai.

J'approchais de la caisse : bientôt je pourrais partir et cette conversation serait terminée. Maureen a alors serré mes mains entre les siennes et j'ai failli les retirer, alors même que je l'avais toujours appréciée. Simplement je n'avais aucune envie de rester plantée dans l'épicerie à discuter de la mort de Susannah comme de n'importe quel cancan. On parlait de Susannah. Elle a dû sentir mes réticences, parce qu'elle m'a lâchée.

– Je regrette de ne pas avoir été prévenue. Présente mes condoléances aux garçons et à ta mère, tu veux ? Et passe me voir au magasin, Belly. On te trouvera un chapeau. Il est temps que tu en aies un. Avec un galon, je pense.

– Je n'en ai jamais porté, ai-je répliqué en cherchant mon porte-monnaie.

– Il est temps, a-t-elle répété. Quelque chose qui te mettra en valeur. Passe au magasin, je m'occuperai de toi. J'aimerais te faire ce cadeau.

144

Je me suis promenée en ville, ensuite. Je me suis arrêtée à la librairie et à une des boutiques de surf. Je déambulais sans but, piochant régulièrement dans le sachet de bonbons. Je n'avais aucune envie de tomber sur une autre connaissance, mais je n'étais pas non plus pressée de rentrer. De toute évidence, Conrad ne se réjouissait pas de ma présence. Est-ce que j'envenimais la situation ? Le regard qu'il m'avait jeté... je n'avais pas imaginé que ce serait aussi dur de le revoir. Et de retourner dans la maison. C'était un million de fois plus dur que je ne me l'étais figuré.

J'ai trouvé Jeremiah et Conrad en train de siroter une bière sur la véranda, à l'arrière de la maison. Le jour déclinait, il y aurait un beau coucher de soleil. J'ai posé les clés et le sac graisseux contenant les calamars sur la table avant de m'affaler sur une chaise longue.

– Passez-moi une bière, ai-je lancé.

Je n'aimais pas particulièrement ça. Au contraire même. Mais j'avais envie de faire comme eux ; apparemment, ça avait réussi à les rapprocher, au moins un peu. Comme autrefois, je voulais seulement être incluse dans le groupe.

Je m'attendais à ce que Conrad refuse en me fusillant du regard. J'ai même été déçue que ce ne soit pas le cas. Jeremiah a sorti une bouteille de la glacière et me l'a lancée avec un clin d'œil.

– Depuis quand notre Belly-Bella boit ?

– J'ai presque dix-sept ans, lui ai-je rappelé. Tu ne crois pas que je suis trop vieille pour ce surnom ?

– Je sais quel âge tu as.

Conrad a plongé la main dans le sac en papier et s'est mis à dévorer les rondelles frites. Je me suis demandé si c'était la première chose qu'il avalait de la journée.

– De rien, lui ai-je lancé.

Je ne pouvais pas m'en empêcher. Il n'avait pas posé les yeux sur moi depuis mon retour. Je voulais le forcer à admettre ma présence. Il a grommelé un merci, tandis que Jeremiah me jetait un regard d'avertissement l'air de dire : *Ne va pas l'énerver maintenant que ça se passe bien.*

La sonnerie de son portable a alors retenti, mais il n'a pas fait mine de vouloir décrocher.

– Je ne quitterai pas cette maison, tu peux le prévenir, a dit Conrad.

J'ai redressé la tête. Comment ça, il ne la quitterait pas ? Jamais ? Je l'ai dévisagé, mais son expression était plus impénétrable que jamais. Jeremiah s'est levé, a pris son téléphone et s'est réfugié à l'intérieur. Il a refermé la porte-fenêtre derrière lui. Pour la première fois, nous nous retrouvions seuls, Conrad et moi. L'atmosphère était pesante. Regrettait-il ses propos de l'après-midi ? Devais-je dire quelque chose, tenter de recoller les morceaux ? Mais comment ? J'ignorais s'il y avait quoi que ce soit à dire.

Du coup, je n'ai pas essayé. Je n'ai pas saisi l'occasion. Je me suis contentée de me carrer dans la chaise longue en soupirant. Le ciel prenait une teinte d'or rosé. J'avais l'impression qu'il n'y avait rien de plus beau au monde que ce coucher de soleil, qu'il était dix fois plus sublime que tout ce qui existait sur terre. Je sentais la tension de la journée m'abandonner pour s'enfuir vers l'océan. Je tenais à garder cet instant en mémoire au cas où je ne reviendrais pas ici. On n'a jamais conscience qu'on voit un endroit pour la dernière fois. Ou une personne.

Chapitre dix-huit

3 juillet

Nous avons regardé la télé pendant un moment. Jeremiah n'a pas fait de nouvelles tentatives pour engager la conversation avec Conrad, et personne n'a évoqué la fac ni M. Fisher. Je me demandais si Jeremiah attendait de se retrouver seul avec lui. Je me suis forcée à bâiller et j'ai lancé à la cantonade :

– Je suis crevée.

En le disant, je me suis rendu compte que c'était le cas. J'étais crevée. J'avais l'impression d'avoir vécu la journée la plus longue de ma vie. J'avais passé l'essentiel de mon temps assise dans une voiture, pourtant je me sentais complètement vidée de mon énergie.

– Je vais me coucher, ai-je annoncé en bâillant à nouveau, sans me forcer cette fois.

Jeremiah m'a souhaité bonne nuit et Conrad est resté silencieux.

Dès que j'ai été dans ma chambre, j'ai ouvert mon sac de voyage et j'ai été horrifiée par ce que j'y ai trouvé : le deux-pièces à carreaux flambant neuf de Taylor, ses sandales compensées préférées, une robe à œillets, le short que son père qualifiait de « culotte en jean », quelques tops soyeux et, au lieu du tee-shirt immense que je comptais enfiler pour dormir, un pyjama rose avec des petits cœurs rouges. Un short et le débardeur assorti. Je l'aurais tuée. Je croyais qu'elle avait complété mon sac, pas qu'elle avait remplacé mes affaires par les siennes. Elle avait seulement laissé mes sous-vêtements.

La perspective de déambuler dans la maison avec ce pyjama, de croiser quelqu'un me donnait des envies de meurtre. Je savais que Taylor ne pensait pas à mal. Elle croyait même me rendre service. Se séparer de ses sandales préférées le temps d'une soirée était un geste altruiste pour Taylor. Ce qui n'apaisait pas ma colère.

C'était comme avec Cory. Taylor n'en faisait qu'à sa tête, elle se fichait de mon opinion. Elle s'en était toujours fichée. Les torts étaient partagés, cela dit : je n'avais qu'à réagir.

Après m'être lavé les dents, j'ai mis son pyjama et je me suis couchée. J'hésitais à ouvrir un livre avant d'éteindre la lumière, un des vieux poches rangés sur l'étagère, lorsque quelqu'un a frappé à la porte. Après m'être remonté les draps jusqu'au menton, j'ai lancé :

– Entrez !

C'était Jeremiah. Il a refermé derrière lui et est venu s'asseoir au pied de mon lit.

– Salut, a-t-il chuchoté.

J'ai desserré mes doigts sur les draps. Ce n'était que Jeremiah.

– Salut. Qu'est-ce qui se passe ? Tu lui as parlé ?

– Pas encore. Je vais le lâcher ce soir pour retenter ma chance demain. Pour le moment, je prépare le terrain, je sème juste quelques graines... Tu sais comment il est, a-t-il ajouté en prenant un air de conspirateur.

– Tu as raison, c'est un bon plan.

Il m'a tendu la main pour que je tope.

– Ne t'inquiète pas, Belly. On maîtrise la situation.

– On maîtrise la situation, ai-je répété en tapant dans sa main.

Je ne parvenais pas à dissimuler mes doutes, pourtant Jeremiah a souri comme si nous avions déjà réussi.

Chapitre dix-neuf

Jeremiah

Quand Belly s'est levée pour aller se coucher, j'ai compris qu'elle voulait que je reste pour essayer de parler de la fac à Conrad. Je le savais parce que, quand on était petits, on s'entraînait à faire de la télépathie ensemble. Belly était persuadée que je pouvais deviner ses pensées et elle les miennes. La vérité, c'était que je lisais en elle comme en un livre ouvert. Quand elle s'apprêtait à dire un mensonge, son œil gauche se plissait légèrement. Quand elle était nerveuse, elle rentrait les joues avant de parler. Elle était transparente, elle l'avait toujours été.

– Ça te dit de te lever de bonne heure pour aller surfer demain matin ? ai-je proposé à Conrad.
– Oui.

J'en profiterais pour le convaincre de l'importance de retourner à la fac. Tout se passerait comme sur des roulettes.

Nous avons encore regardé la télé un peu, puis

Conrad s'est endormi sur le canapé et je suis monté dans ma chambre. La lumière était toujours allumée dans celle de Belly, au fond du couloir. J'ai frappé doucement. Je me faisais l'impression d'un idiot, planté là devant sa porte. Quand on était gamins, on entrait dans les chambres sans se poser de questions. J'aurais aimé que ce soit encore aussi simple.

– Entrez !

J'ai refermé la porte et je me suis assis au pied de son lit. Quand j'ai réalisé qu'elle était en pyjama, j'ai failli me relever aussi sec et partir. Je me suis raisonné en me disant que je l'avais déjà vue un million de fois en pyjama. Qu'est-ce que ça faisait après tout ? Mais elle avait troqué son habituel tee-shirt informe contre un petit haut rose à bretelles. Je me suis demandé si c'était confortable pour dormir.

Chapitre vingt

4 juillet

Quand j'ai ouvert les yeux, le lendemain, je ne me suis pas levée tout de suite. Je suis restée au lit en m'imaginant qu'il s'agissait d'un matin de vacances comme les autres. Mes draps avaient la même odeur, mon ours en peluche, Diabolo Menthe, était toujours installé sur le dessus de la commode. Rien n'avait changé. Susannah et ma mère étaient en train de se balader sur la plage et les garçons de manger tous les muffins aux myrtilles – il ne me resterait que les céréales complètes de ma mère. Il y aurait à peine un fond de lait dans la boîte et plus de jus d'orange. Ça me mettait hors de moi à l'époque ; aujourd'hui, ça me faisait sourire.

Pourtant il ne s'agissait que d'un souvenir, je le savais. Ni ma mère, ni mon frère, ni Susannah n'étaient là.

Même si je m'étais couchée de bonne heure la veille, j'avais dormi tard : il était près de onze heures. J'avais fait le tour du cadran, ce qui ne m'était pas arrivé depuis des semaines. Je me suis levée pour aller regarder dehors. Je me sentais toujours mieux après avoir jeté un coup d'œil par la fenêtre de ma chambre à Cousins. J'aurais aimé que toutes les fenêtres du monde donnent sur l'océan, sur des kilomètres de sable et d'eau. J'ai aperçu Jeremiah et Conrad avec leurs combinaisons noires, ballottés sur leurs planches de surf. Ce spectacle était si familier qu'il m'a redonné espoir. Peut-être que Jeremiah avait raison après tout. Peut-être que Conrad accepterait de repartir avec nous.

Je rentrerais chez moi, loin de lui et de tout ce qu'il me rappelait. Je me ferais bronzer à la piscine du quartier, je traînerais au café avec Taylor et l'été filerait. J'oublierais qu'il se déroulait différemment auparavant.

Cette fois, ce serait vraiment la dernière fois.

Avant toute chose, j'ai appelé Taylor. Je lui ai expliqué que nous étions à Cousins, qu'il nous fallait convaincre Conrad de retourner à la fac et de finir son école d'été.

– Belly, qu'est-ce que tu fabriques ? a-t-elle aussitôt réagi.

– Comment ça ?

– Tu sais très bien ce que je veux dire. Cette situation est ridicule, ta place est ici.

Comme j'ai soupiré, elle a ajouté :

– Qu'est-ce que ça peut te faire si Conrad arrête la fac ? Laisse-le devenir un tocard si ça lui chante.

J'avais beau savoir que personne ne pouvait m'entendre, j'ai baissé la voix :

– C'est difficile pour lui en ce moment. Il a besoin de nous.

– Il a besoin de son frère. Qui, soit dit en passant, est beaucoup plus sexy que lui ! Réveille-toi, Belly ! Conrad n'a pas besoin de toi. Il t'a trompée, tu l'as oublié ?

Je chuchotais à présent :

– Il ne m'a pas trompée, et tu le sais très bien. Nous avions déjà rompu. Et puis ce n'est pas comme si nous étions vraiment ensemble avant.

Ces derniers mots m'avaient coûté.

– Ah, c'est vrai... il ne t'a pas trompée, il t'a jetée juste après le bal. Un type formidable, très classe !

J'ai ignoré ses sarcasmes.

– Tu veux bien continuer à couvrir mes arrières si ma mère appelle ?

– Pfouh... a-t-elle soufflé dans le combiné. Je suis une amie loyale, moi.

– Merci. Oh, et merci aussi d'avoir gardé toutes mes affaires.

– De rien, a-t-elle répliqué avec suffisance. Et Belly ?

– Oui ?

– Ne perds pas de vue la véritable mission.

– Jeremiah le travaille au corps...

– Pas ça, banane. Je parle de ta mission à toi. Qui consiste à faire en sorte que Conrad te désire à nouveau pour que tu puisses le rejeter. Brutalement.

J'étais contente que nous ayons cette conversation au

155

téléphone : elle ne pouvait pas me voir lever les yeux au ciel. Cela dit, elle n'avait pas complètement tort. Si Taylor ne souffrait jamais, c'était parce qu'elle maîtrisait toujours la situation. Parce qu'elle faisait la pluie et le beau temps. Les garçons voulaient d'elle, pas l'inverse. Elle citait toujours cette réplique de *Pretty Woman* : « Je décide qui, je décide quand, je décide... qui ! »

Ce n'était pas que l'idée ne me séduisait pas. Mais ça ne fonctionnerait jamais. Réussir à attirer l'attention de Conrad la première fois, même brièvement, avait relevé du miracle. Je n'y parviendrais pas une seconde fois.

Après avoir raccroché avec elle, j'ai appelé ma mère. Je lui ai dit que je passais une nuit supplémentaire chez Taylor, qu'elle était encore trop mal pour que je la laisse. Ma mère m'a approuvée.

– Tu es une bonne amie.

Elle m'a demandé de saluer les parents de Taylor de sa part. Elle n'avait même pas envisagé que je puisse mentir, je l'entendais dans sa voix : tout ce qu'elle voulait, c'était se retrouver seule avec son chagrin.

J'ai pris une douche et enfilé les vêtements que Taylor avait choisis pour moi. Une blouse blanche avec des fleurs brodées et sa fameuse « culotte en jean ». Je suis descendue, les cheveux mouillés, en tirant sur le short. Les garçons étaient revenus de la plage et dévoraient des muffins au sucre glace et à la cannelle – Susannah avait pour habitude de se lever de bonne heure pour aller en acheter.

– Regarde un peu ce que j'ai pour toi, a lancé Jeremiah en poussant le sac en papier blanc vers moi.

J'ai enfourné un demi-muffin, il était encore chaud.

– Miam, ai-je lâché la bouche pleine. Alors... quoi de neuf ?

Jeremiah a tourné un regard plein d'espoir vers son frère.

– Rad ?

– Vous ne devriez pas tarder à prendre la route si vous ne voulez pas être coincés dans les embouteillages du 4 Juillet.

L'expression qui s'est peinte sur le visage de Jeremiah m'a serré le cœur.

– On ne part pas sans toi, a-t-il répliqué.

Conrad a exhalé un soupir.

– Écoute, Jer', j'apprécie ta visite, mais tu vois que je vais bien. La situation est sous contrôle.

– Tu parles ! Rad, si tu n'es pas de retour à la fac lundi, pour passer tes exams, tu seras viré. Et je te rappelle que si tu t'es inscrit à cette école d'été, c'est parce que tu as manqué des partiels au semestre dernier. Qu'est-ce qui arrivera si tu n'y retournes pas ?

– Ne t'inquiète pas pour moi. Je trouverai une solution.

– Tu répètes ça en boucle, mais, mec, tu n'as aucune solution. Tout ce que tu as fait pour le moment, c'est fuir !

À la façon dont Conrad l'a fusillé du regard, j'ai compris que Jeremiah avait visé juste. Conrad avait conservé son ancien système de valeurs, il était simplement enfoui sous la colère. L'ancien Conrad n'aurait jamais abandonné.

Mon tour était venu de prendre la parole, j'ai donc inspiré avant de demander :

– Comment comptes-tu devenir médecin sans diplôme, Conrad ?

Il m'a dévisagée, estomaqué. J'ai soutenu son regard : oui, je ne retirais rien. Je lui assènerais la vérité, même si elle le blessait. C'était une tactique que j'avais apprise en observant Conrad toutes les fois où nous avions joué ensemble. Au premier signe de faiblesse de l'adversaire, attaquer de toutes ses forces. Se servir de toutes les armes à sa disposition, sans relâche. Pas de pitié.

– Je n'ai jamais dit que je serais médecin, a-t-il riposté sèchement. Tu ne sais pas de quoi tu parles.

– Explique-nous, alors, ai-je répliqué, le cœur battant à mille à l'heure.

Personne n'a ouvert la bouche. Pendant un instant, j'avais cru que Conrad allait baisser la garde, mais il s'est ressaisi :

– Il n'y a rien à expliquer. Je retourne sur la plage. Merci pour les muffins, Jer'.

À mon intention, il a ajouté :

– Tu as du sucre plein le visage.

Puis il est sorti par la porte-fenêtre.

– Bon sang ! s'est exclamé Jeremiah après son départ.

– Je croyais que tu devais le ramener à la raison ! ai-je ajouté avec des accents beaucoup plus accusateurs que je ne l'aurais voulu.

– Ça ne sert à rien de pousser Conrad dans ses retranchements, il se referme comme une huître, a-t-il répondu en froissant le sac en papier.

– Il est déjà fermé comme une huître.

Jeremiah semblait si malheureux que je m'en suis voulu de lui avoir crié après. En posant une main sur son bras, je lui ai dit :

– Ne t'en fais pas, on a encore du temps. On n'est que samedi, non ?

– Ouais, a-t-il répondu sans conviction.

Nous n'avons rien ajouté, ni l'un ni l'autre. Comme toujours, Conrad commandait les sentiments des autres, l'humeur de la maisonnée. Tant qu'il n'irait pas mieux, celle-ci serait morose.

Chapitre vingt et un

4 juillet

La première fois que j'en ai pris conscience, ce jour-là, j'étais dans la salle de bains, occupée à nettoyer le sucre sur mon visage. Il n'y avait pas de serviette sortie, j'ai donc ouvert le placard et trouvé, juste au-dessous des draps de bain, l'immense chapeau mou de Susannah. Elle avait l'habitude de le porter chaque fois qu'elle allait sur la plage. Elle se protégeait toujours du soleil. Autrefois.

Ne pas penser à Susannah, prendre la décision consciente de la chasser de mon esprit, rendait les choses plus simples. Parce que, ainsi, elle n'avait pas réellement disparu. Elle était juste ailleurs. Voilà ce que j'avais fait depuis sa mort : j'évitais de penser à elle. À la maison, c'était facile. Ici, à Cousins, elle était partout. J'ai sorti son chapeau, l'ai tenu quelques secondes dans mes mains puis l'ai reposé sur l'étagère. Quand j'ai refermé la porte du placard, ma poitrine était si douloureuse que j'avais du mal à respirer. C'était trop dur. D'être là, dans cette maison. Trop dur.

Je suis montée au premier à toute vitesse. J'ai retiré le collier de Conrad et mes vêtements pour mettre le maillot de Taylor. Je me fichais d'avoir l'air ridicule avec. Je voulais simplement me baigner. Me retrouver dans un endroit où je n'aurais pas besoin de penser à quoi que ce soit, où tout disparaîtrait. Où mon existence se résumerait à des mouvements de natation – inspiration, expiration.

Ma vieille serviette de plage Ralph Lauren était à sa place. Je l'ai jetée sur mes épaules comme une couverture et je suis sortie. Jeremiah mangeait un sandwich en buvant un verre de lait.

– Tiens, Belly !

– Je vais nager.

Je ne lui ai pas demandé où se trouvait Conrad et je ne lui ai pas non plus proposé de se joindre à moi. J'avais besoin d'un moment solitaire. J'ai refermé la porte coulissante sans attendre de voir s'il voulait ajouter quelque chose. J'ai abandonné ma serviette sur une chaise longue et plongé dans la piscine. Je ne suis pas immédiatement remontée à la surface. Je suis restée sous l'eau, retenant mon souffle jusqu'à la dernière seconde.

En remplissant mes poumons d'oxygène, j'ai eu l'impression que mes muscles se détendaient. J'ai enchaîné les longueurs, aller, retour, aller, retour. Ici, plus rien n'existait. Ici, je n'avais pas besoin de réfléchir. Chaque fois que je plongeais la tête sous l'eau, je retenais mon souffle le plus longtemps possible.

161

J'ai émergé à contrecœur en entendant Jeremiah m'appeler. Il était accroupi sur le rebord de la piscine.

– Je vais sortir un moment. J'irai peut-être prendre une pizza chez Nello, a-t-il annoncé en se relevant.

J'ai écarté les cheveux de mon visage et remarqué :

– Mais tu viens de manger un sandwich ! Sans parler de tous ces muffins...

– Je suis en pleine croissance. Et c'était il y a une heure et demie.

Une heure et demie ? Je nageais depuis une heure et demie ? J'avais l'impression que ça ne faisait que quelques minutes.

– Ah... ai-je lâché en examinant mes doigts complètement fripés.

– Je te laisse continuer, a-t-il ajouté en m'adressant un signe militaire.

– À plus, ai-je rétorqué en prenant appui sur le muret pour me propulser en avant.

J'ai rejoint l'extrémité de la piscine aussi vite que possible et fait demi-tour pour le cas où il serait resté à m'observer. Jeremiah avait toujours admiré mes roulades.

J'ai passé une heure supplémentaire dans la piscine. En remontant à la surface après ma dernière longueur, j'ai vu que Conrad s'était installé sur la chaise longue où j'avais déposé ma serviette. Il me l'a tendue en silence.

Je suis sortie de l'eau et me suis aussitôt mise à frissonner. Je me suis enroulée dans la serviette. Il évitait de me regarder.

162

Chapitre vingt-deux

4 juillet

J'étais remontée dans ma chambre pour enlever mon maillot de bain quand mon téléphone a sonné. C'était la sonnerie que j'avais associée à Steven, une chanson de country qu'il prétendait détester mais adorait en secret. L'espace d'une seconde, j'ai envisagé de ne pas répondre. Mais si je ne décrochais pas, il rappellerait jusqu'à ce que je le fasse. Il pouvait être pénible.

– Allô ? ai-je lancé d'un air interrogateur comme si j'ignorais qu'il s'agissait de lui.

– Salut. Je ne sais pas où tu es, mais je sais que tu n'es pas avec Taylor.

– Comment es-tu au courant ? ai-je murmuré.

– Je suis tombé sur elle au centre commercial. Elle ment encore plus mal que toi. Où es-tu cachée ?

Je me suis mordu la lèvre supérieure puis j'ai lâché :

– À la maison de vacances. À Cousins.

– Quoi ? s'est-il écrié. Mais pourquoi ?

– C'est une longue histoire. Jeremiah avait besoin de mon aide. Avec Conrad.

– Tu continues à t'imaginer que tu es aux Jeux olympiques ? s'est-il enquis.

Prise au dépourvu, j'ai marqué une hésitation avant de secouer la tête et de m'asseoir à côté de lui.

– Non.

Ma réponse a flotté dans l'air entre nous.

– Plus maintenant, ai-je ajouté en ramenant mes genoux contre ma poitrine.

– Quand tu nages...

J'ai cru qu'il ne finirait pas sa phrase, pourtant il a poursuivi :

– La maison pourrait brûler. Tu es tellement absorbée par ce que tu fais... on dirait que tu es ailleurs.

Je sentais qu'il n'avouait son admiration qu'avec réticence. Comme s'il m'observait depuis longtemps. Depuis des années. Ce qui était sans doute le cas.

J'ai ouvert la bouche pour répondre, mais il s'était déjà relevé pour se diriger vers la maison. Alors qu'il refermait la porte-fenêtre, j'ai lancé :

– C'est ce que j'aime justement.

– Et il t'a appelée, toi ?

Son incrédulité était doublée d'une pointe de jalousie.

– Ouais.

Il crevait d'envie d'en savoir davantage, mais je misais sur le fait que sa fierté l'en empêcherait. Steven détestait être exclu. Il a conservé le silence quelques secondes – pendant lesquelles, j'en ai la certitude, il imaginait tout ce que nous pouvions faire sans lui. Il a fini par lâcher :

– Maman va être furax.

– Qu'est-ce que ça peut te faire ?

– Moi, rien, mais pas maman.

– Détends-toi, Steven. Je rentre bientôt. On a juste un dernier truc à régler.

– Quel truc ?

Il ne supportait pas que je sache quelque chose qu'il ignorait, il ne supportait pas de rester, pour une fois, sur la touche. Alors que je pensais que cette situation me mettrait dans un état de jubilation, je me surprenais à avoir de la peine pour lui. Au lieu de le narguer, je lui ai donc exposé brièvement le problème :

– Conrad a quitté son école d'été et nous devons le ramener à la fac pour ses examens, lundi.

C'était le dernier service que je lui rendrais. Je le ramènerais à la fac et ensuite il serait libre. Tout comme moi. Après avoir raccroché avec Steven, j'ai entendu une voiture se garer devant la maison. Par la fenêtre, j'ai aperçu une Honda rouge que je n'identifiais pas. Nous n'avions presque jamais de visite à Cousins.

Après m'être donné un coup de peigne, j'ai dévalé l'escalier enroulée dans ma serviette. Je me suis figée en voyant Conrad ouvrir à une femme. Elle était menue, ses cheveux décolorés étaient ramenés en un chignon informe et elle portait un pantalon noir avec une blouse en soie corail. Ses ongles étaient vernis de la même couleur. Elle avait un grand dossier sous le bras et un trousseau de clés.

– Ah ! euh... bonjour ! a-t-elle lancé.

Elle semblait surprise de le voir, comme si elle était chez elle et pas lui.

– Bonjour, a répondu Conrad. Je peux vous aider ?

– Tu dois être Conrad. Nous nous sommes parlé au téléphone. Je suis Sandy Donatti, l'agent immobilier de ton père.

Conrad a conservé le silence. Elle a agité son index dans sa direction en lançant d'un air taquin :

– Tu m'as dit que ton père ne voulait plus vendre.

Comme Conrad s'entêtait dans son mutisme, elle a promené son regard autour d'elle et m'a découverte au pied de l'escalier.

– Je suis ici pour m'assurer que tout suit bien son cours.

– J'ai renvoyé les déménageurs, a lâché Conrad d'un air détaché.

– Tu n'aurais pas dû, a-t-elle rétorqué les lèvres pincées. On m'avait dit que la maison serait vide, a-t-elle précisé en voyant Conrad hausser les épaules.

– On vous a mal informée, je passe tout l'été ici.

En faisant un geste dans ma direction, il a ajouté :

– Je vous présente Belly.

– Belly ?

– Yep. C'est ma copine.

Je me suis étranglée. Conrad a croisé les bras et s'est adossé au mur avant de reprendre :

– Et vous vous êtes rencontrés comment, mon père et vous ?

Sandy Donatti a piqué un fard.

– J'ai fait sa connaissance lorsqu'il a décidé de mettre en vente la maison, a-t-elle répliqué sèchement.

– Sauf que cette décision ne lui appartient pas, voyez-vous. Il se trouve **que** c'est la maison de ma mère. Mon père vous l'a dit, Sandy ?

– Oui.

– Je suppose qu'il vous a également dit qu'elle était morte, alors.

Sandy a hésité. L'évocation de cette disparition avait dissipé en partie sa colère. La gêne la poussait à reculer vers la porte.

– Oui, je suis au courant. Je vous présente toutes mes condoléances.

– Merci, Sandy. Ça me touche beaucoup, venant de vous.

Elle a regardé autour d'elle une dernière fois.

– Bien, je vais contacter votre père pour en discuter avec lui, puis je reviendrai.

– Faites donc ça. Précisez-lui bien que la maison n'est pas à vendre.

Elle a failli répliquer puis s'est ravisée. Conrad lui a ouvert la porte et elle a disparu. J'ai libéré ma respiration. Un million de pensées se bousculaient sous mon crâne – à ma grande honte, la façon dont Conrad m'avait présentée était une de celles qui me préoccupaient le plus.

– Ne parle pas à Jeremiah de la maison, a-t-il lancé sans même un coup d'œil dans ma direction.

– Pourquoi ? ai-je rétorqué, toujours obsédée par le mot « copine ».

Il lui a fallu si longtemps pour me répondre que j'avais presque atteint le palier du premier étage lorsqu'il a lâché :

– Je m'en chargerai. Je ne veux pas qu'il sache immédiatement. Pour notre père.

Je me suis immobilisée. Sans réfléchir, j'ai demandé :

– Comment ça ?

– Tu as très bien compris, a-t-il conclu en plantant ses yeux dans les miens.

Il voulait protéger son petit frère, lui cacher que leur père était un salaud. Mais Jeremiah ne se leurrait pas sur M. Fisher. Jeremiah n'était pas un gamin aveugle. Il avait le droit de savoir que la maison était en vente. Mes pensées devaient se lire sur mon visage, parce que Conrad a ajouté d'un ton moqueur :

– Tu peux faire ça pour moi, Belly ? Tenir ta langue ? Je sais qu'avec Jeremiah, ton meilleur ami pour la vie, vous n'avez pas de secrets l'un pour l'autre, mais tu peux te retenir de parler pour une fois ?

Comme je le foudroyais du regard, m'apprêtant à lui répliquer que son secret, il pouvait bien se le mettre où je pensais, il a insisté d'une voix implorante :

– S'il te plaît.

– D'accord. Mais seulement pour le moment.

– Merci, a-t-il lancé en s'élançant dans l'escalier et en me dépassant.

Il a claqué la porte de sa chambre et j'ai entendu la climatisation se déclencher. J'étais clouée sur place. J'ai eu besoin d'une minute pour intégrer tout ce que je venais d'apprendre. Conrad n'était pas parti pour aller surfer. Il n'avait pas pris la fuite. Il était venu sauver la maison.

Chapitre vingt-trois

4 juillet

Plus tard cet après-midi-là, Jeremiah et Conrad sont repartis surfer. J'ai pensé que, peut-être, Conrad voulait lui parler de la maison, en tête à tête. Et que, peut-être, Jeremiah voulait tenter de le convaincre encore une fois de retourner à la fac. Ça ne me posait aucun problème : le rôle de spectatrice me convenait à merveille.

Je les ai observés depuis la véranda, installée dans un fauteuil, emmitouflée dans ma serviette. Il y avait toujours eu quelque chose de rassurant à savoir que ma mère m'attendait à la sortie de la piscine pour m'enrouler dans un rectangle d'éponge comme dans une cape. Même sans mère pour le faire, c'était douillet. Si délicieusement régressif que je regrettais de ne plus avoir huit ans. L'âge où on ne connaissait ni la mort, ni le divorce, ni les chagrins d'amour. À huit ans, seuls importaient les hot-dogs et le beurre de cacahuètes, les piqûres de moustique et les échardes, le vélo et le skateboard. Les cheveux emmêlés, les coups de soleil sur les épaules, Enid Blyton et le couvre-feu à vingt et une heures trente.

Je suis restée là à rouler ces pensées mélancoliques pendant un moment. Quelqu'un faisait un barbecue, une odeur de grillé venait me chatouiller les narines. Je me suis demandé si c'était les Rubinstein ou les Toler, s'ils préparaient des hamburgers ou des steaks. Et j'ai réalisé que j'avais faim.

Je n'ai rien trouvé dans la cuisine à part les bières de Conrad. Taylor m'avait un jour expliqué qu'elles étaient aussi nourrissantes que du pain. Je détestais le goût de la bière, mais j'ai songé que ça me remplirait l'estomac.

Je suis donc ressortie avec une canette. Le petit bruit sec qu'elle a fait en s'ouvrant était plaisant. Je me retrouvais seule dans cette maison, c'était une sensation bizarre. Pas dans un sens négatif, non. Simplement, c'était différent. J'y avais passé tous mes étés depuis ma naissance et je pouvais compter sur les doigts d'une main les fois où j'avais été seule. Je me sentais plus grande. Ce qui était le cas d'une certaine façon. En tout état de cause, je ne me souvenais pas d'avoir éprouvé un sentiment semblable l'été précédent.

J'ai pris une longue gorgée de bière. Heureusement que ni Jeremiah ni Conrad n'étaient là pour voir ma grimace ; ils ne m'auraient pas loupée. J'avalais une nouvelle gorgée quand quelqu'un s'est éclairci la gorge à côté de moi. J'ai aussitôt relevé la tête et failli m'étrangler. M. Fisher.

– Bonjour, Belly.

Il portait un costume, comme s'il venait directement du travail – ce qui était d'ailleurs sans doute le cas, même un samedi. Le tissu n'était même pas chiffonné alors qu'il avait dû faire une longue route.

– Hello, monsieur Fisher, ai-je lancé d'une voix nerveuse et tremblante.

Ma première pensée a été : *Nous aurions dû faire entrer Conrad de force dans la voiture et le ramener à la fac pour qu'il passe son examen débile.* Lui laisser du temps avait été une énorme erreur. Je le comprenais à présent. J'aurais dû pousser Jeremiah à pousser Conrad.

M. Fisher a haussé un sourcil en apercevant ma bière et j'ai réalisé que je la tenais toujours. En vérité, j'avais tellement crispé les doigts autour de la canette qu'ils étaient engourdis. Quand je l'ai posée par terre, mes cheveux sont venus cacher mon visage, ce qui m'arrangeait bien ; j'avais quelques secondes de répit pour reprendre mes esprits.

J'ai fait ce que je faisais toujours : m'en remettre aux garçons.

– Euh... Conrad et Jeremiah ne sont pas là pour le moment.

Ma cervelle tournait à toute allure. Ils reviendraient d'une minute à l'autre. M. Fisher n'a rien répondu, se contentant d'acquiescer et de se frotter la nuque. Puis il a gravi les marches menant à la véranda et s'est assis sur le fauteuil à côté du mien. Il a pris ma canette et bu à longs traits.

– Comment va Conrad ?

– Bien, ai-je répondu du tac au tac.

Je me suis aussitôt sentie idiote : il n'allait pas bien du tout. Sa mère venait de mourir. Il avait plaqué la fac. Comment pourrait-il aller bien ? Comment aucun de nous pourrait aller bien ? Pourtant, d'une certaine façon, il allait mieux parce qu'il avait, à nouveau, un but. Une raison de vivre. Un ennemi. Soit autant de motivations. Même si l'ennemi en question était son père.

– Je ne sais pas ce qui lui passe par le ciboulot, a repris M. Fisher en secouant la tête.

Qu'est-ce que je devais répondre à ça ? Je n'avais jamais su ce que Conrad avait dans le crâne. Je ne crois pas que beaucoup de gens le savaient. En dépit de tout ce qui était arrivé, j'avais encore envie de le défendre. De le protéger.

Nous sommes restés silencieux. Un silence qui n'avait rien de chaleureux ou de léger, mais qui était au contraire tendu et oppressant. Nous n'avions jamais rien à nous dire. Il a fini par s'éclaircir la gorge pour demander :

– Et le lycée ?

– L'année est terminée, ai-je rétorqué en me mordillant la lèvre comme une gamine de douze ans. Les vacances viennent de commencer. Je serai en terminale à la rentrée.

– Tu sais dans quelle université tu aimerais t'inscrire ?

173

– Pas vraiment.

Mauvaise réponse : l'université était un des rares sujets de conversation qui intéressaient M. Fisher. Le choix de la bonne université, plus exactement.

Le silence est retombé.

Je retrouvais une sensation familière : la crainte du drame imminent. L'impression que j'allais avoir des ennuis. Que nous allions tous en avoir.

Chapitre vingt-quatre

Les milk-shakes. Les milk-shakes étaient la spécialité de M. Fisher. Lorsqu'il nous rejoignait dans la maison de vacances, les milk-shakes coulaient à flots. Il achetait de la glace en quantité. Steven et Conrad aimaient leurs milk-shakes au chocolat, Jeremiah à la fraise et moi à la vanille et au chocolat, comme ceux que l'on trouvait chez Wendy's. Mais en plus épais. Les milk-shakes de M. Fisher étaient meilleurs que ceux chez Wendy's. Il avait un robot blender très sophistiqué dont il adorait se servir et qu'aucun de nous, les enfants, n'avait le droit de toucher. Il ne nous l'avait jamais expressément interdit, mais il s'agissait d'un accord tacite. Que nous avons toujours respecté. Jusqu'à ce que Jeremiah ait une idée de génie : des granités comme ceux qu'on trouvait au 7-Eleven.

Il n'y avait pas de magasin de cette chaîne à Cousins et, même si nous avions des milk-shakes pour nous consoler, nos granités nous manquaient parfois. Quand les températures étaient caniculaires, il suffisait que l'un de nous lâche : « Les gars, je rêve d'un granité » pour que nous soyons obnubilés par cette idée le restant de la journée. Voilà pourquoi lorsque Jeremiah a proposé d'en fabriquer, j'ai tout de suite été partante. Il avait neuf ans et moi huit, et dans mon esprit personne n'avait jamais eu d'idée aussi géniale.

Nous avons levé les yeux vers le blender, rangé sur l'étagère la plus haute. Nous savions que nous en avions besoin... Je vais même être parfaitement honnête : nous rêvions de nous en servir. Mais il y avait cette règle tacite.

Nous étions seuls à la maison, lui et moi. Personne ne le saurait. Quand Jeremiah m'a demandé quel parfum je voulais, j'ai compris que la décision était prise. Nous allions le faire. J'éprouvais un mélange de peur et d'excitation en transgressant cet interdit. Je désobéissais rarement, mais il me semblait que c'était une occasion rêvée.

– Cerise, ai-je répondu.

Jeremiah n'a pas trouvé de jus de fruit correspondant dans le placard.

– Et ton deuxième préféré ?

– Raisin.

Jeremiah a rétorqué qu'un granité au raisin lui semblait une excellente idée. Plus il prononçait ces mots, « granité au raisin », plus je prenais de plaisir à les entendre. Il est monté sur un tabouret pour récupérer le blender. Il a versé toute la brique de jus de raisin dans le bol, puis a ajouté deux cuillères à soupe de sucre. Il m'a laissée remuer avant de vider la moitié du bac à glaçons dans le mélange, remplissant le récipient à ras bord, puis il a fermé le couvercle d'un mouvement vif, comme il avait vu M. Fisher le faire un million de fois.

– Touche « mixeur » ? « Pulse » ? m'a-t-il demandé.

J'ai haussé les épaules, je n'avais jamais été très attentive quand M. Fisher s'en servait.

– Je dirais « mixeur », ai-je répondu parce que j'aimais la sonorité de ce mot.

Jeremiah a donc appuyé sur la touche correspondante et le blender a commencé à ronronner. Comme seul le fond du bol était mixé, Jeremiah a décidé de passer à la vitesse supérieure. Au bout d'une minute, une odeur de caoutchouc brûlé a envahi la cuisine : on avait dû mettre trop de glace.

– Je vais remuer pour aider un peu le robot, ai-je suggéré en éteignant le blender.

Munie d'une grande cuillère en bois, j'ai soulevé le couvercle et agité le mélange.

– Tu vois ? ai-je lancé.

J'ai replacé le couvercle, mais je ne l'ai pas refermé correctement, parce que lorsque Jeremiah a remis l'appareil en marche, notre granité au raisin a giclé partout. Sur nous. Sur les nouveaux bars blancs, sur le sol, sur l'attaché-case en cuir marron de M. Fisher.

Nous nous sommes observés avec effroi.

– Vite, va chercher des serviettes en papier ! a hurlé Jeremiah en débranchant le blender.

Je me suis précipitée sur l'attaché-case pour l'essuyer

avec mon tee-shirt. Des taches apparaissaient déjà sur le cuir qui poissait.

– Oh, non... a soufflé Jeremiah. Il adore cette mallette.

M. Fisher en était même dingue. Il avait fait graver ses initiales sur le fermoir en cuivre. Il l'aimait peut-être même plus que son blender. Je me sentais terriblement mal, des larmes me brûlaient les yeux. Tout était ma faute.

– Je suis désolée.

Jeremiah était à quatre pattes par terre, il épongeait. Il a relevé la tête, le front dégoulinant de jus de raisin.

– Tu n'y es pour rien.

– Si, ai-je insisté.

À force de frotter le cuir de la mallette avec, mon tee-shirt devenait marron.

– Ouais, bon, c'est vrai, a-t-il convenu.

Puis il a passé un doigt sur ma joue avant de le lécher.

– Mais c'est quand même drôlement bon, a-t-il ajouté.

Nous gloussions en faisant des glissades sur le sol avec des serviettes en papier quand tout le monde est rentré. Les bras chargés de grands sacs qui devaient contenir des homards. Conrad et Steven mangeaient des cônes glacés.

– Qu'est-ce que c'est que ce bordel ? s'est écrié M. Fisher.

– On voulait juste... a bredouillé Jeremiah en se relevant.

178

J'ai tendu son attaché-case à M. Fisher d'une main tremblante.

– Je suis désolée, ai-je soufflé. C'était un accident.

Il l'a pris pour examiner le cuir taché.

– Pourquoi utilisiez-vous mon blender ?

La question était clairement destinée à Jeremiah ; il avait la nuque rouge vif.

– Vous savez bien que vous n'êtes pas autorisés à vous en servir.

Jeremiah a acquiescé.

– Pardon.

– C'était ma faute, ai-je repris d'une petite voix.

– Oh, Belly, a lancé ma mère en secouant la tête avec réprobation.

Elle s'est agenouillée pour ramasser les serviettes en papier gorgées de jus de fruits. Susannah était partie chercher une serpillière. M. Fisher a soupiré profondément.

– Pourquoi n'écoutes-tu jamais ce que je dis ? Bon sang ! J'avais pourtant bien spécifié qu'il ne fallait pas toucher à mon blender, non ?

Jeremiah se mordait la lèvre et, aux tremblements qui secouaient son menton, j'ai compris qu'il était sur le point de pleurer.

– Réponds-moi quand je te parle !

Susannah est revenue à ce moment-là, avec une serpillière et un seau.

– C'était un accident, Adam. Oublions, a-t-elle ajouté en prenant Jeremiah dans ses bras.

– Suze, si tu continues à le couver, il n'apprendra jamais. Il restera un petit bébé. Jer', est-ce que je n'avais pas dit que le blender n'était pas un jouet pour les enfants ?

Jeremiah a cligné des paupières pour refouler ses larmes, mais quelques-unes ont roulé sur ses joues malgré tout. Suivies d'autres. C'était affreux. J'avais de la peine pour lui et j'étais rongée par la culpabilité de lui avoir attiré les foudres de son père. Mais je me sentais également soulagée de ne pas être au centre de l'attention, de ne pas pleurer devant tout le monde.

– Papa, tu ne l'as jamais dit, est soudain intervenu Conrad.

Il avait de la glace au chocolat sur la joue. M. Fisher s'est tourné vers lui.

– Quoi ?

– Tu ne l'as jamais dit. On savait qu'on n'avait pas le droit, mais en vrai tu ne l'as jamais interdit.

Conrad semblait terrifié, pourtant il s'exprimait d'une voix posée. M. Fisher a secoué la tête puis reporté son attention sur Jeremiah.

– Occupe-toi de nettoyer, l'a-t-il rudoyé.

Il était gêné, ça se voyait. Susannah l'a foudroyé du regard avant de pousser Jeremiah vers la salle de bains. Ma mère épongeait les plans de travail, les épaules raides.

– Steven, emmène ta sœur se débarbouiller, a-t-elle décrété d'un ton sans appel.

Mon frère m'a attrapée par le bras et m'a entraînée au premier.

– Tu crois que je vais avoir des ennuis ? lui ai-je demandé.

Il m'a essuyé les joues avec un morceau de papier toilettes mouillé.

– Oui. Mais pas autant que M. Fisher. Maman va lui faire la tête au carré.

– Ça veut dire quoi ?

– Je sais pas trop, a répondu Steven en haussant les épaules, c'est un truc que j'ai entendu. Ça signifie qu'il va passer un sale quart d'heure.

Une fois propre, je suis redescendue avec Steven. Ma mère et M. Fisher se disputaient. Nous avons échangé un regard en silence, écarquillant les yeux en entendant notre mère lancer :

– Tu te conduis vraiment comme un sale type parfois, Adam.

Comme j'allais réagir, Steven m'a plaqué une main sur la bouche et m'a attirée au premier, vers la chambre des garçons. Il a refermé la porte derrière nous. Il avait le regard brillant : notre mère avait insulté M. Fisher.

– Maman a traité leur père de sale type.

J'ai été prise d'un fou rire nerveux. C'était à la fois excitant et terrifiant. Aucun de nous ne s'était jamais fait disputer en vacances. Pas sérieusement, en tout cas. L'été était comme une parenthèse enchantée. À Cousins, nos mères se détendaient. Alors qu'à la maison Steven écopait d'une punition lorsqu'il répondait, ici, ma

181

mère fermait les yeux. Sans doute parce que nous, les enfants, n'étions plus le centre du monde. Ma mère avait d'autres occupations, comme rempoter des plantes, visiter des galeries d'art avec Susannah, dessiner ou lire. Elle était trop accaparée pour se mettre en colère ou s'en soucier, même. Nous n'avions pas toute son attention.

Ce qui était à la fois une bonne et une mauvaise chose. Bonne, parce que certains écarts de conduite passaient inaperçus. Personne ne se formalisait si on restait jouer sur la plage au-delà de l'heure prévue pour le coucher, si on prenait deux desserts. Mauvaise parce que j'avais la vague impression que Steven et moi n'étions plus aussi importants ici, que ma mère avait la tête ailleurs, qu'elle était plongée dans des souvenirs où nous ne prenions pas part, des souvenirs d'une vie avant notre existence. Sans parler de sa vie intérieure, secrète, à laquelle ni mon frère ni moi ne participions. C'était comme les voyages qu'elle faisait sans nous – je savais que nous ne lui manquions pas, qu'elle ne pensait pas beaucoup à nous.

Je détestais cette idée, mais ce n'en était pas moins la vérité. Les mères avaient une vie indépendante de leurs enfants. Tout comme nous, d'une certaine façon.

Chapitre vingt-cinq

4 juillet

Lorsque Jeremiah et Conrad sont remontés de la plage leur planche sous le bras, je me suis soudain dit qu'il fallait que je trouve un moyen de les prévenir. En sifflant ou un truc dans le genre. Mais je ne savais pas siffler, et il était trop tard de toute façon.

Ils ont rangé leurs planches sous les marches du perron, puis, au moment de les gravir, ils nous ont aperçus. Conrad s'est crispé de la tête aux pieds et Jeremiah a lâché un juron dans sa barbe.

– Salut, papa, a-t-il lancé à voix haute.

Conrad, lui, est entré dans la maison sans s'arrêter. M. Fisher lui a aussitôt emboîté le pas, tandis que Jeremiah et moi échangions un regard. Il s'est penché vers moi et m'a chuchoté :

– Tu vas chercher la voiture pendant que je récupère nos affaires et on décampe ?

J'ai éclaté de rire avant de plaquer une main sur ma bouche. Je doutais que M. Fisher apprécie que je rigole alors qu'il se passait des choses aussi graves. Je me suis levée en resserrant ma serviette autour de ma poitrine, puis nous sommes entrés à notre tour.

Conrad et M. Fisher étaient dans la cuisine. Conrad ouvrait une bière sans un regard pour son père.

– À quoi vous jouez ici ? a demandé celui-ci d'une voix étrangement forte, qui sonnait faux.

Il a inspecté du regard la cuisine, puis le salon.

– Papa... a commencé Jeremiah.

M. Fisher a planté ses yeux dans les siens et lancé :

– Sandy Donatti m'a appelé ce matin pour m'informer de la situation. Tu étais censé ramener Conrad à la fac, non rester... pour faire la fête et empêcher la vente.

– Qui est Sandy Donatti ? s'est étonné Jeremiah, perplexe.

– Notre agent immobilier, a répondu Conrad.

J'ai réalisé que j'avais la bouche ouverte et l'ai aussitôt refermée. J'aurais voulu me rendre invisible. Peut-être qu'il était encore temps de prendre la fuite. Peut-être qu'ainsi Jeremiah n'apprendrait jamais que j'étais au courant pour la maison, moi aussi. Est-ce que le fait de l'avoir appris cet après-midi seulement changeait quelque chose ? J'en doutais.

Jeremiah a scruté le visage de Conrad, puis a reporté son attention sur celui de son père.

– Je ne savais pas que nous avions un agent immobilier. Tu ne m'as jamais dit que tu vendais la maison.

– J'ai évoqué cette possibilité.

– Tu n'as jamais dit que tu avais pris la décision de le faire.

Conrad est intervenu dans leur échange, s'adressant à son frère :

– Peu importe de toute façon. Il ne la vendra pas.

Nous étions tous suspendus à ses lèvres. Il a siroté sa bière tranquillement avant d'ajouter :

– Cette décision ne lui appartient pas.

– Bien sûr que si, a riposté M. Fisher en soupirant lourdement. Je ne le fais pas pour moi. L'argent vous reviendra, les garçons.

– Tu crois que je m'intéresse à l'argent ?

Conrad a fini par poser les yeux sur son père, des yeux de glace. D'une voix de marbre, il a poursuivi :

– Je ne suis pas comme toi. Je me fous de l'argent. Tout ce qui compte à mes yeux, c'est la maison. La maison de maman.

– Conrad...

– Tu n'as rien à fabriquer ici. Tu devrais partir.

M. Fisher a dégluti, j'ai vu sa pomme d'Adam se soulever.

– Non, je ne partirai pas.

– Dis à *Sandy* de ne pas se donner la peine de revenir.

Conrad avait prononcé le nom « Sandy » comme s'il s'agissait d'une insulte.

– Je reste ton père, a rétorqué sèchement M. Fisher. Et ta mère m'a confié cette décision. C'est ce qu'elle aurait voulu.

La carapace épaisse de Conrad se fissurait, il a répondu d'une voix frémissante :

– Ne parle pas de ce qu'elle aurait voulu.

185

– Elle était ma femme, bon sang ! Je l'ai perdue aussi !

C'était peut-être la vérité, mais il n'aurait pas pu choisir pire moment pour l'asséner à Conrad, qui est sorti de ses gonds. J'ai tressailli quand il a donné un coup de poing dans le mur le plus proche. J'ai été surprise qu'il n'y laisse pas de marque.

– Tu ne l'as pas perdue, tu l'as quittée. Tu n'as pas la moindre idée de ce qu'elle aurait voulu. Tu n'as jamais été là. Tu as été un père merdique et un mari encore plus minable. Inutile d'essayer de te rattraper maintenant. Tu as déjà tout gâché.

– La ferme, Rad. Tais-toi, d'accord, est intervenu Jeremiah.

Faisant volte-face, Conrad s'est écrié :

– Tu continues à le défendre ? Je rêve ! C'est pour ça qu'on ne t'a rien dit !

– On ? a répété Jeremiah avant de poser les yeux sur moi.

Sa mine déconfite m'a fendu le cœur. Je voulais lui expliquer, mais j'avais à peine articulé quelques mots que M. Fisher m'a interrompue :

– Je ne l'ai appris qu'aujourd'hui, je te jure...

– Tu n'es pas le seul à souffrir, Conrad. Tu n'as pas le droit de me parler ainsi.

– Je crois bien que si.

Un silence de mort s'est abattu sur la cuisine. M. Fisher était dans une rage telle que j'ai eu l'impression qu'il allait frapper Conrad. Ils se sont toisés, et je savais que Conrad ne céderait pas le premier. M. Fisher a détourné les yeux.

– Les déménageurs vont revenir, Conrad. La vente aura lieu. Ta petite crise n'y change rien.

Il est parti peu après. Il a annoncé qu'il reviendrait le lendemain matin, d'un air menaçant. Il passerait la nuit à l'hôtel ; de toute évidence, il était impatient de quitter la maison.

Après son départ, nous sommes restés tous les trois dans la cuisine sans échanger un mot. J'aurais été la dernière à briser le silence ; je n'étais même pas censée être là. Pour une fois, j'aurais préféré être chez moi, avec ma mère, Steven et Taylor, loin de tout ça. Jeremiah a pris la parole le premier :

– Je n'arrive pas à croire qu'il vende vraiment la maison, a-t-il murmuré presque pour lui-même.

– Tu peux le croire, a durement rétorqué Conrad.

– Pourquoi tu ne m'as rien dit ?

Conrad m'a jeté un coup d'œil avant de répondre :

– Je ne pensais pas que tu avais besoin d'être au courant.

– Qu'est-ce que tu racontes, Conrad ? C'est aussi ma maison !

– Jer', je viens juste de l'apprendre, a insisté Conrad en s'asseyant sur le bar de la cuisine d'un bond, tête baissée. J'étais passé prendre des affaires à la maison quand l'agent immobilier, Sandy, a appelé et laissé un message sur le répondeur, annonçant que les déménageurs viendraient emporter les meubles qu'ils avaient

187

emballés. Je suis retourné à la fac faire mon sac et j'ai foncé ici.

Conrad avait tout lâché pour venir à Cousins. Et nous nous étions imaginé qu'il fallait le sauver... alors qu'il était en réalité le sauveur. Je m'en voulais de ne pas lui avoir accordé le bénéfice du doute, et je savais que Jeremiah partageait mon sentiment. Il nous a suffi d'échanger un coup d'œil pour comprendre que nous pensions la même chose. Cependant, se rappelant sans doute qu'il était en colère contre moi, il a presque aussitôt baissé les paupières.

– Alors c'est tout ? a-t-il repris.

Conrad n'a pas réagi immédiatement. Il a fini par relever la tête et dire :

– Ouais, je crois.

– Bien joué, Rad, bon boulot.

– Hé ! j'ai dû me débrouiller tout seul ! On ne peut pas dire que tu m'aies vraiment aidé.

– Peut-être que si tu m'avais informé...

– Tu aurais fait quoi ? l'a interrompu Conrad.

– J'aurais parlé à papa.

– Ouais, c'est bien ce que je pensais.

Conrad n'aurait pas pu se montrer plus méprisant.

– Qu'est-ce que je suis censé comprendre ?

– Que tu es tellement occupé à lui lécher les bottes que tu es incapable de le voir sous son vrai jour.

Jeremiah n'a pas aussitôt riposté ; la conversation prenait un tour vraiment inquiétant. Conrad cherchait la bagarre et il n'aurait plus manqué qu'ils se battent sur le carrelage de la cuisine. Cette fois, ma mère ne serait pas là pour les séparer. Il n'y avait que moi, autrement dit personne.

– C'est notre père, a fini par lâcher Jeremiah avec mesure.

J'ai poussé un soupir de soulagement. Ils n'en viendraient pas aux mains parce que Jeremiah refusait d'entrer dans ce jeu-là. Je l'en admirais.

– C'est surtout un gros naze, a rétorqué Conrad en secouant la tête avec une moue de dégoût.

– Ne dis pas ça.

– Comment tu appelles un type qui trompe sa femme et l'abandonne quand elle a un cancer ? Quel genre d'homme se comporte comme ça ? Je ne supporte même pas de le regarder. Il me rend malade à jouer les martyrs maintenant, les veufs éplorés. Où était-il quand maman avait besoin de lui, hein, Jer' ?

– Je ne sais pas, Rad. Et toi, où étais-tu ?

J'ai eu l'impression que l'air se chargeait d'électricité, en voyant Conrad frémir, en voyant Jeremiah retenir son souffle juste après avoir lâché sa bombe. Il aurait voulu retirer ses paroles et il s'apprêtait d'ailleurs à le faire quand Conrad a lancé, sur le ton de la conversation :

– Ça, c'est un coup bas.

– Je suis désolé, a reparti Jeremiah.

Conrad a haussé les épaules comme si ça n'avait pas d'importance de toute façon.

– Pourquoi tu es incapable d'aller de l'avant, Rad ?

Pourquoi tu te raccroches toujours à ce qui t'est arrivé de mal dans la vie ?

– Parce que j'affronte la réalité, contrairement à toi. Tu préfères vivre dans un monde idéalisé plutôt que voir les gens tels qu'ils sont vraiment.

Je me suis demandé de qui Conrad voulait parler. Jeremiah s'est figé, puis nous a regardés successivement, Conrad et moi, avant de lancer :

– Tu es simplement jaloux, avoue-le.

– Jaloux ?

– Jaloux de notre relation, à papa et moi. Tu n'es plus le centre du monde, et ça te tue.

Conrad a éclaté de rire. Un rire amer, terrible.

– N'importe quoi ! Belly, tu entends ça ? Jeremiah pense que je suis jaloux.

D'un regard, Jeremiah m'a implorée de prendre son parti et je savais que si je le faisais il me pardonnerait de ne pas lui avoir dit pour la maison. J'en voulais à Conrad de me mettre au milieu, de me forcer à choisir. J'ignorais de quel côté j'étais. Ils avaient tous les deux raison. Ils avaient tous les deux tort.

Ma réponse a dû trop tarder ; Jeremiah s'est détourné de moi et a riposté :

– Tu es un salaud, Conrad. Tu veux juste que tout le monde soit aussi malheureux que toi.

Puis il est sorti. La porte d'entrée a claqué. J'aurais dû lui courir après : j'avais l'impression de l'avoir laissé tomber quand il avait le plus besoin de moi. Mais Conrad m'a apostrophée :

– Est-ce que je suis un salaud, Belly ?

Il a ouvert une nouvelle canette de bière pour feindre l'indifférence, mais sa main tremblait.

– Ouais, Conrad. Un vrai.

Je me suis approchée de la fenêtre et j'ai vu Jeremiah monter dans sa voiture. Il était trop tard pour le rattraper, il avait déjà démarré. En dépit de sa colère, il avait pris le temps de boucler sa ceinture.

– Il reviendra, a déclaré Conrad.

Après une hésitation, j'ai lâché :

– Tu n'aurais pas dû lui parler comme ça.

– Peut-être pas.

– Tu n'aurais pas dû me demander de lui mentir.

Conrad a eu un geste d'indifférence, comme pour signifier qu'il était déjà passé à autre chose ; pourtant il a dirigé son regard vers la fenêtre. Il se faisait du souci. Il m'a lancé une canette de bière. Je l'ai ouverte et j'ai avalé une longue gorgée : ce n'était presque plus mauvais. Je commençais peut-être à m'habituer. J'ai fait claquer mes lèvres.

– Comme ça, tu aimes la bière, maintenant ? m'a demandé Conrad, qui m'observait d'un air surpris.

– Ça va.

Je me sentais très adulte, jusqu'à ce que j'ajoute :

– Je préfère quand même le Coca.

Il souriait presque en reprenant :

– Cette bonne vieille Belly. Je parie que si on ouvrait ton corps, du sucre en poudre s'en échapperait.

– Eh oui. Sucre, sucre, j'aime le sucre, les épices et tout ce qui est bon, ai-je chantonné.

– Ça, je ne sais pas.

Nous nous sommes tus. J'ai avalé une autre gorgée de bière puis j'ai posé la canette à côté de Conrad, sur le bar de la cuisine.

– Je crois que tu as vraiment blessé Jeremiah.

– Il avait besoin de se confronter à la réalité.

– Tu n'étais pas obligé de le faire comme ça.

– Moi, je crois que c'est toi qui l'as blessé.

J'ai ouvert puis refermé la bouche. Si je lui demandais ce qu'il entendait par là, il me le dirait. Et je n'en avais aucune envie. J'ai bu de la bière puis repris :

– Et maintenant ?

Conrad ne me laisserait pas m'en sortir aussi facilement.

– Tu veux dire : entre Jeremiah et toi ou entre toi et moi ?

Je détestais quand il me taquinait de la sorte. Je sentais mes joues brûler.

– Je parlais de la maison, Conrad.

Il a sauté du bar avant de répliquer :

– Qu'est-ce que tu veux faire ? Je pourrais prendre un avocat, j'ai dix-huit ans. Essayer de gagner du temps. Mais je doute que ça aboutisse. Mon père est têtu. Et il aime trop le pognon.

– Je... je ne suis pas sûre qu'il le fasse pour... le pognon, Conrad.

Son visage s'est refermé quand il a répliqué :

192

– Crois-moi, c'est l'unique raison.

Je n'ai pas pu m'empêcher de demander :

– Et l'école d'été ?

– C'est vraiment la dernière de mes préoccupations.

– Mais...

– Lâche l'affaire, Belly.

Puis il est sorti de la cuisine et a ouvert la porte coulissante.

Fin de la discussion.

Chapitre vingt-six

Jeremiah

Toute ma vie, j'ai admiré Conrad. Il a toujours été plus intelligent, plus rapide... meilleur. Et pour moi c'était naturel. Alors que Conrad n'y était pour rien s'il était doué. Il n'y était pour rien s'il n'avait jamais perdu une partie de Uno ni une course, s'il n'avait jamais obtenu une mauvaise note. J'avais peut-être au fond de moi besoin de ça, besoin de quelqu'un à admirer. Mon grand frère, ce type incapable d'échouer.

Je me souviens d'une fois pourtant, j'avais treize ans. On luttait dans le salon depuis une demi-heure. Notre père nous y encourageait toujours : il avait appartenu à l'équipe de lutte de sa fac et il aimait nous apprendre de nouvelles techniques. Notre mère, elle, préparait des escalopes de veau roulées dans la cuisine parce que nous recevions des amis pour le dîner et que c'était le plat préféré de mon père.

– Fais-lui une prise de bras, Rad, disait notre père.

On commençait sérieusement à s'échauffer. On avait déjà renversé l'un des chandeliers en argent de

194

notre mère. Conrad avait le souffle court : il s'attendait à me battre facilement. Mais je m'améliorais ; je résistais. Il m'a immobilisé la tête sous son bras, je l'ai soulevé par le genou et nous avons atterri par terre. J'ai senti que la situation se renversait, je le tenais presque. J'allais gagner. Mon père serait si fier... Lorsque j'ai réussi à le plaquer au sol, celui-ci a lancé :

– Connie, je t'ai déjà dit de garder les genoux pliés.

En relevant la tête, j'ai découvert l'expression de notre père : il prenait toujours cet air lorsque Conrad faisait quelque chose de travers, cet air contrarié, crispé. Il ne me considérait jamais ainsi. Au lieu de me gratifier d'un : « Bon boulot, Jer' », il s'est mis à critiquer Conrad, lui listant tout ce qu'il devait améliorer. Et Conrad encaissait. Il acquiesçait, le visage rouge, le front trempé de sueur. Puis il a hoché la tête dans ma direction en disant, avec une sincérité évidente :

– Bien joué, Jer'.

Notre père a alors ajouté son grain de sel :

– Ouais, bien joué, Jer'.

J'ai eu envie de pleurer, soudain. Je ne voulais plus jamais battre Conrad. Ça n'en valait pas la peine.

Après avoir quitté la maison, j'ai pris ma voiture et j'ai roulé. Je ne savais pas où j'allais et au fond de moi j'avais aussi envie de ne jamais rentrer. Je voulais laisser Conrad régler tout seul le merdier qu'il avait créé, – c'était d'ailleurs ce qu'il souhaitait. Belly pouvait bien l'aider. Oui, ils n'avaient qu'à régler ça ensemble. J'ai roulé pendant une demi-heure.

Pourtant, même alors, je savais que je finirais par rebrousser chemin. J'étais incapable de partir. Rad fuyait, pas moi. Et c'était un coup bas de lui reprocher de ne pas avoir été là pour maman. Il ne pouvait pas savoir qu'elle allait mourir. Il était à la fac. Il n'y était pour rien. Il n'était pas là quand la situation avait à nouveau empiré. C'était arrivé si vite, il n'avait pas pu le prévoir. Sinon, il serait resté à la maison. J'en suis sûr.

Notre père ne décrocherait jamais le prix de père de l'année. Il avait des défauts, je ne prétendais pas le contraire. Pourtant il avait été là, à la fin. Il était revenu à la maison, il avait trouvé les mots justes. Il l'avait rendue heureuse. Conrad était incapable de le voir. Il refusait de le voir.

Je ne suis pas rentré tout de suite.

J'ai d'abord fait un arrêt à la pizzeria. C'était l'heure du dîner et il n'y avait rien à manger à la maison. Un gamin que je connaissais, Mikey, tenait la caisse. J'ai commandé une grande pizza avec un tas de garnitures, puis je lui ai demandé si Ron était en train de livrer des clients. Mikey m'a répondu que oui, mais qu'il ne tarderait pas et que je pouvais l'attendre.

Ron vivait à Cousins toute l'année. Il allait à la fac la journée et livrait des pizzas le soir. Un chic type. Il acceptait toujours d'acheter des bières pour les mineurs. Il vous dépannait contre un billet de vingt.

196

Je n'avais qu'une certitude : si c'était notre dernière soirée à Cousins, nous ne pouvions pas la passer comme ça.

Conrad était sur la véranda. Il m'attendait, je le savais, tout comme je savais qu'il s'en voulait de m'avoir dit ce qu'il m'avait dit. J'ai klaxonné et sorti la tête par la vitre baissée.

– Viens m'aider.

En approchant de la voiture, il a repéré les caisses de bières et les bouteilles d'alcool.

– Ron ? a-t-il interrogé.

– Yep, ai-je rétorqué en lui tendant deux caisses de bières. On fait la fête, ce soir.

Chapitre vingt-sept

4 juillet

Après la dispute, après le départ de M. Fisher, je suis montée dans ma chambre et j'y suis restée. Je ne voulais pas assister au retour de Jeremiah, au cas où Conrad et lui seraient tentés par un second round. Contrairement à Steven et moi, ces deux-là ne se battaient que rarement. Depuis le temps que je les connaissais, je ne les avais vus faire que trois ou quatre fois. Jeremiah admirait Conrad, et Conrad veillait sur Jeremiah. C'était aussi simple que ça.

J'ai commencé à explorer les tiroirs et la penderie pour voir s'il restait des affaires m'appartenant. Ma mère veillait toujours à ce que nous ne laissions rien derrière nous, chaque année, mais on ne savait jamais. Autant s'en assurer : M. Fisher donnerait sans doute pour instruction aux déménageurs de se débarrasser de tout ce qui traînait.

Au fond du tiroir du bureau, j'ai retrouvé un vieux carnet de notes remontant à l'époque où j'étais fan de *Harriet l'espionne*. Il y avait beaucoup de surligneur rose, vert et jaune. Je suivais les garçons pendant des heures et je consignais mes observations, jusqu'au jour où Steven, que ça rendait dingue, avait cafté à ma mère.

J'avais écrit :

28 juin. Surpris Jeremiah en train de danser devant le miroir. Il croyait que personne ne regardait. Malheureusement pour lui j'étais là !

30 juin. Conrad a encore mangé toutes les glaces à l'eau bleues alors qu'il n'a pas le droit. Je n'ai pas rapporté.

1er juillet. Steven m'a frappée sans raison.

Et ainsi de suite. À la mi-juillet, j'avais fini par me lasser. J'étais un vrai pot de colle à l'époque. La gamine de huit ans que j'étais aurait adoré prendre part à cette dernière aventure, se retrouver avec les garçons alors que Steven était resté chez nous.

Je suis retombée sur quelques autres objets sans valeur comme un pot de gloss à la cerise entamé, deux serre-tête poussiéreux. Sur les étagères, mes vieux Enid Blyton et, cachés derrière, les romans de V.C. Andrews. J'ai décidé de les abandonner.

Il n'y avait qu'une chose que je devais emporter : Diabolo Menthe, mon ours polaire en peluche, celui que Conrad avait gagné pour moi sur la promenade, un million d'années plus tôt. Je ne pouvais pas le laisser finir sa vie dans une poubelle : à une époque, il avait beaucoup compté pour moi.

Je suis restée au premier un long moment, à passer

en revue mes anciennes affaires. J'ai trouvé un autre objet qui méritait d'être sauvé : un télescope pour enfants. Je me rappelais le jour où mon père me l'avait acheté. C'était chez l'un des antiquaires qui s'alignent le long de la promenade. Il coûtait cher, mais mon père avait insisté pour que je le prenne. À une époque, j'étais obsédée par les étoiles, les comètes et les constellations, et il pensait que je deviendrais peut-être astronome. Il ne s'agissait que d'une passade en réalité, mais elle m'avait amusée tant qu'elle avait duré. J'aimais le regard que mon père posait sur moi à l'époque, comme si je suivais ses traces, comme si j'étais bien sa fille.

Il me considérait encore ainsi, parfois, lorsque je demandais du Tabasco au restaurant ou quand je changeais de station de radio pour mettre sa chaîne préférée, NPR. Le Tabasco, j'aimais ça, NPR pas tellement. Je le faisais pour qu'il soit fier.

J'étais contente de l'avoir comme père plutôt que M. Fisher. Il ne m'aurait jamais hurlé après, il ne m'aurait jamais insultée, il ne serait jamais sorti de ses gonds pour un accident de blender. Ce n'était pas son genre. Je n'avais jamais apprécié à sa juste valeur l'homme qu'il était.

Chapitre vingt-huit

Mon père venait rarement dans la maison de vacances, sauf pour passer un week-end en août, et encore. Étonnamment, je ne m'étais jamais posé de questions. Une année, M. Fisher et lui avaient débarqué ensemble pour le week-end. À croire qu'ils étaient amis, qu'ils avaient un tas de points communs. Alors qu'ils n'auraient pas pu être plus différents. M. Fisher aimait parler, parler, parler, quand mon père n'ouvrait la bouche que lorsqu'il avait quelque chose à dire. M. Fisher avait toujours un œil sur la chaîne sportive, quand mon père ne regardait presque jamais la télévision, et certainement pas le sport.

Les adultes avaient prévu de dîner dans un restaurant chic à Dyerstown. Il y avait un orchestre le samedi soir et une petite piste de danse. Ça me faisait drôle d'imaginer mes parents dessus – je ne les avais jamais vus... En revanche, j'étais persuadée que Susannah et M. Fisher dansaient sans arrêt. Je les avais surpris, une fois, dans le salon. Conrad avait rougi, je me souviens, et s'était détourné.

Allongée à plat ventre sur le lit de Susannah, je les observais, ma mère et elle, pendant qu'elles se préparaient. Susannah avait convaincu ma mère de porter une de ses robes, rouge et au décolleté plongeant.

– Qu'en penses-tu, Beck ? a-t-elle demandé d'une voix hésitante.

Je voyais bien qu'elle était mal à l'aise, elle qui mettait surtout des pantalons.

– Je pense que tu es magnifique. Et je pense que tu devrais la garder. Le rouge te va tellement bien, Laure.

Susannah écarquillait les yeux devant le miroir pour se recourber les cils. Une fois qu'elles seraient sorties, je l'essaierais. Ma mère n'avait pas de recourbe-cils. Je connaissais par cœur le contenu de sa trousse à maquillage, le genre de trousse qu'on vous offre pour l'achat de deux produits. On y trouvait du baume à lèvres, un crayon marron, un mascara Maybelline rose et vert et un flacon de crème solaire teintée. Rasoir.

Le vanity-case de Susannah, en revanche, était un véritable coffre à trésors. Il s'agissait d'une mallette en peau de serpent bleu marine avec un fermoir doré, gravé à ses initiales. Il renfermait des petits pots de fard à paupières, des palettes, des pinceaux et des échantillons de parfum. Elle ne jetait jamais rien. J'adorais examiner tous ces objets, les trier par couleur et les aligner. Parfois, elle me donnait un rouge à lèvres ou un échantillon de fard à paupières, toujours dans des tons pastel.

– Belly, veux-tu que je te maquille ? m'a proposé Susannah.

– Oui !

– Beck, je t'en supplie, ne lui refais pas des yeux d'allumeuse, est intervenue ma mère en peignant ses cheveux humides.

– On appelle ça un regard charbonneux, Laure, a rétorqué Susannah avec une grimace.

– Ouais, maman, un regard charbonneux, ai-je insisté.

– Viens là, Belly, a dit Susannah en agitant son index.

Je l'ai rejointe dans la salle de bains et me suis assise à côté du lavabo. J'adorais grimper sur ce meuble et suivre la conversation, les jambes ballantes, comme si je faisais partie de la bande des grandes filles. Susannah a plongé un petit pinceau dans un pot d'eye-liner noir.

– Ferme les yeux.

Je me suis exécutée et elle a appliqué l'eye-liner le long de mes cils supérieurs, avant de l'étaler et de l'estomper avec son pouce, d'un geste expert. Puis elle a posé du fard sur mes paupières et je me suis tortillée d'aise. J'adorais quand Susannah me maquillait ; j'attendais avec impatience de découvrir le résultat.

– Vous allez danser, M. Fisher et toi, ce soir ? ai-je demandé.

Elle a éclaté de rire.

– Je ne sais pas. Peut-être.

– Et papa et toi, maman ?

Elle s'est aussi esclaffée.

– Aucune idée ! Sans doute pas. Ton père n'aime pas ça.

– Papa est rasoir, ai-je répliqué en me dévissant le cou pour m'apercevoir dans le miroir.

Doucement mais fermement, Susannah a posé les mains sur mes épaules pour que je reste bien droite.

– Il n'est pas rasoir, a riposté ma mère. Il a d'autres centres d'intérêt, c'est tout. Tu aimes bien qu'il t'apprenne les constellations, non ?

– Ouais, ai-je convenu en haussant les épaules.

– Sans oublier qu'il est très patient et qu'il écoute toujours tes histoires, a-t-elle ajouté.

– C'est vrai, mais je ne vois pas le rapport avec le fait d'être ennuyeux.

– Il n'y en a pas, tu as raison. En revanche, ça montre qu'il est un bon père, je crois.

– Ça, c'est certain, a convenu Susannah, échangeant un coup d'œil avec ma mère par-dessus ma tête. Tu peux regarder maintenant, Belly.

Je me suis retournée vers le miroir. J'avais un regard gris, charbonneux, mystérieux. C'est moi qui aurais dû aller danser.

– Tu vois qu'elle n'a pas l'air d'une allumeuse, Laure ! a lancé Susannah avec triomphalisme.

– Non, on dirait qu'elle a un œil au beurre noir, a répliqué ma mère.

– Pas du tout. J'ai l'air mystérieuse. Je ressemble à

une comtesse. Merci, Susannah, ai-je ajouté en sautant au sol.

– De rien, trésor.

Nous nous sommes fait la bise du bout des lèvres comme deux dames du grand monde. Puis elle m'a prise par la main et m'a entraînée vers sa coiffeuse. Elle m'a montré sa boîte à bijoux en déclarant :

– Personne n'a meilleur goût que toi, Belly. Tu veux bien m'aider à choisir ce que je vais porter ce soir ?

Je me suis assise sur son lit, la boîte sur les genoux et j'ai exploré son contenu méthodiquement. J'ai fini par trouver ce que je cherchais, ses pendants d'oreilles en opale avec la bague assortie. Je les lui ai tendus dans ma paume ouverte.

Pendant que Susannah mettait les boucles, ma mère a lancé :

– Je ne suis pas certaine qu'elles aillent vraiment.

Avec le recul, je pense qu'elle avait raison. Je les aimais tellement pourtant. Je les aimais plus que tout le reste. J'ai donc rétorqué :

– Qu'est-ce que tu connais au style, maman ?

J'ai aussitôt craint qu'elle ne soit fâchée, mais ça m'avait échappé. Et c'était la vérité : ma mère s'y connaissait à peu près autant en bijoux qu'en maquillage. Pourtant Susannah s'est mise à rire comme ma mère.

– Descends prévenir les hommes que nous serons prêtes dans cinq minutes, comtesse, m'a intimé ma mère.

Je me suis levée et j'ai fait une révérence exagérée.

– Oui, mère.

Leurs rires ont redoublé.

– File, crapule, a répondu ma mère.

J'ai dévalé l'escalier en courant. Quand j'étais petite, dès que je devais me rendre quelque part, je courais.

– Elles sont presque prêtes ! ai-je crié.

M. Fisher montrait à mon père sa nouvelle canne à pêche. Apparemment soulagé que je les interrompe, mon père s'est exclamé :

– Belly, qu'est-ce qui t'est arrivé ?

– Susannah m'a maquillée. Ça te plaît ?

Il m'a fait signe d'approcher et m'a scrutée de ses yeux sérieux.

– Je ne sais pas trop. Tu parais très adulte.

– Ah bon ?

– Oui, très. Très adulte.

J'ai essayé de dissimuler mon plaisir en me blottissant contre lui, la tête posée sur ses côtes. Pour moi, il n'y avait pas de plus beau compliment.

Ils sont partis peu après, les papas en pantalon bien repassé et chemise, les mamans en robe d'été. M. Fisher et mon père n'étaient pas très différents des autres jours, finalement. Mon père m'a serrée dans ses bras avant de sortir et m'a dit que, si je ne dormais pas encore à leur retour, on irait passer un moment sur la véranda pour guetter les étoiles filantes. Ma mère a aussitôt ajouté qu'ils reviendraient sans doute trop tard, mais mon père m'a fait un clin d'œil.

Dans l'entrée, il a chuchoté quelque chose à l'oreille de ma mère, qui s'est couvert la bouche en gloussant d'un rire grave, guttural. Je me suis demandé ce qu'il avait bien pu dire.

C'est un des derniers souvenirs qui me restent de mes parents heureux. Je regrette vraiment de ne pas en avoir davantage profité.

À mes yeux, mes parents avaient toujours formé un couple stable et ennuyeux, un couple classique. Ils ne se disputaient jamais, contrairement à ceux de Taylor. Quand je passais la nuit chez elle, il arrivait souvent que M. Jewel rentre tard, ce qui mettait Mme Jewel en rage – elle tapait du pied et entrechoquait la vaisselle. Si nous étions en train de dîner, je me recroquevillais sur ma chaise pendant que Taylor bavardait sur tout et rien. Veronika Gerard avait-elle porté les mêmes chaussettes deux jours de suite en gym ? Est-ce qu'on devrait, elle et moi, postuler pour devenir assistantes de l'équipe de foot[1] quand nous serions en troisième ?

Quand ses parents ont divorcé, j'ai demandé à Taylor si, d'une certaine façon, elle était soulagée. Elle m'a

_____

1. Ce que les Américains appellent *water girls*, soit littéralement « filles chargées de l'eau », et qui consiste, selon les lycées, à s'occuper de l'approvisionnement des joueurs de l'équipe en bouteilles d'eau, mais aussi en serviettes propres et autres tâches du même acabit.

répondu que non. Elle a ajouté que, malgré les disputes, ils formaient une famille avant.

– Tes parents ne se sont même pas disputés une seule fois, a-t-elle conclu avec un certain mépris.

Je comprenais ce qu'elle voulait dire. Je m'interrogeais, moi aussi. Comment deux personnes qui s'étaient autrefois aimées avec passion pouvaient-elles ne jamais se chamailler ? Leur amour n'avait-il pas suffisamment d'importance à leurs yeux pour qu'ils se battent – pas seulement entre eux, mais pour leur mariage ? Avaient-ils vraiment été amoureux ? Ma mère avait-elle éprouvé un jour pour mon père ce que je ressentais pour Conrad ? Cette tendresse délirante et enivrante qui vous rendait vivant ? Ces questions me hantaient.

Je ne voulais pas commettre les mêmes erreurs que mes parents. Je ne voulais pas que mon amour s'estompe et finisse par disparaître ainsi qu'une vieille cicatrice. Je voulais qu'il brûle à tout jamais.

Chapitre vingt-neuf

4 juillet

Lorsque je me suis enfin décidée à descendre, la nuit était tombée et Jeremiah était revenu. Conrad et lui regardaient la télé, affalés dans le canapé, comme si de rien n'était. Ça devait marcher comme ça pour les garçons. Quand je me disputais avec Taylor, nous restions fâchées l'une contre l'autre pendant une semaine au moins et nous nous livrions à une lutte d'influence acharnée auprès de nos amies.

– De quel côté es-tu ? demandait-on à Katie ou à Marcy.

On se balançait des horreurs impossibles à effacer, puis on se réconciliait en pleurant. Or je doutais que Conrad et Jeremiah aient versé des larmes pour mettre un terme à leur brouille pendant que j'étais à l'étage.

J'aurais aimé savoir si Jeremiah m'avait aussi pardonné de lui avoir caché un secret, de ne pas avoir pris son parti. Parce qu'il avait raison, nous étions venus ensemble, en équipe, et je l'avais laissé tomber quand il avait besoin de moi. Alors que je m'attardais au pied de l'escalier, hésitant à les rejoindre, il a tourné la tête et j'ai compris que c'était bon. Il m'avait pardonné. Il m'a adressé un sourire, un sourire franc, un sourire qui ferait fondre la banquise. Je lui ai souri à mon tour pour lui exprimer ma gratitude.

– J'allais monter te chercher, m'a-t-il informée. On organise une soirée.

Il y avait une boîte de pizza sur la table basse.

– Une soirée pizza ?

Susannah en raffolait : elle ne disait pas « Ce soir, on mange des pizzas », mais « soirée pizzas ». Sauf que cette fois, il y avait de la bière. Et de la tequila. Pour notre dernière nuit à Cousins. Ça aurait été plus réel si Steven avait été présent. Si nous avions été tous les quatre, au complet.

– J'ai croisé des gens en ville, ils viendront plus tard avec un tonneau.

– Un tonneau ? ai-je répété.

– Ouais. Un tonneau de bière, quoi.

– Ah ! Un tonneau...

Je me suis assise en tailleur par terre et j'ai soulevé le couvercle de la boîte à pizza. Il ne restait qu'une part, une petite.

– Vous êtes vraiment des goinfres, les gars, ai-je dit en l'enfournant.

– Oups, désolé, a répondu Jeremiah.

Il est allé dans la cuisine et en est revenu avec trois verres. Il m'a tendu celui qu'il avait calé sous son bras, avant d'en donner un à Conrad.

– Tchin ! a-t-il lancé.

J'ai respiré le contenu avec circonspection. Une rondelle de citron flottait dans un liquide ambré.

– Ça sent fort, ai-je dit.

– Normal, c'est de la tequila, a-t-il répondu en chantonnant. À notre dernière soirée !

– À notre dernière soirée ! avons-nous répété en chœur en levant nos verres.

Ils ont tous deux vidé leur verre d'une traite. J'ai d'abord trempé mes lèvres – je n'avais encore jamais bu de tequila. Ce n'était pas mauvais. J'ai avalé le reste rapidement.

– Je trouve ça plutôt bon. Et pas si fort.

Jeremiah a éclaté de rire.

– C'est parce que le tien contient quatre-vingt-quinze pour cent d'eau.

Conrad s'est marré lui aussi et je les ai fusillés du regard.

– Vous n'êtes pas sympas. Je veux boire la même chose que vous !

– Désolé, on ne sert pas d'alcool aux mineurs ici, a rétorqué Jeremiah en s'asseyant à côté de moi, par terre.

Je lui ai donné une bourrade.

– Dis donc, toi aussi, tu es mineur. Nous avons tous moins de vingt et un ans.

– Ouais, mais tu es la plus mineure des trois, a-t-il persévéré. Ma mère me tuerait.

C'était la première fois que l'un de nous évoquait

Susannah. Mon regard s'est posé sur Conrad, comme s'il était aimanté : son visage demeurait impassible. J'ai libéré ma respiration. Soudain, j'ai eu une idée. La meilleure idée du siècle. J'ai bondi sur mes pieds pour aller ouvrir les portes du meuble télé. J'ai fait courir mes doigts sur les jaquettes des DVD et des cassettes vidéo, dont Susannah avait rédigé les étiquettes de son écriture penchée. J'ai trouvé ce que je cherchais.

– Qu'est-ce que tu fabriques ? s'est étonné Jeremiah.

– Un peu de patience, ai-je répondu sans me retourner vers eux.

J'ai allumé la télé et inséré la cassette dans le magnétoscope. Conrad est apparu à l'écran, à l'âge de douze ans. Avec un appareil dentaire et de l'acné. Allongé sur une serviette de plage, il avait un air renfrogné : cet été-là, il ne laissait personne le prendre en photo. M. Fisher, qui maniait la caméra comme toujours, lançait : « Allez, Connie, souhaite à tout le monde un joyeux 4 Juillet ! »

Jeremiah et moi avons éclaté de rire. Conrad nous a foudroyés du regard avant de se jeter sur la télécommande, mais Jeremiah a été le plus rapide. Il l'a tenue à bout de bras, au-dessus de sa tête, riant à en perdre haleine. Ils ont commencé à se battre, puis se sont soudain figés.

Susannah venait d'apparaître avec son immense chapeau de soleil et une longue chemise blanche sur son maillot de bain. « Suze chérie, comment te sens-tu, en ce jour où nous célébrons l'anniversaire de notre nation ? » l'interrogeait M. Fisher en voix off. Susannah levait les yeux au ciel. « Lâche-nous un peu, Adam. Va plutôt embêter les enfants. » Sous son chapeau, elle souriait, de ce sourire rentré et profond. Le sourire d'une femme qui aimait sincèrement l'homme qui la filmait.

Conrad, qui avait cessé de lutter pour récupérer la télécommande, a observé l'écran un moment puis a ordonné :

– Éteins.

– Attends un peu, mec, on regarde, a riposté Jeremiah.

Conrad est resté silencieux, mais il n'a pas détourné les yeux de la télé. La caméra s'était posée sur moi, et Jeremiah s'est de nouveau esclaffé. Conrad aussi. J'avais atteint mon objectif : le faire rire.

Moi, avec d'énormes lunettes et un maillot à rayures multicolores dont dépassait mon ventre rond comme celui d'une gamine de quatre ans. Je criais à pleins poumons en essayant d'échapper à Steven et à Jeremiah. Ils me poursuivaient avec ce qu'ils prétendaient être une méduse – j'avais découvert plus tard qu'il s'agissait simplement d'une poignée d'algues. Le soleil avait éclairci les cheveux blonds de Jeremiah et il était exactement conforme à mon souvenir.

– Bells, tu ressembles à un ballon de volley, s'est-il écrié en s'étouffant de rire.

– Fais gaffe à ce que tu dis ! ai-je reparti en gloussant moi aussi. Cet été-là était vraiment génial. Tous les étés ici étaient... fantastiques.

« Fantastique » était loin de réussir à décrire ces vacances. Conrad s'est éloigné en silence. Il est revenu avec la tequila et en a versé dans chacun de nos verres. Cette fois, la mienne n'était pas diluée. Nous l'avons bue cul sec et l'alcool m'a tellement brûlé la gorge que des larmes se sont mises à rouler sur mes joues. Conrad et Jeremiah ont été secoués d'une nouvelle crise de rire.

– Mords dans la rondelle de citron, m'a conseillé Conrad.

Rapidement, je me suis sentie envahie par une agréable sensation de chaleur et de détente. Je me suis allongée par terre, les cheveux étalés autour du crâne, et j'ai fixé les pales du ventilateur qui tournaient au-dessus de moi.

Lorsque Conrad s'est levé pour aller aux toilettes, Jeremiah a roulé sur le côté.

– Eh, Belly ? Action ou vérité ?

– Ne sois pas bête.

– Oh, allez ! Joue avec moi, Bells. S'il te plaît !

Je me suis assise en soupirant.

– Action.

Ses yeux brillaient d'une lueur malicieuse que je n'avais pas revue depuis que Susannah était retombée malade.

– Tu dois m'embrasser comme l'autre fois. J'ai amélioré ma technique depuis.

J'ai éclaté de rire : je m'attendais vraiment à tout sauf à ça. Il a relevé la tête vers moi et mon rire a redoublé.

Je me suis penchée en avant, j'ai attiré son menton vers moi et j'ai déposé un baiser sonore sur sa joue.

– Eh ! Ce n'est pas un vrai baiser.

– Tu n'avais pas précisé, ai-je riposté en sentant mon visage s'échauffer.

– Allez, Bells, on ne s'était pas embrassés comme ça l'autre fois.

Conrad est revenu sur ses entrefaites, essuyant ses mains sur son jean.

– Qu'est-ce que tu bricoles, Jer' ? a-t-il lancé à son frère. Tu n'as pas une copine ?

J'ai dévisagé Jeremiah, qui avait les joues cramoisies.

– Tu as une copine ?

Ma voix avait des accents accusateurs que je me suis aussitôt reprochés. Jeremiah ne me devait rien, il ne m'appartenait pas. Pourtant, il m'avait toujours laissée penser que c'était le cas. Malgré tout le temps que nous avions passé ensemble, il n'avait pas mentionné une seule fois sa copine. Je n'en revenais pas. Je n'étais pas la seule à avoir des secrets, finalement, et ça m'attristait.

– On a rompu. Elle part à Tulane à la rentrée et on a décidé qu'il valait mieux se séparer.

Il a jeté un regard noir à Conrad avant de poser les yeux sur moi.

– Ça n'a jamais été très sérieux, de toute façon. Elle est timbrée.

Je détestais l'idée qu'il soit sorti avec une cinglée, et qu'il ait pu en souffrir.

– Comment elle s'appelle ? ai-je demandé.

Il a hésité puis a répondu :

– Mara.

L'alcool m'a donné le courage d'ajouter :

– Tu l'aimes ?

Cette fois, il n'a pas hésité.

– Non.

Après avoir ramassé une miette de pizza, j'ai lancé :

– Très bien, à mon tour de jouer. Conrad, action ou vérité ?

Il était allongé à plat ventre sur le canapé.

– Je n'ai jamais dit que je jouais.

– Poule mouillée ! nous sommes-nous exclamés en même temps, Jeremiah et moi, avant de crier : Chips !

– Vous avez deux ans d'âge mental, a grommelé Conrad.

Se levant d'un bond, Jeremiah a commencé à se dandiner comme une poule.

– Cot cot cot codec !

– Action ou vérité ? ai-je répété.

– Vérité, a-t-il marmonné.

J'étais si contente qu'il joue avec nous qu'aucune question ne me venait. Enfin plutôt il y en avait un million qui me taraudaient. J'aurais voulu savoir ce qui nous était arrivé, s'il avait jamais aimé être avec moi, si ça avait été réel, au moins un temps. Mais je ne pouvais pas poser ces questions-là. Malgré les brumes de l'alcool, je le savais.

– Tu te souviens de cette fille qui te plaisait, celle qui tenait un stand sur la promenade ? Angie ?

– Non.

J'avais la certitude qu'il mentait.

– Et alors ? a-t-il repris.

– Tu es sorti avec elle ?

Conrad a fini par sortir son visage du coussin dans lequel il l'avait enfoui.

– Non.

– Je ne te crois pas.

– J'ai essayé. Mais elle m'a collé une beigne en disant que ce n'était pas son genre. Je crois qu'elle était témoin de Jéhovah ou un truc du style.

Nous avons éclaté de rire, Jeremiah et moi. Jeremiah se bidonnait tellement qu'il s'est plié en deux avant de tomber à genoux.

– Oh, mec, a-t-il haleté, c'est trop bon.

Il avait raison. Je savais qu'on devait à l'alcool cette sincérité subite, mais c'était incroyable de voir Conrad s'ouvrir. Un vrai miracle.

– OK. À mon tour, a-t-il dit en se redressant sur un coude.

Il me fixait comme si nous étions seuls dans la pièce, lui et moi, et j'ai soudain été terrifiée. Et exaltée. Puis mes yeux se sont posés sur Jeremiah, qui nous observait, et ces deux sentiments m'ont aussitôt désertée. Avec solennité j'ai déclaré :

– Non, non, Conrad, tu ne peux pas me choisir, parce que je viens de t'interroger. C'est la règle.

217

– La règle ?

– Ouais, ai-je répliqué en appuyant ma tête contre le canapé.

– Tu n'es même pas curieuse de connaître ma question ?

– Nan. Pas du tout.

Je mentais évidemment. Bien sûr que j'étais curieuse. Je crevais d'envie de savoir. Je me suis resservi de la tequila, puis je me suis levée, les jambes flageolantes. J'avais la tête qui tournait.

– À notre dernière soirée !

– On a déjà trinqué, tu te rappelles ? s'est moqué Jeremiah.

Je lui ai tiré la langue.

– Très bien, alors...

La tequila me donnait du courage. Et elle m'a permis de dire ce que je voulais vraiment dire, ce à quoi je pensais depuis le début :

– Alors à... à tous ceux qui sont absents ce soir. À ma mère, à Steven, et à Susannah surtout. D'accord ?

Conrad a dressé la tête vers moi. L'espace d'une minute, j'ai redouté sa réaction. Mais il a brandi son verre à son tour, imité par Jeremiah. Nous les avons vidés d'un trait ; ça brûlait comme un feu liquide et j'ai un peu toussé. En me rasseyant, j'ai demandé à Jeremiah :

– Qui vient à cette fête ?

– Des types rencontrés au country-club l'été dernier, ils seront sans doute accompagnés. Ah, aussi Mikey, Pete et des potes à eux.

Je ne savais pas qui étaient Mikey, Pete et leurs potes. Je ne savais pas non plus si je devais ranger un peu avant leur arrivée.

– À quelle heure ils seront là ? ai-je demandé à Jeremiah.

– Vingt-deux heures ? Vingt-trois heures ? a-t-il répondu en haussant les épaules.

Je me suis levée d'un bond.

– Il est presque déjà vingt et une heures ! Je dois m'habiller.

– Parce que tu n'es pas habillée, là ? a lancé Conrad.

Sans me donner la peine de lui répondre, je me suis élancée dans l'escalier.

Chapitre trente

4 juillet

J'avais vidé le contenu de mon sac de voyage par terre quand Taylor a appelé. C'est à ce moment-là que je me suis rappelé qu'on était samedi – j'avais l'impression d'être partie depuis beaucoup plus longtemps –, et ensuite, seulement, qu'on était le samedi 4 juillet. J'étais censée me trouver sur un bateau avec Taylor, Davis et la bande. Oups !

– Salut, Taylor.

– Hello ! Tu es où ?

Elle n'avait pas l'air en colère, ce qui était encore plus flippant.

– Euh... toujours à Cousins. Désolée de ne pas être rentrée à temps pour la soirée de Davis.

J'ai extrait du tas de vêtements un top asymétrique en mousseline et l'ai essayé. Taylor portait toujours les cheveux relevés sur un côté quand elle le mettait.

– Il a plu toute la journée, la soirée a été annulée. Cory fait une fête dans la maison de son frère à la place. Et toi, tu as des projets ?

– Apparemment, on va faire une soirée, aussi. Jeremiah a acheté une tonne de bières, de tequila et de trucs dans le genre.

Tout en parlant, j'ajustais le haut : je ne savais pas très bien à quel point je devais dénuder mon épaule.

– Une soirée ! s'est-elle écriée. Je veux venir !

J'ai essayé de glisser mon pied dans l'une des sandales compensées de Taylor. Je regrettais d'avoir parlé de la fête... et de la tequila. Ces derniers temps, Taylor raffolait des shots de tequila.

– Et la fiesta de Cory ? Son frère a un Jacuzzi, non ? Tu adores ça !

– Ah, ouais... mince ! Mais j'ai aussi envie de m'amuser avec vous ! Les fêtes sur la plage sont toujours plus réussies. En plus, d'après Rachel Spiro, il y aura une bande de pimbêches de la fac. Ça ne me dit pas trop d'y aller, du coup. Oh, mais je sais ! Je devrais prendre ma voiture et foncer à Cousins !

– Le temps que tu arrives, tout le monde sera déjà rentré chez soi. Tu devrais plutôt faire un tour chez Cory.

J'ai entendu une voiture se garer devant la maison : les invités commençaient à arriver. Je n'étais même pas en train de lui mentir. J'allais prendre congé quand elle a demandé, d'une toute petite voix :

– Tu n'as pas envie que je vienne, c'est ça ?

– Je n'ai jamais dit ça.

– En quelque sorte, si.

– Taylor...

J'ignorais comment poursuivre. Elle avait raison. Je ne voulais pas qu'elle vienne. Une fois qu'elle serait là, tout tournerait autour d'elle, comme toujours. C'était ma dernière nuit à Cousins, dans cette maison. Je n'y remettrais plus jamais les pieds, plus jamais. Je voulais que cette soirée soit à Conrad, Jeremiah et moi. Taylor a attendu que je dise quelque chose, que je proteste au moins, et face à mon mutisme elle a craché :

– Je n'en reviens pas que tu sois aussi égoïste, Belly.

– Moi ?

– Oui, toi. Tu gardes ta maison de vacances et tes copains de vacances pour toi, tu refuses de les partager avec moi. On a enfin l'occasion de passer un été entier ensemble et tu t'en fiches ! Tout ce qui compte pour toi, c'est d'être à Cousins avec eux.

Elle avait dit ça d'un ton vraiment fielleux. Au lieu de me sentir coupable, comme ça aurait été le cas en temps normal, j'étais agacée par son attitude.

– Taylor.

– Arrête de prononcer mon prénom sur ce ton.

– Quel ton ?

– Comme si j'étais une gamine.

– Dans ce cas, tu devrais peut-être arrêter de te conduire comme une gamine simplement parce que tu n'es pas invitée quelque part.

J'ai regretté ces mots dès qu'ils ont franchi mes lèvres.

– Va te faire voir, Belly ! Tu as idée de tout ce que je te passe ? Tu es vraiment la pire des meilleures amies... tu t'en rends compte ?

J'ai poussé un soupir.

– Taylor... la ferme !

Elle a étouffé un cri.

– Je t'interdis de me dire de la fermer ! Je me suis toujours montrée compréhensive avec toi, Belly. J'écoute tes lamentations sur Conrad sans me plaindre. Quand vous avez rompu, qui t'a donné de la glace à la petite cuillère et t'a tirée du lit ? Moi ! Tu ne m'as témoigné aucune gratitude. Et tu n'es même plus rigolote.

J'ai répliqué avec ironie :

– Mince, Taylor, je suis désolée de ne plus avoir le cœur à rire. Voilà ce qui arrive quand on perd un être cher.

– C'est un peu trop commode, Belly, comme excuse. Tu cours après Conrad depuis que je te connais. Ça devient pathétique. Passe à autre chose ! Il ne t'aime pas. Il ne t'a peut-être jamais aimée !

Elle ne m'avait jamais rien dit d'aussi méchant, je crois. Elle se serait sans doute excusée si je n'avais pas riposté :

– Au moins moi, je n'ai pas perdu ma virginité avec un type qui se rase les jambes !

Elle a retenu son souffle. Elle m'avait un jour confié que Davis se rasait les jambes pour l'équipe de natation. Elle a conservé le silence un moment, puis a lâché :

– Tu n'as pas intérêt à mettre mes sandales compensées ce soir.

– Dommage, je les ai déjà aux pieds ! ai-je répondu avant de raccrocher.

Elle était incroyable ! Elle était nulle comme amie, pas moi. Elle était égoïste. J'étais si furieuse que ma main tremblait quand j'ai appliqué mon eye-liner : j'ai dû frotter avec le doigt pour l'enlever et tout recommencer. J'ai gardé la blouse de Taylor ainsi que ses sandales compensées, et j'ai relevé mes cheveux sur le côté comme elle. Je l'ai fait parce que je savais que ça la rendrait dingue.

En guise de touche finale, j'ai mis le pendentif de Conrad. Je l'ai caché sous ma blouse, puis je suis descendue au rez-de-chaussée.

Chapitre trente et un

4 juillet

J'ai salué un type qui portait un tee-shirt Led Zeppelin, puis complimenté une fille sur ses santiags. Je circulais dans la pièce, servant à boire aux invités et ramassant les canettes vides. Conrad m'observait les bras croisés.

– Qu'est-ce que tu fabriques ? m'a-t-il demandé.

– Je veille à ce que tout le monde se sente chez soi, ai-je expliqué en rajustant le top de Taylor.

Susannah était une hôtesse hors pair, elle avait un don pour mettre les gens à l'aise, pour leur donner l'impression que leur présence était désirée. Les paroles de Taylor résonnaient encore dans ma tête. Je n'étais pas égoïste. J'étais une bonne amie, une bonne hôtesse. Je le lui montrerais.

Lorsque Travis, du magasin de location de vidéos, a failli renverser un grand photophore en verre en posant les pieds sur la table, j'ai aboyé :

– Fais attention ! Et ne mets pas tes pieds sur les meubles. S'il te plaît, ai-je ajouté après coup.

Je me dirigeais vers la cuisine pour aller chercher à boire quand je l'ai vue. La fille de l'été dernier, celle qui plaisait à Conrad. Nicole. Elle discutait avec Jeremiah. Elle n'avait pas sa casquette des Red Sox, mais j'aurais reconnu son parfum entre mille. Un mélange d'essence de vanille et de roses fanées. Conrad a dû l'apercevoir au même moment que moi, parce qu'il a inspiré bruyamment avant de lâcher :

– C'est pas vrai.

– Tu lui as brisé le cœur ? ai-je demandé d'un ton que je voulais taquin et détaché.

Ça a dû marcher, parce qu'il m'a entraînée par la main.

– Allons dehors, a-t-il dit en attrapant la bouteille de tequila au passage.

Je l'ai suivi telle une somnambule. J'avais l'impression d'être en transe : ma main dans la sienne, je vivais un rêve. Nous allions quitter la maison lorsque Jeremiah nous a remarqués. Mon cœur s'est serré. Il nous a apostrophés en faisant signe d'approcher :

– Venez dire bonjour, vous deux !

Conrad m'a lâché la main, mais pas la tequila.

– Salut, Nicole, a-t-il dit en se dirigeant vers elle.

J'ai pris deux bières puis les ai rejoints.

– Ah, hello, Conrad ! a-t-elle lancé en feignant la surprise.

Comme si elle ne l'observait pas depuis un moment. Elle s'est hissée sur la pointe des pieds pour le serrer dans ses bras. J'ai croisé le regard de Jeremiah, qui a haussé ses sourcils avec une moue comique.

– Belly, tu te souviens de Nicole ?

– Bien sûr.

Je lui ai souri. *Sois une hôtesse parfaite,* me suis-je rappelé. *Ne te montre pas égoïste.* Elle m'a retourné mon sourire avec prudence. Je lui ai tendu une des deux bières.

– Tchin ! ai-je lancé en ouvrant la mienne.

– Tchin ! a-t-elle répondu.

Nous avons entrechoqué nos canettes avant de boire. J'ai sifflé la mienne. Puis j'en ai pris une autre, que j'ai rapidement vidée également. Soudain la maison m'a paru trop calme, j'ai donc monté le volume de la stéréo et retiré mes chaussures. Susannah disait toujours qu'il fallait danser pour que la fête soit complète. J'ai agrippé Jeremiah, jeté un bras autour de son cou et l'ai entraîné.

– Belly... a-t-il protesté.

– Danse et tais-toi, Jer' ! me suis-je écriée.

Il s'est exécuté. Jeremiah était un bon danseur. D'autres personnes nous ont rejoints, parmi lesquelles Nicole. Pas Conrad, évidemment, mais ça m'était égal. Je ne lui prêtais presque pas attention. J'ai dansé comme une folle, comme si mon cœur se brisait, ce qui était en quelque sorte le cas. J'agitais surtout beaucoup les cheveux.

Je dégoulinais de transpiration quand j'ai demandé :

– Est-ce qu'on peut se baigner dans la piscine ? Une dernière fois ?

227

– Encore mieux ! Allons nager dans l'océan ! a rétorqué Jeremiah.

– Ouais !

Je trouvais cette idée géante. Parfaite.

– Non, a lancé Conrad, qui avait surgi de nulle part et se tenait soudain à côté de moi. Belly est ivre, elle ne se baignera pas.

Je l'ai considéré en me renfrognant.

– Mais j'en ai envie.

– Et ? s'est-il esclaffé.

– Écoute, je suis une excellente nageuse. Et je ne suis pas soûle.

J'ai marché sur une ligne imaginaire pour le lui prouver. J'avançais à peu près droit.

– Désolé, mais tu l'es complètement.

Conrad le rabat-joie. Conrad qui recouvrait toujours son sérieux au mauvais moment.

– Tu n'es pas rigolo.

Je me suis tournée vers Jeremiah, qui s'était assis par terre, et j'ai repris :

– Il n'est pas rigolo. Et il n'a pas à nous donner des ordres. Vous n'êtes pas tous d'accord ?

Avant que Jeremiah ou quelqu'un d'autre ait pu me répondre, je me suis élancée dehors, j'ai dévalé les marches de la véranda et couru vers la plage. J'avais l'impression d'être une comète filant dans le ciel, c'était si bon de se dégourdir les jambes et de se servir de ses muscles, aussi bon que si je ne les avais pas sollicités depuis longtemps.

La maison, éclairée de haut en bas et bondée d'invités, me semblait à des millions de kilomètres de là. J'étais sûre qu'il se lancerait à mes trousses. Je n'avais pas besoin de me retourner pour savoir que c'était lui. Pourtant je me suis retournée.

– Allez rentre, Belly, m'a intimé Conrad.

Il avait la bouteille de tequila à la main. Je la lui ai arrachée et j'ai avalé une gorgée comme si je l'avais fait un million de fois avant, comme si j'étais le genre de fille habituée à boire à la bouteille. J'ai été fière de ne pas recracher aussitôt. J'ai reculé d'un pas vers l'eau en lui souriant de toutes mes dents. Je le testais.

– Belly, je te préviens, je n'irai pas repêcher ton cadavre dans l'océan quand tu te seras noyée.

Sans le quitter du regard, j'ai goûté l'eau du bout du pied. Elle était plus froide que ce à quoi je m'attendais. Soudain, l'idée de la baignade ne me semblait plus aussi bonne. Mais je ne voulais pas céder. Je détestais perdre face à Conrad.

– Tu as l'intention de m'en empêcher ?

Il a jeté un œil vers la maison en soupirant. J'ai pris une nouvelle lampée de tequila. J'étais prête à tout pour retenir son attention.

– Parce que je suis une meilleure nageuse que toi, tu sais. Je vais beaucoup, beaucoup plus vite. Tu ne réussirais sans doute même pas à me rattraper.

Il m'observait de nouveau.

– Je ne t'en empêcherai pas.

– Vraiment ? Tu ne m'en empêcheras pas ?

J'ai fait une grande enjambée. Puis une seconde.
J'avais de l'eau jusqu'aux genoux. La marée était basse
et je grelottais. C'était vraiment débile. Je n'avais
même plus envie de nager, pourtant je ne contrôlais
plus mes mouvements. À l'autre extrémité de la plage,
quelqu'un a lancé un pétard. Celui-ci a fait le bruit d'un
missile puis a été suivi d'une pluie argentée évoquant
un saule pleureur. J'ai regardé les filaments d'argent
retomber dans l'océan.

Au moment où la déception commençait à m'enva-
hir, au moment où je finissais par accepter qu'il n'en
avait rien à faire de moi, il s'est approché. Il m'a soulevée et m'a jetée sur son épaule. J'ai lâché la bouteille
dans l'océan.

– Repose-moi ! ai-je hurlé en tambourinant contre
son dos.

– Belly, tu es ivre.

– Repose-moi immédiatement !

Pour une fois, il m'a obéi. Il m'a lâchée et j'ai atterri
sur le sable, en plein sur les fesses.

– Aïe ! Tu m'as fait super mal !

J'exagérais évidemment, mais j'étais en colère et surtout gênée. J'ai projeté du sable dans sa direction, mais
le vent me l'a ramené en plein visage.

– Imbécile ! ai-je hurlé en recrachant du sable.

Conrad s'est détourné. Son jean était mouillé. Il
m'abandonnait là, j'avais encore tout gâché. Quand je
me suis relevée, le sol tanguait tellement sous mes
pieds que j'ai failli retomber aussi sec.

– Attends, ai-je lancé alors que mes genoux menaçaient de se dérober.

J'ai chassé les mèches de cheveux pleins de sable de mes yeux et pris une profonde inspiration. Je devais lui parler. C'était ma dernière chance. Il a pivoté vers moi, le visage fermé.

– Attends une seconde, s'il te plaît. Je dois te dire quelque chose. Je suis vraiment désolée de m'être conduite comme ça ce jour-là.

Ma voix était désespérément suraiguë, je pleurais, et je m'en voulais de pleurer, mais je ne pouvais pas m'en empêcher. Je devais continuer, parce que je n'aurais pas d'autre chance.

– À... à l'enterrement, j'ai été affreuse avec toi. Je t'ai dit des choses horribles et j'ai tellement honte de moi. Je n'avais pas l'intention que ça se passe ainsi, vraiment pas. Je tenais à être là pour toi, sincèrement. C'est pour cette raison que je te cherchais.

Conrad a cligné des paupières une fois, puis une deuxième.

– Ne t'en fais pas.

J'ai essuyé mes joues et mon nez qui coulait.

– Sérieusement ? Tu me pardonnes ?

– Oui, je te pardonne. Maintenant arrête de pleurer, d'accord ?

Je me suis approchée de lui, de plus en plus près, et il n'a pas reculé. Nous étions suffisamment proches pour nous embrasser. Je retenais mon souffle, je désirais plus que tout que les choses redeviennent comme avant. J'ai fait un pas de plus dans sa direction.

– On rentre, d'accord ? a-t-il dit.

Sans attendre ma réponse, il s'est remis en route et je lui ai emboîté le pas. J'avais l'impression que j'allais être malade.

C'était fini. Ça n'avait duré qu'un instant, mais pendant cet instant n'importe quoi, ou presque, aurait pu se produire. Conrad y avait mis un terme, pourtant.

À la maison, des invités se baignaient tout habillés dans la piscine. Des filles décrivaient des cercles avec des cierges magiques. Clay Bertolet, notre voisin, faisait la planche près du rebord. Il m'a saisie par la cheville.

– Viens te baigner avec moi, Belly.

– Lâche-moi ! ai-je dit en le repoussant et en l'éclaboussant par la même occasion.

Je me suis frayé un passage à travers la foule assemblée autour de la piscine et je suis rentrée dans la maison. J'ai accidentellement écrasé le pied d'une fille qui a poussé un hurlement.

– Désolée, ai-je dit d'une voix qui m'a semblé venir de très, très loin.

J'étais si étourdie que je ne rêvais que de mon lit. Je suis montée au premier étage à quatre pattes, comme un crabe, ainsi que je le faisais quand j'étais petite. Je me suis affalée sur mon lit et la pièce s'est mise à tourner, exactement comme dans les films. Le lit tournait, lui aussi. Puis, me remémorant toutes les choses débiles que j'avais dites, j'ai commencé à pleurer.

Je m'étais vraiment ridiculisée sur cette plage. J'étais dévastée par tout ce qui m'arrivait – la disparition de Susannah, la perspective de perdre la maison, le fait d'avoir donné à Conrad une nouvelle occasion de me rejeter. Taylor avait raison : j'étais maso. J'ai roulé sur le côté et ramené les genoux contre ma poitrine, puis j'ai sangloté. Tout allait de travers, surtout moi. Soudain, j'ai réalisé que j'avais besoin de ma mère. J'ai attrapé le téléphone sur ma table de nuit. Les touches brillaient dans le noir. Elle a décroché à la quatrième sonnerie.

Ses accents endormis, si familiers, ont redoublé mes pleurs. J'aurais voulu pouvoir passer un bras par le téléphone et la ramener à côté de moi.

– Maman...

Ma voix s'est brisée.

– Belly ? Qu'est-ce qui ne va pas ? Où es-tu ?

– Chez Susannah. À la maison de vacances.

– Quoi ? Qu'est-ce que tu fiches là-bas ?

– M. Fisher veut la vendre. Il va la vendre et Conrad est tellement triste et M. Fisher n'en a rien à faire. Il veut simplement s'en débarrasser. Il veut se débarrasser d'elle.

– Belly, parle plus lentement. Je ne comprends pas ce que tu dis.

– Viens, s'il te plaît. Tu peux venir pour arranger la situation ?

Puis j'ai raccroché, tant le téléphone me paraissait lourd subitement. J'avais l'impression d'être sur un manège, un manège maléfique. Quelqu'un lançait un feu d'artifice dehors et il me semblait que ma tête explosait à chaque détonation. Ça a empiré quand j'ai fermé les yeux. Cependant mes paupières étaient trop lourdes pour que je les rouvre et bientôt j'ai sombré dans le sommeil.

Chapitre trente-deux

Jeremiah

Belly n'était pas montée se coucher depuis longtemps quand j'ai mis tout le monde à la porte. Il ne restait plus que Conrad et moi. Il était allongé à plat ventre sur le canapé. Il s'y trouvait depuis que Belly et lui étaient remontés de la plage, mouillés et pleins de sable. Belly était ivre et elle avait pleuré, je le voyais à ses yeux rouges. À cause de Conrad, je n'avais pas le moindre doute là-dessus.

Les gens avaient ramené du sable à l'intérieur, il y en avait partout. Des bouteilles et des canettes jonchaient le sol et quelqu'un avait laissé une grosse auréole orange sur le canapé en s'asseyant dessus avec une serviette mouillée. J'ai retourné le coussin taché.

– La maison est sens dessus dessous, ai-je lancé en m'affalant sur le fauteuil relax. Papa va péter un câble s'il la voit comme ça.

– On rangera demain matin, a répondu Conrad sans ouvrir les yeux.

235

Je l'ai fixé, sentant la colère monter. J'en avais ma claque de nettoyer derrière lui.

– Ça va nous prendre des heures.

– C'est toi qui as invité tout le monde, a-t-il répliqué en ouvrant les yeux.

Il marquait un point. J'avais eu l'idée de la fête. Sauf que ce n'était pas le bazar qui m'énervait, c'était Belly. Belly et lui ensemble. Ça me rendait malade.

– Ton jean est mouillé, Rad, tu mets du sable sur le canapé.

Il s'est assis en se frottant les yeux.

– C'est quoi, ton problème ?

J'en avais ras le bol. Je me suis levé et presque immédiatement rassis.

– Qu'est-ce qui s'est passé dehors, sur la plage ?

– Rien.

– Comment ça, rien ?

– Rien, ça veut dire rien. Lâche l'affaire, Jer'.

Je détestais quand il affectait cet air stoïque et détaché, surtout alors que moi j'étais en colère. Il avait toujours été comme ça, mais c'était de pire en pire ces derniers temps. Avec la mort de notre mère, il avait changé. Conrad se moquait de tout. Rien ni personne n'avait plus d'importance à ses yeux. Même Belly ?

J'avais besoin de savoir pour eux deux. J'avais besoin de savoir ce qu'il éprouvait pour elle, ce qu'il comptait faire. Ça me minait de rester dans le flou. Je lui ai donc posé la question, de but en blanc :

– Elle te plaît toujours ?

Il m'a dévisagé. Je l'avais pris au dépourvu, je le voyais. On n'avait jamais vraiment parlé d'elle avant, pas comme ça. C'était sans doute une bonne chose que je l'aie surpris : il me dirait peut-être la vérité.

S'il répondait oui, ce serait terminé. S'il répondait oui, je renoncerais à elle. Je survivrais. Avec un autre que Conrad, je me serais battu. J'aurais tenté ma chance une dernière fois.

Au lieu d'apporter une réponse à ma question, il a dit :

– Et toi ?

J'ai senti que je rougissais.

– Ce n'est pas moi qui l'ai accompagnée à son foutu bal.

Conrad a pris le temps de réfléchir avant de lâcher :

– Je ne l'ai fait que parce qu'elle me l'a demandé.

– Rad. Tu as des sentiments pour elle ou pas, mec ?

J'ai hésité deux secondes puis je me suis lancé :

– Parce que moi, oui. J'ai des sentiments pour elle. Vraiment. Et toi ?

Sans ciller, il a dit :

– Non.

Ça m'a mis hors de moi. Conrad était un sale menteur. Il l'aimait bien. Il l'aimait tout court. Mais il était incapable de l'admettre, il n'avait pas le courage. Conrad ne serait jamais le genre de type dont Belly avait besoin. Quelqu'un qui serait là pour elle, quelqu'un sur qui elle pourrait compter. J'en étais capable. Si elle me laissait faire, j'étais capable d'être ce gars-là.

J'étais en pétard contre Conrad, mais, je devais bien l'admettre, soulagé aussi. Peu importait le nombre de blessures qu'il lui avait infligées, s'il voulait la récupérer, il l'aurait, je ne me faisais pas d'illusions. Elle n'avait toujours eu d'yeux que pour lui. Mais peut-être que s'il ne se dressait plus en travers du chemin elle finirait par me voir, moi aussi.

Chapitre trente-trois

5 juillet

– Belly.

J'ai essayé de me tourner vers le mur, mais j'ai entendu à nouveau la voix, plus fort.

– Belly !

Quelqu'un me secouait pour me réveiller. En ouvrant les paupières, j'ai découvert ma mère. Elle avait les yeux cernés et sa bouche n'était plus qu'un trait fin. Elle avait le sweat-shirt qu'elle portait à la maison, celui avec lequel elle ne sortait jamais, même pour aller à son cours de gym. Qu'est-ce qu'elle fichait à Cousins ?

J'ai réalisé qu'il y avait un bip régulier que j'ai d'abord pris pour un réveil avant de me rendre compte que j'avais renversé le téléphone et qu'il s'agissait de la tonalité d'une ligne occupée. Soudain ça m'est revenu : j'avais appelé ma mère après avoir bu plus que de raison. Elle était là à cause de moi.

Je me suis assise, les tempes si palpitantes que j'avais l'impression que mon cœur battait sous mon crâne. C'était donc ça, la gueule de bois. Je n'avais pas retiré mes lentilles et mes yeux me brûlaient. Il y avait du sable partout dans le lit et entre mes orteils.

Ma mère s'est levée, elle n'était plus qu'une silhouette floue.

– Tu as cinq minutes pour faire ton sac.

– Attends... quoi ?

– On lève le camp.

– Mais je ne peux pas partir tout de suite. Je dois encore...

C'était comme si elle ne m'entendait pas, comme si le son avait été coupé. Elle a entrepris de ramasser mes affaires qui traînaient par terre, fourrant les sandales et le short de Taylor dans mon sac.

– Arrête, maman ! Arrête-toi une seconde.

– Nous partons dans cinq minutes, a-t-elle insisté en promenant son regard sur la pièce.

– Écoute-moi une seconde s'il te plaît. Je devais venir. Jeremiah et Conrad avaient besoin de moi...

L'expression de ma mère m'a empêchée de poursuivre. Je ne l'avais jamais vue dans une rage pareille.

– Et tu n'as pas jugé utile de m'en parler ? Beck m'a demandé de veiller sur ses fils. Comment suis-je censée faire si je ne suis même pas au courant qu'ils ont besoin de mon aide ? S'ils ont des ennuis, tu aurais dû me le dire. Au lieu de me mentir. Tu m'as menti, Belly !

– Je ne voulais pas...

– Tu es venue ici faire Dieu sait quoi...

Je l'ai dévisagée : je n'en croyais pas mes oreilles.

– Qu'est-ce que ça veut dire : « Dieu sait quoi » ?

Ma mère a fait volte-face, ses yeux brillaient d'un éclat inquiétant.

– Mets-toi à ma place, Belly ! Tu es déjà venue en douce ici avec Conrad et vous y avez passé la nuit ! Alors dis-moi : que fabriques-tu ici avec lui ? Parce que moi, j'ai l'impression que tu m'as menti pour pouvoir venir ici te soûler et prendre du bon temps avec ton petit copain.

Je la haïssais. Je la haïssais de tout mon être.

– Ce n'est pas mon petit copain ! Tu ne sais rien !

Une veine palpitait sur son front.

– Tu me téléphones à quatre heures du matin, ivre morte. Je rappelle sur ton portable et je tombe directement sur le répondeur. J'essaie la maison, mais la ligne est occupée. Je conduis toute la nuit, en me rongeant les sangs, et je débarque dans une maison sens dessus dessous. Des canettes de bière partout, le salon et la cuisine en désordre. Qu'est-ce qui te prend, Isabel ? As-tu seulement réfléchi à ce que tu faisais ?

Les murs de la maison n'étaient vraiment pas épais : tout le monde devait profiter de notre conversation.

– On allait ranger. C'était notre dernière soirée ici. Tu ne comprends donc pas ? M. Fisher vend la maison. Tu t'en fiches ?

Elle a secoué la tête, la mâchoire contractée.

– Tu crois que tu as arrangé quelque chose en t'en mêlant ? Ce ne sont pas nos affaires. Combien de fois devrai-je te l'expliquer ?

– Ce sont complètement nos affaires ! Susannah aurait voulu qu'on sauve sa maison !

241

– Ne me parle pas de ce que Susannah aurait voulu, a-t-elle répliqué sèchement. Maintenant habille-toi et rassemble tes affaires. Nous partons.

– Non, ai-je riposté en m'enroulant dans la couverture.

– Quoi ?

– J'ai dit non. Je ne partirai pas.

J'ai défié ma mère du regard, mais je sentais mon menton trembler. Elle a fondu sur moi et m'a arraché la couverture. Elle m'a attrapée par le bras et m'a entraînée vers la porte. J'ai tenté de me dégager.

– Tu ne peux pas me forcer, ai-je sangloté. Tu n'as pas le droit de me donner des ordres. Tu n'as pas le droit !

Loin d'émouvoir ma mère, mes larmes n'ont fait que redoubler sa colère.

– Tu te comportes comme une gamine capricieuse. Tu ne pourrais pas voir au-delà de ton propre chagrin et penser aux autres ? Tout ne tourne pas autour de toi. Nous avons tous perdu Beck. T'apitoyer sur ton sort n'aide personne.

Ses mots m'ont transpercée si violemment que j'ai voulu la blesser un million de fois plus fort. J'ai donc dit la parole la plus offensante à laquelle je pensais :

– J'aurais préféré que Susannah soit ma mère plutôt que toi.

Combien de fois avais-je eu cette pensée, combien de fois l'avais-je souhaité en secret ? Quand j'étais petite, j'allais vers Susannah, pas vers elle. Je me demandais souvent, à l'époque, comment ce serait d'avoir une maman comme Susannah, qui m'aimerait pour ce que j'étais et qui ne verrait pas en moi une déception permanente.

La respiration heurtée, j'attendais que ma mère réagisse. Qu'elle pleure, qu'elle hurle même. Elle n'a fait ni l'un ni l'autre.

– Tu n'as vraiment pas de chance, a-t-elle lâché.

Quels que soient mes efforts, je n'obtenais jamais la réaction espérée d'elle. Elle demeurait impénétrable.

– Susannah ne te le pardonnera jamais, tu sais. Elle ne te pardonnera jamais d'avoir perdu sa maison. D'avoir laissé tomber ses fils.

Elle m'a giflé si fort que j'ai vacillé. Je n'avais pas vu le coup venir. La main pressée sur la joue, je me suis mise à pleurer. Pourtant j'étais en partie satisfaite : j'avais enfin eu gain de cause. J'avais la preuve qu'elle ressentait quelque chose.

Elle était pâle comme un linge. Elle n'avait jamais levé la main sur moi avant. Jamais, de toute ma vie. J'ai attendu qu'elle s'excuse. Qu'elle me dise qu'elle n'avait pas l'intention de me faire mal, qu'elle ne pensait pas les horreurs qu'elle m'avait balancées. Si elle prononçait ces mots la première, je l'imiterais. Parce que j'étais désolée. Je ne pensais pas sincèrement ce que je lui avais dit.

Face à son mutisme, je me suis reculée puis je l'ai contournée pour sortir de la chambre. Mes jambes étaient mal assurées.

Dans le couloir, j'ai découvert Jeremiah : il m'observait

la bouche grande ouverte. Il me fixait comme s'il ne me reconnaissait pas, comme si la personne qui se tenait en face de lui était une inconnue, une fille qui criait après sa mère et lui disait des monstruosités.

– Attends, a-t-il dit en tendant un bras pour m'arrêter.

Je l'ai repoussé et suis descendue. Dans le salon, Conrad ramassait des bouteilles et les jetait dans un sac-poubelle bleu pour le recyclage. Il n'a pas levé les yeux vers moi. Je savais qu'il n'avait pas perdu un mot de notre échange, entre ma mère et moi.

Je me suis précipitée dehors et j'ai failli m'étaler sur les marches qui menaient à la plage. Je me suis affalée dans le sable, une main pressée sur ma joue brûlante. Puis j'ai vomi.

J'ai entendu Jeremiah arriver derrière moi. J'ai immédiatement su que c'était lui, parce que Conrad aurait compris que je ne voulais pas qu'on me suive.

– J'ai besoin de rester seule, ai-je lâché en m'essuyant la bouche.

Je ne me suis pas retournée ; je refusais de lui montrer mon visage.

– Belly... a-t-il commencé.

Il s'est assis à côté de moi et a recouvert la flaque de vomi de sable. Comme il ne décrochait pas un mot, j'ai fini par le regarder.

– Quoi ?

Il se mordillait la lèvre supérieure. Il a tendu une main pour m'effleurer la joue de ses doigts chauds. Il avait l'air si triste.

– Tu devrais rentrer avec ta mère.

Je ne sais pas à quelles paroles je m'attendais, mais certainement pas à celles-là. J'étais venue jusqu'ici, je m'étais attirée tous ces ennuis pour les aider, Conrad et lui, et maintenant il voulait que je parte ? Mes yeux se sont humectés et j'ai essuyé mes larmes du revers de la main.

– Pourquoi ?

– Parce que Laurel est vraiment en pétard. Tout a dégénéré, par ma faute. Je n'aurais jamais dû te demander de m'accompagner. Je suis désolé.

– Je ne partirai pas.

– Bientôt, on y sera tous obligés.

– Alors c'est tout ?

Il a haussé les épaules avant de répondre.

– On dirait bien.

Nous sommes restés assis sur la plage un moment. Je ne m'étais jamais sentie aussi perdue. J'ai versé quelques larmes ; Jeremiah n'a pas moufté, ce dont je lui ai été reconnaissante. Il n'y a rien de pire que pleurer devant un ami après une dispute avec sa mère. Quand mes larmes se sont taries, il s'est levé et m'a tendu la main.

– Viens, a-t-il lancé en m'aidant à me remettre debout.

Nous sommes retournés à la maison. Conrad avait disparu et le salon était propre. Ma mère passait la serpillière dans la cuisine. Elle s'est figée en m'apercevant.

245

Elle a placé la serpillière dans le seau et m'a dit devant Jeremiah :

– Je suis désolée.

Je me suis tournée vers lui, mais il reculait déjà pour quitter la pièce. Il est monté au premier. J'ai failli l'arrêter, je ne voulais pas me retrouver seule avec elle. J'avais peur.

– Tu as raison, a-t-elle poursuivi. J'ai été absente. J'ai été si dévorée par mon propre chagrin que je n'ai pas été disponible pour toi. Et j'en suis désolée.

– Maman...

Je m'apprêtais à répondre que j'étais désolée, moi aussi, d'avoir prononcé les mots que j'avais prononcés, ces mots affreux que j'aurais aimé pouvoir retirer. Mais elle a brandi une main pour m'arrêter.

– Je suis juste... déséquilibrée. J'ai du mal à me remettre de la mort de Beck.

Elle a appuyé la tête contre le mur avant d'ajouter :

– J'étais plus jeune que toi la première fois que je suis venue ici avec elle. J'adore cette maison, tu le sais.

– Je sais. Je ne pensais pas ce que je t'ai dit.

Elle a acquiescé.

– Asseyons-nous une minute, tu veux ?

Elle a tiré une chaise et je me suis installée en face d'elle, de l'autre côté de la table.

– Je n'aurais pas dû te frapper, a-t-elle repris et sa voix s'est brisée. Je suis désolée.

– C'était la première fois.

– Je sais.

Elle a saisi ma main à travers la table, l'a serrée de toutes ses forces. Au début, je me suis raidie, puis je l'ai laissée me cajoler. Parce que je voyais que ça la réconfortait, elle aussi. Nous sommes restées ainsi un long moment. En la lâchant, elle a poursuivi :

– Tu m'as menti, Belly. Tu ne me mens jamais.

– Je n'en avais pas l'intention. Mais Conrad et Jeremiah comptent beaucoup. Ils avaient besoin de moi, j'y suis allée.

– J'aurais préféré que tu m'en parles. Les fils de Beck sont importants pour moi aussi. Tu dois me prévenir quand quelque chose ne va pas, d'accord ?

J'ai opiné.

– Monte finir ton sac. Je voudrais éviter les embouteillages du dimanche soir.

– Maman, on ne peut pas partir comme ça. Pas avec ce qui arrive aux garçons ! Tu dois empêcher M. Fisher de vendre la maison.

– Je ne pense pas être capable de le faire changer d'avis, Belly, a-t-elle soupiré. Adam et moi avons des désaccords dans beaucoup de domaines. Je ne pourrai pas le convaincre de renoncer à cette vente s'il y est décidé.

– Bien sûr que si, je suis sûre que si. Il t'écoutera. Conrad et Jeremiah ont besoin de cette maison. Ils en ont besoin, maman.

J'ai posé la tête sur la table, le bois était frais et lisse sous ma joue. Ma mère m'a caressé les cheveux, ils étaient emmêlés.

– Je vais l'appeler, a-t-elle fini par dire. Maintenant monte prendre une douche.

J'ai levé sur elle des yeux pleins d'espoir, une expression déterminée s'était peinte sur ses traits. Tout n'était pas fini. Si quelqu'un pouvait arranger la situation, c'était ma mère.

Chapitre trente-quatre

Jeremiah

Un été, Belly a attrapé un rhume – je crois que j'avais treize ans et elle onze, presque douze. Elle était super mal. Elle campait sur le canapé, au milieu de mouchoirs en papier roulés en boule, et elle portait le même pyjama miteux depuis plusieurs jours. Comme elle était malade, elle avait le droit de regarder ce qu'elle voulait à la télé. Elle refusait d'avaler autre chose que des glaces à l'eau parfumée au raisin et, quand j'ai voulu en prendre une, ma mère m'a dit de la laisser à Belly. Alors qu'elle en avait déjà mangé trois. Du coup, j'ai été forcé de me rabattre sur une glace jaune.

C'était l'après-midi, Conrad et Steven avaient fait du stop pour se rendre à la galerie marchande – ce que j'étais censé ignorer. Ils avaient raconté aux mères qu'ils prenaient leurs vélos pour aller acheter des vers de terre en plastique au magasin de pêche. J'avais prévu de retrouver Clay pour faire du bodyboard et j'étais déjà en maillot de bain, une serviette passée autour du cou, quand je suis tombée sur ma mère dans la cuisine.

– Où vas-tu comme ça, Jer' ? m'a-t-elle demandé.

– Surfer avec Clay, à plus !

J'allais franchir la baie vitrée quand elle a dit :

– Mmm... Tu sais quoi ?

– Quoi ? ai-je répondu avec défiance.

– Ce serait sympa de rester ici aujourd'hui pour remonter un peu le moral de Belly. La pauvre aurait bien besoin d'un peu de compagnie.

– Oh, non, maman...

– S'il te plaît, Jeremiah.

J'ai soupiré. Je n'avais aucune envie de remonter le moral de Belly. J'avais envie d'aller faire du bodyboard avec Clay. Face à mon silence, elle a ajouté :

– On pourra sortir le barbecue ce soir. Je te laisserai préparer les hamburgers.

J'ai soupiré une nouvelle fois, plus bruyamment encore. Ma mère croyait toujours que retourner des steaks hachés sur le barbecue était mon rêve. Je trouvais ça amusant, c'est vrai, mais n'empêche. J'ai ouvert la bouche pour décliner sa proposition, mais en découvrant son expression réjouie – elle était déjà persuadée que j'allais accepter –, j'ai cédé.

– D'accord.

Je suis remonté me changer avant de rejoindre Belly dans le salon. Je me suis assis aussi loin d'elle que possible. Il n'aurait plus manqué qu'elle me refile son rhume et que je me retrouve sur la touche pendant une semaine.

– Qu'est-ce que tu fais encore là ? m'a-t-elle lancé en se mouchant.

– Le soleil tape trop dehors. Ça te dit de regarder un film ?

– Le soleil ne tape pas tant que ça.

– Tu n'en sais rien, tu n'es même pas sortie.

Elle m'a observé à travers ses paupières plissées puis a lâché :

– Est-ce que ta mère t'a obligé à rester avec moi ?

– Non.

– Ha ! J'en étais sûre ! s'est-elle écriée en prenant la télécommande pour changer de chaîne. Tu mens.

– Absolument pas !

Elle s'est mouchée bruyamment et a rétorqué :

– Tu as oublié la télépathie ?

– Tu sais bien que ça n'existe pas. Je peux avoir la télécommande ?

Elle l'a plaquée contre sa poitrine en secouant la tête.

– Non. Elle est couverte de mes microbes, désolée. Il reste du pain à griller ?

On appelait ainsi le pain que ma mère achetait au marché paysan. Il était déjà tranché, sa mie était blanche, dense et légèrement sucrée. J'avais mangé les trois dernières tranches au petit déjeuner. Je les avais tartinées de beurre et de confiture à la mûre, et je m'étais dépêché de les engloutir avant que les autres ne se lèvent. À nous six (quatre enfants et deux adultes), le pain disparaissait vite. C'était chacun pour sa pomme.

– Non, il n'y a plus de pain, ai-je répondu.

– Conrad et Steven sont vraiment des goinfres, a-t-elle grommelé en reniflant.

Rongé par le remords, j'ai dit :

– Je croyais que tu n'avalais que les glaces au raisin.

Elle a haussé les épaules puis a répondu :

– Quand je me suis réveillée ce matin, j'avais envie de pain à griller. Je suis sans doute en train de guérir.

Ce n'était pas l'impression qu'elle me donnait en tout cas. Ses yeux étaient gonflés et sa peau grisâtre, en prime elle n'avait pas dû se laver les cheveux depuis plusieurs jours parce qu'ils étaient aplatis et emmêlés.

– Tu devrais peut-être prendre une douche, ai-je suggéré. Ma mère répète toujours qu'on se sent mieux après une douche.

– Tu essaies de me dire que je pue ?

– Euh... non.

Je me suis tourné vers la fenêtre. C'était une belle journée dégagée, sans un nuage. Clay devait s'éclater. Steven et Conrad aussi. Mon frangin avait vidé sa vieille tirelire, elle contenait un tas de petites pièces. Ils passeraient sans doute tout l'après-midi devant des jeux d'arcade. Je me suis demandé combien de temps Clay resterait dans l'eau : je réussirais peut-être à le rejoindre d'ici à quelques heures, il ferait encore jour.

Belly a dû remarquer que j'avais le regard perdu par la fenêtre, parce qu'elle a lancé, d'une voix affreusement nasale :

– Vas-y, si tu en as envie.

– Je t'ai déjà dit que ce n'était pas le cas, ai-je rétorqué sèchement.

Puis j'ai pris une inspiration. Ma mère ne me pardonnerait pas d'avoir contrarié Belly alors qu'elle était aussi malade. Et elle avait vraiment l'air de se sentir seule. J'ai eu de la peine pour elle – ça ne devait pas être drôle d'être coincé à l'intérieur toute la journée. Avoir un rhume en plein été, ça craignait vraiment. J'ai donc proposé :

– Tu veux que je t'apprenne à jouer au poker ?

– Tu ne sais même pas jouer, s'est-elle moquée. Conrad te bat chaque fois.

– Très bien, ai-je dit en me levant.

Finalement, je n'avais pas tant de peine pour elle que ça.

– On s'en fiche, tu n'as qu'à m'apprendre quand même.

Je me suis rassis et j'ai marmonné :

– Passe-moi les cartes.

Belly s'en voulait apparemment d'avoir été désagréable parce qu'elle a dit :

– Tu ne devrais pas t'asseoir trop près de moi, tu vas tomber malade sinon.

– C'est bon, je n'attrape jamais rien.

– Conrad non plus.

J'ai levé les yeux au ciel : Belly vénérait Conrad, comme Steven.

– Conrad tombe malade, ai-je rectifié. Il est constamment malade en hiver. Son système immunitaire a des faiblesses, ai-je ajouté même si je n'en savais rien, au fond.

J'ai bien vu qu'elle ne me croyait pas. Elle m'a tendu les cartes en disant :

– Distribue.

On a joué au poker tout l'après-midi et on s'est bien marrés. Deux jours plus tard j'étais malade, mais je m'en fichais. Belly est restée à la maison avec moi pour jouer au poker et regarder *Les Simpson* pendant des heures.

Chapitre trente-cinq

Jeremiah

Dès que j'ai entendu Belly monter l'escalier, je me suis précipité dans le couloir.

– Alors ? Qu'est-ce qui se passe ?

– Ma mère appelle ton père, a-t-elle répondu gravement.

– Vraiment ? Waouh !

– Ouais, donc ne baissez pas encore les bras. Tout n'est pas fini.

Elle a ponctué sa phrase d'un de ces sourires qui lui plissaient le nez. Je lui ai donné une tape dans le dos avant de dévaler au rez-de-chaussée. Laurel essuyait le bar. En m'apercevant, elle a lancé :

– Ton père arrive. Pour le petit déjeuner.

– Ici ?

Elle a acquiescé.

– Tu peux aller à l'épicerie acheter ce qu'il aime ? Des œufs et du bacon. De la pâte à muffins. Et de gros pamplemousses.

Laurel détestait cuisiner. En tout cas, elle n'avait

jamais préparé un petit déjeuner aussi copieux pour mon père.

– Pourquoi veux-tu cuisiner pour lui ? ai-je demandé.

– Parce que ton père est un enfant et que les enfants râlent tant qu'ils ont l'estomac vide, a-t-elle décrété avec sa sécheresse habituelle.

Sans l'avoir prémédité, j'ai lâché :

– Parfois, je le déteste.

Après avoir hésité, elle a répondu :

– Parfois, moi aussi.

J'ai attendu qu'elle ajoute « mais c'est ton père », comme ma mère l'aurait fait. Laurel n'a rien dit pourtant. Ce n'était pas son genre, les formules fabriquées. Elle s'est contentée de poursuivre :

– Maintenant, file.

Je me suis approché pour la serrer dans mes bras, elle était un peu raide. Je l'ai légèrement soulevée, comme elle le faisait avec ma mère.

– Merci, Laure. Merci du fond du cœur.

– Je suis prête à tout pour vous, les garçons. Vous le savez.

– Comment as-tu su qu'on était là ?

– Belly m'a appelée...

Avant de finir, elle m'a fixée de ses yeux qui n'étaient plus que deux fentes étroites :

– Ivre morte.

Oh, mince...

– Laure...

– Pas de ça avec moi, mon bonhomme. Tu ne l'as pas

empêchée de boire ? J'ai confiance en toi, Jeremiah, tu le sais.

Je me suis senti terriblement mal. La dernière chose que je souhaitais, c'était que Belly ait des ennuis. Et je détestais l'idée que Laurel ait une mauvaise opinion de moi. Je m'étais toujours efforcé de veiller sur Belly, contrairement à Conrad. Si quelqu'un l'avait dépravée, c'était lui. Même si j'avais acheté la tequila.

– Je suis sincèrement désolé, Laurel. Quand on a découvert que papa vendait la maison et qu'il nous restait une dernière soirée ici, on s'est laissé déborder. Je te jure que ça ne se reproduira jamais, Laure.

Elle a levé les yeux au ciel.

– « Je te jure que ça ne se reproduira jamais » ? Ne fais pas des promesses que tu seras incapable de tenir, chéri.

– Ça ne se reproduira pas en ma présence.

– On verra... a-t-elle rétorqué, les lèvres pincées.

J'ai été soulagé en la voyant grimacer un sourire.

– Dépêche-toi d'aller à l'épicerie, maintenant.

– Oui, chef !

J'avais envie de la voir sourire largement. Je savais que si je continuais de plaisanter, j'y arriverais. Elle cédait facilement. Et, cette fois, elle m'a souri de toutes ses dents.

Chapitre trente-six

5 juillet

Ma mère avait raison. La douche m'a fait du bien. Levant le visage vers la pomme, j'ai laissé l'eau chaude ruisseler sur moi et je me suis sentie de mieux en mieux.

Quand je suis redescendue, j'étais une nouvelle femme. Ma mère – qui avait mis du rouge à lèvres – discutait à voix basse avec Conrad. Ils se sont tus en m'apercevant dans l'encadrement de la porte.

– Bien mieux, a lancé ma mère.

– Où est Jeremiah ? me suis-je enquise.

– Il est retourné à l'épicerie, il avait oublié les pamplemousses.

La sonnerie de la minuterie s'est déclenchée et ma mère a sorti des muffins du four en s'armant d'un torchon. Elle a accidentellement touché un moule métallique de sa main nue et l'a lâché en poussant un cri. Il a atterri sur le carrelage, côté muffin.

– Mince !

Conrad lui a demandé si elle allait bien avant que j'aie le temps d'ouvrir la bouche.

– Oui, oui, ça va, a-t-elle répondu en passant sa main sous un filet d'eau froide.

Puis elle a ramassé le moule et l'a replacé sur le bar. Je me suis installée sur l'un des tabourets pour la regarder démouler les muffins et les placer dans une corbeille. Normalement, il fallait attendre qu'ils refroidissent, mais je n'ai rien dit. Si certains étaient un peu écrasés, la plupart avaient une bonne tête.

Elle m'en a proposé un. Il était brûlant et s'émiettait, mais c'était bon. Je l'ai englouti.

– Quand tu auras terminé, Belly, sors les poubelles pour le recyclage avec Conrad.

Sans un mot, il a soulevé les sacs les plus lourds et m'a laissé celui qui était à moitié vide. Je l'ai suivi jusqu'aux bennes sur le trottoir devant la maison.

– C'est toi qui l'as appelée ? m'a-t-il demandé.

– Apparemment.

Je m'attendais à ce qu'il me traite de gros bébé qui se tournait vers sa maman dès que la situation lui échappait. Au lieu de quoi, il a dit :

– Merci.

– Parfois, tu me surprends, ai-je lâché en le fixant.

– Et toi, tu ne me surprends presque jamais, a-t-il rétorqué sans me regarder. Tu restes la même.

Je l'ai fusillé du regard.

– Merci beaucoup, ai-je riposté en me débarrassant de mon sac et en refermant le couvercle un peu trop sèchement.

– Non, ce que je voulais dire...

J'ai attendu. Je pense qu'il aurait poursuivi si la voiture de Jeremiah n'était pas apparue au détour de la rue. Il s'est garé puis a jailli du véhicule. Il s'est dirigé vers nous, les yeux brillants, balançant le sac en plastique contenant les courses au bout de ses doigts.

– Salut !

– Salut ! ai-je répondu sans réussir à le regarder dans les yeux.

Tout m'était revenu sous la douche : j'avais forcé Jeremiah à danser avec moi, j'avais pris la fuite sur la plage, Conrad m'avait soulevée puis lâchée dans le sable. J'étais mortifiée d'avoir agi comme ça devant eux. Puis Jeremiah m'a saisi la main et quand j'ai relevé les yeux vers lui, il m'a dit « merci » si gentiment que mon cœur s'est serré.

Nous sommes retournés à la maison. La chaîne diffusait *Message in a Bottle* du groupe Police à fond les ballons. Aussitôt mon mal de crâne est redevenu lancinant et j'ai eu envie de retourner me coucher.

– On peut baisser la musique ? ai-je demandé en me frottant les tempes.

– Non, a répondu ma mère en prenant le sac des mains de Jeremiah.

Elle en a tiré un énorme pamplemousse et l'a lancé à Conrad.

– À toi de jouer ! lui a-t-elle ordonné en indiquant le presse-agrumes.

Il appartenait à M. Fisher, c'était un gigantesque

appareil très compliqué, de ceux qu'on voit dans les émissions de téléachat.

– Pour lui ? Certainement pas ! a grogné Conrad. Je ne lui préparerai pas de jus de fruits.

– Bien sûr que si, a rétorqué ma mère avant d'ajouter à mon intention : M. Fisher vient petit-déjeuner.

En poussant un cri, je me suis jetée sur elle et j'ai enroulé mes bras autour de sa taille.

– Ce n'est qu'un petit déjeuner, Belly, ne t'emballe pas.

Trop tard pour ça. Je savais qu'elle réussirait à le faire changer d'avis. Je le savais. Jeremiah et Conrad aussi. Ils croyaient en elle, comme moi. Conrad a fini par couper le pamplemousse en deux et ma mère a hoché la tête à la façon d'un sergent instructeur.

– Jer', occupe-toi du couvert, et toi, Belly, des œufs.

J'ai cassé des œufs dans un saladier pendant que ma mère faisait frire du bacon dans la poêle en fonte de Susannah. Elle a laissé le gras pour la cuisson des œufs. L'odeur qui s'en est dégagée pendant que je les remuais sur le feu m'a donné envie de vomir. J'ai retenu ma respiration et ma mère a tenté de dissimuler un sourire en s'en apercevant.

– Ça va, Belly ?

J'ai acquiescé, les dents serrées.

– Tu projettes de reboire bientôt ? a-t-elle lancé l'air de rien.

J'ai secoué la tête de toutes mes forces.

– Non, plus jamais.

261

Lorsque M. Fisher est arrivé, une demi-heure plus tard, nous étions prêts. Il a contemplé la table avec émerveillement.

– Waouh ! C'est magnifique, Laure. Merci.

Il lui a adressé un regard chargé de sens, le genre de regard entendu qu'échangent les adultes. Ma mère a répondu d'un sourire énigmatique, à la Joconde. M. Fisher ne se doutait pas de ce qui l'attendait.

– Asseyons-nous, a-t-elle proposé.

Nous nous sommes tous installés autour de la table. Ma mère à côté de M. Fisher, Jeremiah en face de lui. Je me suis placée à côté de Conrad.

– Servez-vous ! a lancé ma mère.

J'ai observé M. Fisher qui, après avoir rempli son assiette d'œufs, les a recouverts de quatre tranches de bacon. Il adorait ça, surtout quand elles étaient préparées ainsi – tellement grillées qu'elles ressemblaient à des chips. J'ai passé mon tour sur les œufs et le bacon et me suis contentée d'un muffin. Ma mère a versé un grand verre de jus de pamplemousse à M. Fisher.

– Fraîchement pressé par ton aîné.

Il l'a accepté d'un air méfiant. Difficile de lui en vouloir : à part Susannah, personne ne lui avait jamais préparé de jus de fruits frais.

M. Fisher rebondissait rapidement. Après avoir avalé une bouchée, il a lancé :

– Merci encore de m'apporter ton appui, Laurel. J'apprécie vraiment.

Il nous a considérés tous les trois en souriant avant d'ajouter :

– Ces chenapans ne mettaient pas beaucoup de bonne volonté à écouter ce que j'avais à dire. Je suis content d'avoir un soutien.

En lui retournant son sourire, ma mère a rétorqué :

– Oh, mais je ne suis pas là pour t'appuyer, Adam. Je suis là pour les garçons de Beck.

Le sourire de M. Fisher s'est évanoui.

– Laure... a-t-il commencé en posant sa fourchette.

– Tu ne peux pas vendre cette maison, Adam. Tu le sais. Elle a trop de valeur à leurs yeux. Ce serait une erreur.

Ma mère parlait avec calme et détermination. M. Fisher a regardé Conrad et Jeremiah puis a reporté son attention sur elle.

– J'ai déjà pris ma décision, Laurel. Ne fais pas de moi le méchant de l'histoire.

Elle a inspiré avant de rétorquer :

– Ce n'est pas mon intention ; je cherche juste à t'aider.

Jeremiah, Conrad et moi sommes demeurés immobiles comme des statues en attendant la réponse de M. Fisher. Il s'efforçait de rester calme, mais son visage virait au rouge.

– J'apprécie ton aide, mais ma décision est irrévocable. Cette maison est à vendre. Et, franchement, Laurel, tu n'as pas voix au chapitre en la matière. Je suis désolé. Je sais que Suze t'a toujours donné l'impression que cette maison t'appartenait en partie, mais ce n'est pas le cas.

J'ai failli pousser un cri. J'ai vu que ma mère rougissait, elle aussi.

– Oh, mais je le sais bien. Cette maison est à Beck, à cent pour cent. Ça a toujours été le cas. C'était son endroit préféré. Voilà d'ailleurs pourquoi les garçons devraient pouvoir la garder.

M. Fisher s'est levé brusquement et a repoussé sa chaise.

– Je ne compte pas me disputer avec toi, Laurel.

– Adam, rassieds-toi.

– Non.

Les yeux de ma mère lançaient quasiment des éclairs.

– Je t'ai demandé de te rasseoir, Adam !

Il l'a observée, bouche bée, comme nous tous.

– Les enfants, sortez ! a-t-elle ajouté.

Conrad a voulu discuter, mais il s'est ravisé en découvrant l'expression déterminée de ma mère et en voyant que son père se rasseyait. Quant à moi, il me tardait de quitter la cuisine. Nous nous sommes installés sur la dernière marche de l'escalier, guettant la suite de la conversation. Nous n'avons pas eu longtemps à attendre.

– Qu'est-ce qui te prend, Laurel ? Tu pensais réellement réussir à infléchir ma décision ?

– Excuse-moi, Adam, mais va te faire voir.

Je me suis plaqué une main sur la bouche pendant que Conrad hochait la tête d'admiration, le regard brillant. Jeremiah, lui, semblait au bord des larmes. Je lui ai pris la main et je l'ai pressée. Lorsqu'il a essayé de la retirer, j'ai serré plus fort.

– Cette maison était tout pour Beck. Tu ne peux pas surmonter ton propre chagrin et voir ce qu'elle représente pour les garçons ? Ils en ont besoin. Vraiment besoin. Je refuse de croire que tu sois aussi cruel, Adam.

Il n'a rien répondu.

– Cette maison lui appartient. À elle, pas à toi. Ne me force pas à te mettre des bâtons dans les roues, Adam. Parce que je n'hésiterai pas. Je ferai tout ce qui est en mon pouvoir pour que les garçons puissent garder la maison de Beck.

– Qu'est-ce que tu feras, Laure ?

Il semblait épuisé.

– Je ferai ce qu'il faudra.

D'une voix étouffée, il a repris :

– Elle est partout ici, partout.

Il devait pleurer. J'ai presque eu de la peine pour lui. Ma mère aussi, sans doute, parce qu'elle s'est radoucie.

– Je sais. Mais écoute-moi, Adam. Tu étais un piètre mari, pourtant elle t'a aimé. Sincèrement. Elle t'a laissé revenir. J'ai tenté de la convaincre de ne pas céder, Dieu sait que j'ai essayé. Elle ne voulait rien entendre, parce que quand elle avait choisi quelqu'un, elle ne changeait pas d'avis. Et elle t'avait choisi, Adam. Prouve-moi que tu méritais son amour. Montre-moi que j'ai tort.

Il a marmonné quelque chose que je n'ai pas bien entendu, puis ma mère a repris :

– Tu vas lui rendre ce dernier hommage, d'accord ?

265

Je me suis tournée vers Conrad, qui a lâché doucement, comme s'il se parlait à lui-même :

– Laurel est incroyable.

Je n'avais jamais entendu personne parler d'elle en
ces termes, certainement pas Conrad. Je n'avais jamais
pensé qu'elle pouvait être incroyable. Pourtant elle
l'était. Particulièrement à cet instant.

– Ouais, c'est vrai. Comme Susannah.

Il m'a fixée une seconde puis s'est levé pour rejoindre
sa chambre sans attendre la suite de la conversation.
C'était inutile : ma mère avait gagné, elle avait réussi.

Plus tard, lorsque ça nous a semblé plus calme, nous
sommes redescendus, Jeremiah et moi. Ma mère et
M. Fisher buvaient une tasse de café. Il avait les yeux
rougis, et elle, le regard limpide de la victoire.

– Où est Conrad ? a-t-il demandé en nous apercevant.

Combien de fois l'avais-je entendu poser cette question ? Des centaines. Des millions.

– À l'étage, a répondu Jeremiah.

– Tu veux bien aller le chercher, Jer' ?

Il a hésité avant de consulter ma mère, qui a hoché
la tête. Il a monté les marches quatre à quatre et,
quelques minutes plus tard, il redescendait avec
Conrad. Celui-ci avait l'air circonspect.

– Je vous propose un marché, a lancé M. Fisher.

Le M. Fisher qu'on connaissait était de retour, celui
qui avait les cartes en main, le négociateur. Il adorait
passer des accords. Il le faisait sans arrêt quand nous
étions enfants. Il nous conduisait à la piste de karting

si on balayait le sable dans le garage. Ou il emmenait les garçons pêcher s'ils nettoyaient tout l'équipement au retour.

Avec lassitude, Conrad a répliqué :

– Qu'est-ce que tu veux ? Mes économies ?

Contractant la mâchoire, M. Fisher a dit :

– Non, je veux que tu sois à la fac dès demain. Je veux que tu passes tes examens. Si tu le fais, la maison est à toi. À toi et à Jeremiah.

Ce dernier a poussé un cri de victoire. Il a étreint son père virilement et celui-ci lui a tapé dans le dos.

– Où est le piège ? s'est enquis Conrad.

– Il n'y en a pas. Mais tu dois obtenir au moins des C. Je ne me contenterai pas de D ou de F.

M. Fisher s'était toujours targué de mener ses négociations avec fermeté.

– Marché conclu ?

Conrad semblait indécis. J'ai tout de suite compris ce qui clochait : il ne voulait rien devoir à son père. Même s'il avait obtenu ce qu'il souhaitait, ce pour quoi il était venu.

– Je n'ai pas révisé, a-t-il répliqué. Je pourrais très bien rater ces examens.

Il testait son père. Conrad n'avait jamais échoué. Il n'avait jamais obtenu une note au-dessous d'un B, et les B eux-mêmes restaient l'exception.

– Dans ce cas-là, l'accord tombera à l'eau. C'est à prendre ou à laisser.

267

Jeremiah l'a pressé d'accepter :

– Dis oui, mec. On t'aidera à réviser. Hein, Belly ?

Conrad s'est tourné vers moi et je me suis tournée vers ma mère.

– Je peux, maman ?

Elle a acquiescé.

– Tu peux rester, mais tu dois être à la maison demain.

– Accepte, ai-je dit à Conrad.

– D'accord, a-t-il fini par concéder.

– Tope là alors, comme un homme, a lancé M. Fisher en lui tendant la main.

À contrecœur, Conrad l'a serrée. Mon regard a croisé celui de ma mère et elle a levé les yeux au ciel. Je savais que le sexisme de M. Fisher l'horripilait. « Comme un homme. » Mais ça n'avait aucune importance : nous avions gagné.

– Merci, papa, a dit Jeremiah, merci beaucoup.

Il s'est jeté dans les bras de son père, qui l'a étreint.

– Je dois rentrer en ville... Merci d'aider Conrad, Belly, a-t-il ajouté à mon intention.

– De rien.

Je ne savais pas très bien pourquoi je répondais ainsi. Après tout, je n'avais rien fait. Ma mère avait davantage aidé Conrad en une demi-heure que moi en toute une vie.

Une fois M. Fisher parti, j'ai aidé ma mère à charger le lave-vaisselle. J'ai appuyé ma tête sur son épaule en disant :

– Merci.

– Je t'en prie.

– Tu déchires, maman.

– Surveille ton langage, a-t-elle dit alors que les coins de sa bouche s'incurvaient.

– Tu peux parler.

Pendant que nous finissions de ranger, j'ai remarqué qu'elle avait l'air triste et j'ai compris qu'elle devait penser à Susannah. J'aurais aimé savoir quels mots prononcer pour chasser cette expression, mais parfois les mots ne suffisent pas.

Nous l'avons tous trois raccompagnée à sa voiture.

– Vous la déposerez à la maison demain, les garçons ? a-t-elle demandé en posant son sac sur le siège passager.

– Compte sur nous, a répondu Jeremiah.

– Laurel... a ajouté Conrad avant de marquer une hésitation. Tu reviendras ?

Ma mère l'a considéré avec surprise. Elle était touchée par sa question.

– Vous voulez d'une vieille bonne femme comme moi dans les pattes ? Bien sûr, je reviendrai quand vous aurez envie de m'accueillir.

– Quand ?

Il paraissait si jeune et si vulnérable que j'ai eu de la peine. Ma mère devait partager mon impression, parce qu'elle lui a effleuré la joue. Ce n'était pas son genre habituellement. Mais c'était celui de Susannah.

– Avant la fin de l'été, a-t-elle répondu. Et je viendrai fermer la maison aussi.

Elle est montée dans sa voiture et nous a fait signe par la vitre baissée en reculant. Elle avait chaussé ses lunettes de soleil.

– À bientôt ! a-t-elle lancé.

Jeremiah a agité la main et Conrad a répondu :

– À bientôt !

Ma mère m'avait raconté un jour que quand Conrad était tout petit il l'appelait « ma Laura ». « Où est ma Laura ? » répétait-il en la cherchant. Elle avait ajouté qu'il la suivait partout, même aux toilettes. Il disait qu'elle était son amoureuse, qu'il lui rapporterait des petits crabes et des coquillages qu'il étalerait à ses pieds. Quand je l'avais découvert, j'avais pensé : *Qu'est-ce que je ne donnerais pas pour que Conrad Fisher m'appelle son amoureuse et m'offre des coquillages ?*

– Je ne suis pas certaine qu'il s'en souvienne, avait-elle conclu en souriant.

– Pourquoi tu ne lui poses pas la question ?

J'adorais les anecdotes sur la petite enfance de Conrad. J'adorais avoir une occasion de le taquiner, elles étaient si rares.

– Non, ça le mettrait mal à l'aise, avait-elle répondu.

– Et alors ? Ce n'est pas l'intérêt ?

– Conrad est quelqu'un de sensible. Et de très fier. Respecte ça, Belly.

À sa façon d'en parler, il était évident qu'elle compre-

270

nait Conrad. Qu'elle le comprenait mieux que moi. J'étais jalouse de ce qu'ils partageaient, tous les deux.

– Et moi, j'étais comment ? l'avais-je interrogée.

– Toi ? Tu étais mon bébé.

– Mais je me conduisais comment ?

– Tu courais après les garçons. C'était tellement mignon de te voir les suivre partout, essayer d'attirer leur attention. Ils te demandaient de danser ou de faire des tours.

– Comme un chiot ? m'étais-je exclamée en me renfrognant.

Elle avait chassé ma question d'un revers de la main.

– Oh, ça ne te dérangeait pas. Tu étais contente de participer.

Chapitre trente-sept

Jeremiah

Ce jour-là, quand Laurel a débarqué, la maison était un vrai bazar et je repassais ma chemise blanche en caleçon. J'étais en retard pour le banquet du lycée et de mauvais poil. Ma mère avait à peine lâché deux paroles dans toute la journée et même Nona ne réussissait pas à lui arracher un mot.

Je devais aller prendre Mara et elle avait horreur d'attendre. Elle serait énervée et bouderait pour me faire payer mon retard.

J'avais posé le fer une seconde pour retourner ma chemise et j'ai réussi à me brûler le bras.

– Aïe !

Laurel a choisi ce moment pour arriver. Elle m'a découvert au milieu du salon, en caleçon, mon bras brûlé pressé contre la poitrine.

– Passe-le sous l'eau froide, m'a-t-elle dit.

J'ai couru dans la cuisine et j'ai laissé mon bras plusieurs minutes sous le robinet. Quand je suis revenu dans le salon, elle avait fini de repasser ma chemise et s'attaquait au pantalon.

– Tu le portes avec un pli devant ?

– Euh... oui. Qu'est-ce que tu fabriques ici, Laurel ? On est mardi.

Elle nous rendait généralement visite le week-end, elle dormait dans la chambre d'amis.

– Je suis juste venue vérifier que tout allait bien, a-t-elle répondu en faisant glisser le fer sur le pantalon. J'avais mon après-midi libre.

– Maman dort déjà. Elle a constamment sommeil avec son nouveau traitement.

– Elle a besoin de se reposer. Et toi ? Comment vas-tu ? Tu te mets sur ton trente et un pour une raison particulière ?

Je me suis assis sur le canapé pour enfiler mes chaussettes.

– C'est le banquet du lycée.

– À quelle heure ça commence ? a-t-elle demandé en me tendant mon pantalon et ma chemise.

J'ai jeté un coup d'œil à l'horloge de parquet dans l'entrée.

– Ça a commencé il y a dix minutes, ai-je répondu en mettant mon pantalon.

– Tu ferais mieux de te dépêcher.

– Merci pour le repassage.

J'allais franchir le seuil quand ma mère m'a appelé depuis sa chambre. Je me suis retourné, mais Laurel m'a dit :

– Va à ton banquet, Jer', je m'occupe d'elle.

– Tu es sûre ?

– À cent pour cent. File !

J'ai foncé pour aller chez Mara. Elle est sortie dès qu'elle a entendu la voiture. Elle portait la robe rouge que j'aimais bien et je l'ai trouvée jolie. Ce que je m'apprêtais à lui dire quand elle a lâché :

– Tu es en retard.

Je n'ai rien rétorqué. Mara ne m'a pas adressé la parole du reste de la soirée, même lorsque nous avons décroché le prix du couple le plus mignon. Elle n'avait pas envie d'aller à la fiesta de Patan après, et moi non plus. J'avais pensé à ma mère toute la soirée, pris de remords d'être parti si longtemps.

Lorsque nous sommes arrivés devant chez elle, Mara n'est pas descendue immédiatement de la voiture, signe qu'elle voulait parler. J'ai coupé le moteur.

– Alors, qu'est-ce qu'il y a ? Tu es toujours fâchée parce que je suis arrivé à la bourre, Mar ?

Elle avait l'air malheureuse.

– Je voudrais juste savoir si on va rester ensemble. J'aimerais que tu me dises ce que tu veux faire. Et on le fera.

– Franchement, je n'ai pas vraiment la tête à ça en ce moment.

– Je sais. Je suis désolée.

– Mais si je devais dire si, d'après moi, on restera ensemble à l'automne, malgré la distance...

J'ai hésité avant de lâcher :

– Je dirais que non, sans doute.

Mara s'est mise à pleurer et je me suis senti minable. J'aurais dû mentir.

– C'est ce que je pensais, a-t-elle conclu.

Elle a déposé un baiser sur ma joue puis s'est enfuie en courant.

Voilà comment notre rupture s'est déroulée. Pour être parfaitement honnête, j'étais soulagé de ne plus avoir à me préoccuper de Mara. Dans ma tête, il n'y avait de la place que pour ma mère.

Quand je suis rentré, Laurel et elle n'étaient pas encore couchées : elles jouaient aux cartes en écoutant de la musique. Pour la première fois depuis des jours, j'ai entendu ma mère rire.

Laurel n'est pas repartie le lendemain. Elle est restée toute la semaine. À l'époque, je ne me suis pas posé de questions sur son travail ou sur ce qu'elle avait à faire chez elle. J'étais rassuré d'avoir un adulte à mes côtés.

Chapitre trente-huit

5 juillet

Nous sommes remontés à la maison, tous les trois. Le soleil me chauffait le dos et je me suis imaginé combien ce serait agréable de m'allonger sur la plage pour un après-midi de farniente, pour raviver mon bronzage. Mais il n'y avait pas de temps pour ça : il fallait aider Conrad à préparer ses examens du lendemain.

Nous avions à peine posé un pied à l'intérieur que Conrad s'est affalé sur le canapé et Jeremiah par terre.

– Je suis tellement crevé, a-t-il gémi.

Ma mère nous avait fait, m'avait fait un cadeau. Mon tour était venu de rendre la pareille.

– Debout !

Aucun des deux n'a bougé. Conrad avait les yeux fermés, je lui ai donc balancé un coussin tout en plantant mon pied dans le ventre de Jeremiah.

– On doit se mettre au boulot, bande de fainéants. Levez-vous !

– Je suis trop claqué pour réviser, a dit Conrad en soulevant une paupière. Je dois d'abord faire une petite sieste.

– Moi aussi, a ajouté Jeremiah.

Les bras croisés, je les ai toisés en lâchant :

– Je suis aussi fatiguée que vous, vous savez. Mais regardez l'horloge : il est déjà treize heures. On va devoir travailler toute la nuit et partir très tôt demain matin.

– Je travaille mieux sous pression, a répliqué Conrad en haussant les épaules.

– Mais...

– Je suis sérieux, Belly. Je ne peux pas travailler dans cet état. Laisse-moi juste dormir une heure.

Jeremiah était déjà en train de s'assoupir. J'ai soupiré : je ne faisais pas le poids face à eux deux.

– D'accord. Une heure, mais pas plus.

Je suis allée me servir un Coca dans la cuisine. J'étais tentée de m'allonger, moi aussi, mais je ne voulais pas montrer le mauvais exemple.

Pendant qu'ils se reposaient, j'ai établi un plan de bataille. J'ai sorti les bouquins de Conrad de la voiture, descendu son ordinateur portable et transformé la cuisine en salle d'étude – j'ai installé des lampes, rangé les manuels et les classeurs par matières, sorti des stylos et du papier. Ensuite, j'ai préparé du café en quantité, et même si je n'en buvais jamais je savais qu'il était bon, parce que j'en faisais pour ma mère tous les matins. Enfin, j'ai pris la voiture de Jeremiah pour aller acheter des cheeseburgers au McDonald's. Les garçons les adoraient. Ils s'amusaient à faire des concours de cheeseburgers et les empilaient comme des pancakes. Parfois ils me permettaient de participer. Un jour, j'avais même gagné ; j'en avais mangé neuf.

Je leur ai octroyé une demi-heure supplémentaire de sommeil – uniquement parce que j'en avais eu besoin pour terminer les préparatifs. Puis j'ai rempli le brumisateur de Susannah, celui dont elle se servait pour arroser les plantes les plus délicates. J'ai aspergé Conrad en premier, en plein dans les yeux.

– Eh ! s'est-il écrié, se réveillant aussitôt.

Il s'est essuyé le visage avec le bas de son tee-shirt, et je lui ai donné un dernier coup d'atomiseur, juste pour le plaisir.

– Debout là-dedans ! ai-je chantonné.

Je me suis approchée de Jeremiah pour l'asperger à son tour. Ça n'a pas perturbé son sommeil cependant. Il avait toujours été difficile à réveiller. Il aurait continué à dormir pendant un raz-de-marée. J'ai vaporisé, encore et encore, et lorsqu'il s'est retourné, j'ai carrément dévissé la bouteille et vidé son contenu sur son dos. Il a fini par ouvrir les yeux et s'étirer tout en restant au sol. Il m'a souri lentement, comme s'il était habitué aux réveils de cet acabit.

– Bonjour ! a-t-il lancé.

Il avait peut-être le sommeil lourd, mais il n'était jamais de mauvais poil une fois réveillé.

– Bon après-midi, oui ! ai-je rétorqué. Il est presque

quinze heures. Je vous ai accordé une demi-heure de rab, alors vous pouvez me remercier.

– Merci, a dit Jeremiah en me tendant la main pour que je l'aide à se relever.

Je l'ai saisie à contrecœur.

– Venez, ai-je grogné.

Ils m'ont suivie dans la cuisine.

– Qu'est-ce que... a lancé Conrad en examinant la pièce.

Jeremiah a applaudi puis brandi la paume pour que je tope.

– Tu es géniale, a-t-il dit avant de renifler et de repérer le sac en papier blanc taché de graisse. Oh, oui ! Des cheeseburgers ! Je reconnaîtrais cette odeur entre mille !

J'ai écarté sa main d'une tape.

– Pas tout de suite. Il va falloir les mériter. Conrad révise, et ensuite il aura le droit de manger.

– Et moi ? s'est renfrogné Jeremiah.

– Conrad révise, et ensuite tu auras le droit de manger.

– Un système de récompense, si je comprends bien, est intervenu Conrad, un sourcil haussé. Quels sont les autres prix ?

– Il n'y a que les cheeseburgers, ai-je répondu en rougissant.

Il m'a détaillée de la tête aux pieds, comme si j'étais une marchandise qu'il hésitait à acquérir. J'ai senti que je virais au cramoisi.

– Même je suis très tenté par cette proposition, je vais devoir décliner l'offre.

– Comment ça ? a bondi Jeremiah.

– Je travaille mieux seul, a répondu Conrad avec détachement. Je vais m'en sortir, vous pouvez y aller.

Jeremiah a secoué la tête d'un air dépité.

– C'est toujours pareil. Tu ne supportes pas de demander de l'aide. Eh bien, je n'aimerais pas être à ta place, parce qu'on ne bougera pas de là.

– Qu'est-ce que vous connaissez aux enseignements de psycho en première année de fac ? a répliqué Conrad en croisant les bras.

– On se débrouillera, a-t-il insisté en me faisant un clin d'œil. Belly, on peut manger d'abord ? J'ai besoin de ma dose de gras.

J'avais l'impression d'avoir remporté un prix. D'être invincible. J'ai cédé et plongé la main dans le sac en papier.

– Un chacun, pas plus.

Dès que Conrad a eu le dos tourné – il cherchait du Tabasco dans le placard –, Jeremiah m'a de nouveau tendu la main. J'ai topé en silence et nous avons échangé un sourire. Nous formions une bonne équipe, lui et moi, ça avait toujours été le cas. Nous avons mangé nos cheeseburgers en silence. Une fois qu'ils ont été engloutis, j'ai dit :

– Comment veux-tu procéder, Conrad ?

– Étant donné que je préférerais faire les choses à ma manière, c'est-à-dire sans vous, je te laisse décider.

Il avait de la moutarde au-dessus de la lèvre supérieure. J'avais anticipé sa réaction.

– Très bien. Tu lis, je prépare des fiches pour la psycho et Jeremiah surligne.

– Il ne sait pas surligner, s'est moqué Conrad.

– Eh ! s'est offusqué Jeremiah avant de se tourner vers moi. Il a raison, je suis nul. Je finis toujours par tout surligner. Je préparerai les fiches et tu surligneras, Bells.

J'ai ouvert un paquet de fiches cartonnées et je les lui ai tendues. Étonnamment, Conrad a obtempéré : il a sorti son manuel de psycho de la pile et s'est mis à lire. Assis devant la table de la cuisine, le front plissé par la concentration, il me rappelait l'ancien Conrad. Le Conrad qui se souciait des examens, de porter des chemises repassées et d'arriver à l'heure. Le plus drôle dans tout ça, c'est que Jeremiah n'avait jamais été un bûcheur. Il détestait ça, il se fichait des notes. Les études avaient toujours été le domaine de Conrad. Depuis le début. C'était lui qui avait la panoplie du petit chimiste et procédait à des expériences – nous nous contentions des rôles d'assistants. Je me souviens que l'année où il a découvert le mot « absurde », il ne se lassait pas de le répéter. « C'est absurde », disait-il sans arrêt. Je me rappelle aussi de « tête de nœud », son insulte favorite – il la sortait à tout bout de champ. L'été de ses dix ans, il avait décidé de s'attaquer à l'*Encyclopædia Britannica*. Lorsque nous l'avions retrouvé, l'été suivant, il en était à la lettre « Q ».

Soudain, j'ai compris. Il m'avait manqué, tout ce temps. Si l'on allait au fond des choses, voilà ce qui en ressortait : et même si, à cet instant précis, il se trouvait à quelques centimètres de moi, il me manquait plus que jamais.

Du coin de l'œil, je l'ai observé en songeant : *Reviens. Redeviens celui que j'aime, le Conrad de mon souvenir.*

Chapitre trente-neuf

5 juillet

Nous en avions terminé de la psychologie et Conrad avait mis ses écouteurs pour réviser l'anglais quand mon téléphone a sonné. C'était Taylor. Je ne savais pas si elle appelait pour s'excuser ou exiger que je lui rapporte immédiatement ses affaires. Peut-être bien un mélange des deux. J'ai éteint mon portable.

Avec tout ce qui s'était passé ici, je n'avais pas eu le temps de penser une seule fois à notre dispute. Je n'étais de retour à Cousins que depuis deux jours et, à mon habitude, j'avais déjà oublié Taylor et le reste de ma vie. Pour moi, l'important était ici. Il en avait toujours été ainsi.

Pourtant, ses paroles m'avaient blessée. Peut-être étaient-elles vraies. N'empêche, je n'étais pas sûre de pouvoir lui pardonner. Le jour commençait à décliner, lorsque Jeremiah s'est penché vers moi pour me dire à voix basse :

– Tu sais, si tu le voulais, tu pourrais partir dès ce soir en prenant ma voiture. Je la récupérerais demain, une fois que Conrad aurait passé ses exams.

– Je n'ai pas du tout l'intention de m'en aller avant demain. Je rentrerai avec vous, les gars.

– Tu es certaine ?

– Bien sûr que je suis certaine. À moins que tu ne veuilles pas que je reste ?

Je commençais à être irritée par son attitude, par ses excuses, comme si nous ne formions pas vraiment une famille.

– Mais non, au contraire.

Il semblait vouloir ajouter quelque chose. Je l'ai tapoté avec mon surligneur.

– Tu as peur de t'attirer des ennuis avec Mara ?

Je ne le taquinais qu'à moitié. Je n'arrivais toujours pas à croire qu'il ne m'ait pas parlé d'elle. Je n'aurais pas su dire pourquoi ça avait de l'importance à mes yeux, mais ça en avait. Nous étions censés être proches l'un de l'autre. Du moins, nous l'avions été. J'aurais dû savoir s'il avait une copine ou non. Depuis combien de temps avaient-ils « rompu » d'abord ? Elle n'était pas à l'enterrement, en tout cas pas à ma connaissance. Je voyais mal Jeremiah la présenter à tout le monde dans ces circonstances. Mais quel genre de fille n'accompagnait pas son copain à l'enterrement de sa mère ? Même l'ex de Conrad était venue.

Après avoir jeté un coup d'œil à son frère, Jeremiah a baissé la voix :

– Je te l'ai dit, Mara et moi, c'est terminé.

Comme je conservais le silence, il a ajouté :

– Allez, Belly, ne fais pas la tête.

– Je n'en reviens pas que tu ne m'aies pas parlé d'elle, ai-je rétorqué en surlignant un paragraphe entier sans le regarder. Je n'en reviens pas que tu en aies fait un secret.

– Il n'y avait rien à dire, je te promets.

– Ah !

Je me sentais mieux, pourtant. J'ai coulé un regard à Jeremiah et lu de l'inquiétude dans ses yeux.

– Tu me crois, Belly ?

– Mais oui. De toute façon, ça ne me regarde pas. Je m'attendais juste à ce que tu m'en parles.

Il s'est laissé aller contre le dossier de sa chaise.

– Ça n'était pas sérieux, je t'assure. Une histoire sans importance. Pas comme Conrad et...

Face à ma réaction de surprise, il s'est interrompu d'un air coupable. Pas comme Conrad et Aubrey. Il l'aimait. À une époque, il avait même été dingue d'elle. Il n'avait jamais rien éprouvé de tel pour moi. Jamais. Alors que moi, je l'avais aimé à la folie. Plus sincèrement que n'importe qui d'autre. Et je n'aimerais sans doute jamais plus personne ainsi. Ce qui, pour être honnête, était presque un soulagement.

Chapitre quarante

6 juillet

Dès mon réveil, le lendemain matin, je me suis précipitée à la fenêtre. Qui savait encore combien de fois je pourrais admirer cette vue ? Nous grandissions tous. Je serais bientôt à la fac. Mais savoir que tout cela continuerait à exister me faisait du bien, me rassurait. La maison ne disparaîtrait pas, elle.

De ma position, je n'arrivais pas à voir où le ciel se terminait et où l'océan commençait. J'avais oublié combien les matins pouvaient être brumeux ici. Je suis restée là un bon moment pour me repaître de ce spectacle jusqu'à satiété, pour essayer de capturer ce souvenir et le garder longtemps.

Puis j'ai couru tambouriner aux portes de Jeremiah et de Conrad.

– Debout ! C'est l'heure de décoller ! ai-je hurlé en dévalant l'escalier.

En entrant dans la cuisine pour me servir un verre de jus de fruits, j'ai trouvé Conrad devant la table, à la même place que lorsque j'étais montée me coucher, vers quatre heures du matin. Il était déjà habillé et prenait des notes dans un carnet.

J'ai aussitôt reculé pour quitter la pièce mais il a relevé la tête.

– Joli pyjama !

J'ai rougi.

– On part dans vingt minutes, alors sois prêt !

Je gravissais déjà les marches quand il m'a lancé :

– Je le suis.

S'il disait qu'il était prêt, il l'était. Il réussirait ses examens. Il obtiendrait même sans doute des notes excellentes. Conrad ne ratait jamais son but.

Une heure plus tard, nous étions presque sur le départ. Je me trouvais sur la véranda pour verrouiller les portes coulissantes, quand j'ai entendu Conrad demander :

– C'est parti ?

Faisant volte-face, je m'apprêtais à répondre : « Une seconde » lorsque Jeremiah a surgi de nulle part.

– En souvenir du bon vieux temps !

Oh oh.

– Hors de question, les garçons. C'est hors de question ! me suis-je écriée.

Sans me laisser le temps de réagir, Jeremiah m'a attrapée par les jambes et Conrad par les bras. Au moment de me jeter dans la piscine, Jeremiah a hurlé :

– Lancer de Belly !

En sombrant dans l'eau, j'ai pensé : *Ils ont enfin trouvé*

un terrain d'entente. Une fois remontée à la surface, j'ai rugi :

– Abrutis !

Ce qui n'a fait que redoubler leurs rires. J'ai dû rentrer pour me changer, retirer mes vêtements dégoulinants – ceux que je portais le jour de mon arrivée. Je les ai troqués contre la robe de Taylor et ses sandales compensées. Tout en me séchant les cheveux avec une serviette, je me suis fait la réflexion que je n'arrivais pas à leur en vouloir. J'avais même envie de sourire. Peut-être le dernier lancer de Belly de ma vie. Et Steven n'avait même pas été là pour y participer.

Jeremiah a suggéré qu'on prenne une seule voiture pour que Conrad puisse continuer à réviser en route. Ce dernier ne s'est même pas battu pour la place de devant : il est directement monté à l'arrière et s'est mis à parcourir ses fiches.

Comme je m'y attendais, j'ai versé une larme au moment du départ. J'étais heureuse d'avoir mes lunettes de soleil : les garçons ne pourraient pas me charrier. J'adorais cette maison, et je détestais les séparations. Parce que c'était davantage qu'une maison. Elle contenait tous les étés, toutes les sorties en mer, tous les couchers de soleil. Et Susannah.

Nous avons roulé en silence un moment, puis un morceau de Britney Spears est passé à la radio et j'ai monté le volume. Il allait sans dire que Conrad la haïssait, mais je m'en fichais. J'ai commencé à chanter avec elle, imitée par Jeremiah.

– *Oh baby baby, I shouldn't have let you go*, ai-je entonné en me dandinant vers le tableau de bord.

– *Show me how you want it to be*, a repris Jeremiah en remuant les épaules.

La chanson suivante était interprétée par Justin Timberlake, que Jeremiah imitait à la perfection. Il était tellement à l'aise dans ses baskets, tellement décomplexé. Il me donnait envie d'être pareille.

– *And tell me how they got that pretty little face on that pretty little frame, girl*, a-t-il chanté en me regardant.

J'ai placé une main sur mon cœur et fait mine de m'évanouir comme une groupie.

– *Fast fast slow, whichever way you wanna run, girl*, a-t-il poursuivi.

Je l'ai accompagné pour les chœurs :

– *This just can't be summer love...*

Sur la banquette arrière, Conrad a grommelé :

– Vous pourriez baisser la musique, s'il vous plaît ? J'essaie de réviser, vous vous rappelez ?

Je me suis retournée vers lui.

– Désolée, ça te dérange ?

Il m'a observée à travers ses yeux plissés. Sans un mot, Jeremiah a baissé le volume. Au bout d'une heure environ, il a lancé :

– Vous avez besoin d'aller aux toilettes ? Je compte m'arrêter à la prochaine station-service pour faire le plein.

– Non, mais j'ai soif, ai-je répondu.

Nous nous sommes garés sur le parking de l'aire d'autoroute et, pendant que Jeremiah remplissait le réservoir et que Conrad piquait un somme, je suis passée à la boutique. Je nous ai acheté, à Jeremiah et à moi, des granités, moitié Coca, moitié cerise – un mélange de mon invention, que je réussissais de mieux en mieux.

Quand j'ai tendu un gobelet à Jeremiah, son visage s'est illuminé.

– Oh, merci, Bells. Tu as pris quel parfum ?

– Goûte, tu verras.

Il a avalé une longue gorgée puis a hoché la tête d'un air satisfait.

– Moitié Coca, moitié cerise, ta spécialité. Délicieux.

– Eh, tu te rappelles la fois...

– Yep. Mon père nous interdit encore d'utiliser son blender.

J'ai posé les pieds sur le tableau de bord et je me suis carrée dans le fauteuil pour siroter mon granité. *Le bonheur est un granité avec une paille rose*, ai-je pensé.

– Où est le mien ? a lancé Conrad avec irritation.

– Je croyais que tu dormirais encore, et un granité se boit tout de suite, avant d'avoir fondu... du coup je ne voyais pas l'intérêt.

– Laisse-moi au moins goûter alors, a-t-il répliqué en me jetant un regard noir.

– Mais tu détestes ça !

C'était la vérité. Conrad n'aimait pas les boissons sucrées, il n'en buvait jamais.

– Peu importe, j'ai soif.

Je lui ai tendu mon gobelet et l'ai observé. Je m'attendais à ce qu'il me fasse une grimace, ou quelque chose, mais il s'est contenté d'avaler une gorgée et de me le rendre. Puis de lancer :

– Je croyais que ta spécialité c'était le chocolat chaud.

Je l'ai fixé avec incrédulité. Est-ce qu'il venait vraiment de dire ça ? Est-ce qu'il se souvenait ? À la façon dont il a soutenu mon regard, un sourcil haussé, j'ai compris que oui. Et cette fois, c'est moi qui ai détourné les yeux.

Parce que je me souvenais aussi. Je me souvenais de tout.

Chapitre quarante et un

6 juillet

Lorsque Conrad nous a quittés pour aller passer ses examens, Jeremiah et moi avons acheté des sandwichs au pain complet à la dinde et à l'avocat, que nous avons mangés sur la pelouse. J'ai fini le mien la première : j'étais vraiment affamée.

Une fois le sien terminé, Jeremiah a roulé les deux feuilles d'aluminium en boule pour les jeter dans une poubelle. Il s'est rassis à côté de moi dans l'herbe puis m'a demandé, de but en blanc :

– Pourquoi tu n'es pas venue me voir après la mort de ma mère ?

J'ai bafouillé :

– M-mais... mais si, je suis venue à l'enterrement.

– Ce n'est pas ce que je veux dire.

Il me fixait sans ciller.

– J-je... je croyais que tu n'avais pas envie de me voir.

– Non, c'est toi qui n'avais pas envie de me voir. Moi, j'avais besoin de toi.

Il avait raison. Je ne voulais pas y penser. Je ne voulais

pas m'approcher de cette maison. Mon cœur se serrait chaque fois que je songeais à Susannah, c'était trop dur. Mais à l'idée que Jeremiah avait attendu mon appel, parce qu'il avait besoin de parler à quelqu'un, mon cœur s'est serré encore plus.

– Tu as raison, ai-je dit. J'aurais dû venir.

Jeremiah avait été là pour Conrad et pour Susannah. Pour moi. Et qui avait été là pour lui ? Personne. Je voulais qu'il sache que j'étais là à présent.

Il a tourné les yeux vers le ciel.

– C'est difficile, tu sais. Parce que j'ai envie de parler d'elle. Mais je ne peux pas le faire avec Conrad ou avec mon père, et tu n'étais pas là. On l'aimait tous, et on refuse tous de parler d'elle.

– Qu'est-ce que tu voudrais dire ?

Il a penché la tête en arrière pour réfléchir.

– Qu'elle me manque. Elle me manque vraiment. Elle n'est partie que depuis deux mois, mais j'ai le sentiment que ça fait plus longtemps. En même temps, j'ai l'impression que c'est arrivé hier.

J'ai acquiescé : j'éprouvais exactement la même chose.

– Tu crois qu'elle serait fière ?

Il parlait de Conrad, de ce que nous avions fait pour l'aider.

– Ouais.

– Moi aussi, a-t-il dit. Et maintenant ? a-t-il ajouté d'un air indécis.

– Comment ça ?

– Tu comptes revenir à Cousins cet été ?

– Euh... oui. J'accompagnerai ma mère.

Il a hoché la tête.

– Tant mieux. Parce que mon père a tort, tu sais. C'est aussi ta maison. Et celle de Laurel et de Steve. Elle est à nous.

Soudain une sensation étrange m'a envahie, j'ai eu envie, j'ai eu besoin de lui caresser la joue du revers de la main. Pour qu'il sache, pour qu'il ressente exactement ce que ses paroles signifiaient pour moi. Parfois les mots étaient cruellement insuffisants, je le savais. Pourtant je devais essayer.

– Merci. Ça me touche... beaucoup.

– C'est la vérité, a-t-il répliqué en haussant les épaules.

Nous l'avons vu arriver de loin, il marchait vite. Nous nous sommes levés et avons attendu qu'il nous rejoigne.

– D'après toi, les nouvelles sont bonnes ? a demandé Jeremiah. Moi, je pense que oui.

Je partageais son avis.

Conrad s'est approché à grandes enjambées, le regard brillant.

– J'ai déchiré ! a-t-il lancé triomphalement.

C'était la première fois que je le voyais sourire, d'un sourire joyeux et insouciant, depuis la mort de Susannah. Il a topé si fort dans la main de Jeremiah que le son a résonné dans l'air. Puis Conrad m'a souri et m'a fait tourner si vite que j'ai failli trébucher. J'étais hilare.

– Tu vois ? Tu vois ? Je te l'avais bien dit !

Il m'a soulevée et jetée en travers de son épaule comme si je ne pesais pas plus qu'une plume, comme cette nuit sur la plage. J'ai ri à gorge déployée pendant qu'il courait en zigzaguant, comme sur un terrain de foot.

– Laisse-moi descendre ! me suis-je époumonée en tirant sur le bas de ma robe.

Il m'a reposée doucement.

– Merci, a-t-il dit la main toujours appuyée sur ma hanche. Merci d'être venue.

Avant que j'aie eu le temps de lui répondre « de rien », Jeremiah nous a rejoints en lançant :

– Il t'en reste encore un, Rad.

Sa voix était tendue ; j'ai lissé ma robe.

– Tu as raison, a dit Conrad en consultant sa montre. Je fonce au département de psychologie. Ça sera rapide. Je vous retrouve d'ici une heure ou deux.

En le regardant s'éloigner, un million de questions se sont bousculées sous mon crâne. J'étais prise de vertige, et pas seulement parce qu'il m'avait fait tournoyer dans les airs.

– Je vais essayer de trouver des toilettes, a sèchement lâché Jeremiah. Je te rejoins à la voiture.

Il a extrait la clé de sa poche et me l'a lancée.

– Tu veux que je t'attende ? ai-je demandé, mais il s'éloignait déjà.

– Non, vas-y, a-t-il répondu sans se retourner.

Au lieu de me rendre directement à la voiture, j'ai

fait un crochet par la boutique du campus. J'ai acheté un soda et un sweat-shirt avec le nom de la fac écrit en lettres capitales, « BROWN ». Je n'avais pas froid, mais je l'ai quand même enfilé.

Assis dans la voiture, nous écoutions la radio, Jeremiah et moi. La nuit commençait à tomber. Les vitres étaient baissées et j'entendais un oiseau chanter quelque part. Conrad serait bientôt débarrassé de son dernier examen.

– Chouette sweat-shirt au fait ! a lancé Jeremiah.

– Merci. J'ai toujours rêvé d'en avoir un de Brown.

– Je me souviens, a-t-il dit en hochant la tête.

Je me suis mise à jouer avec mon collier, l'enroulant autour de mon petit doigt.

– Je me demandais...

J'ai laissé la fin de ma phrase en suspens, dans l'espoir que Jeremiah m'encourage à poursuivre, m'interroge. Mais il ne l'a pas fait. Il est resté silencieux.

En soupirant, j'ai regardé par la vitre et repris :

– Est-ce qu'il parle parfois de moi ? Enfin, est-ce qu'il a déjà dit quelque chose ?

– Arrête !

– Arrêter quoi ?

Je me suis tournée vers lui sans comprendre.

– Tu ne peux pas me poser cette question. Tu ne peux pas m'interroger sur lui.

Jeremiah s'exprimait avec dureté et gravité : il n'avait jamais employé ce ton avec moi ni, à ma connaissance, avec personne. Les muscles de sa mâchoire étaient contractés. J'ai eu un mouvement de recul, puis me suis abandonnée contre le dossier de mon siège ; j'avais l'impression qu'il venait de me gifler.

– Qu'est-ce qui te prend ? ai-je demandé.

Il a ouvert la bouche pour répondre, pour s'excuser ou peut-être pas, puis il s'est interrompu et s'est penché vers moi tout en m'attirant vers lui. Il m'a embrassée, violemment, sa peau était rêche contre ma joue. J'ai aussitôt pensé : *Il n'a pas dû avoir le temps de se raser ce matin*, puis je me suis surprise à lui rendre son baiser, nouant mes doigts dans ses doux cheveux blonds, les yeux fermés. Il m'embrassait comme s'il était en train de se noyer et que j'étais son oxygène. C'était passionné et désespéré, ça ne ressemblait à rien de ce que j'avais connu.

Voilà ce que voulaient dire les gens quand ils racontaient que la Terre s'arrêtait de tourner. J'avais le sentiment que le monde à l'extérieur de cette voiture n'existait pas, que le temps se suspendait. Il n'y avait plus que nous.

Lorsqu'il s'est reculé, il avait les pupilles dilatées et comme floues. Il a cligné des yeux, puis s'est éclairci la gorge.

– Belly... a-t-il soufflé d'une voix rauque.

Il n'a rien ajouté, il s'est contenté de mon prénom.

– Alors tu continues à...

Avoir des sentiments. Penser à moi. Me désirer.

– Oui. Oui, je continue, a-t-il répondu de sa voix cassée.

Et nous nous sommes à nouveau embrassés.

Il a dû faire du bruit, parce que nous avons tous deux relevé la tête au même moment.

Nous nous sommes vivement écartés : Conrad était planté là, à nous observer. À quelques centimètres de la voiture. Il était livide.

– Non, ne vous arrêtez pas pour moi. C'est moi qui dérange.

Il a pivoté en tremblant et s'est éloigné. Jeremiah et moi avons échangé en silence un regard horrifié. Puis ma main a actionné la poignée de la portière et je me suis retrouvée dehors. Je n'ai pas jeté un coup d'œil en arrière.

Je lui ai couru après en l'appelant, mais Conrad ne s'est pas retourné. Quand je l'ai attrapé par le bras, il a fini par me regarder : il y avait tant de haine dans ses prunelles que j'ai eu un mouvement de recul. Et pourtant n'était-ce pas ce que j'avais, d'une certaine façon, recherché ? Le faire souffrir comme il m'avait fait souffrir ? Ou peut-être, plutôt, lui faire éprouver pour moi un sentiment autre que la pitié ou l'indifférence. Lui faire ressentir quelque chose, n'importe quoi.

– Alors, tu as un faible pour Jeremiah maintenant ?

Il voulait que son ton passe pour ironique et cruel, et il y parvenait, pourtant je percevais aussi de l'inquiétude. Comme si la réponse lui importait. Ce qui m'a rendue à la fois heureuse et triste.

– Je ne sais pas, ai-je dit. Ça te ferait quelque chose si c'était le cas ?

Il m'a dévisagée avant de se pencher vers moi pour toucher le collier autour de mon cou. Celui que j'avais caché toute la journée.

– Si tu as des sentiments pour Jeremiah, pourquoi portes-tu mon pendentif ?

Je me suis humecté les lèvres.

– Je l'ai trouvé au moment de rassembler tes affaires, au dortoir. Je n'ai pas compris ce qu'il représentait.

– Tu as très bien compris, Belly.

– Non, ai-je insisté en secouant la tête.

Pourtant j'avais compris, bien sûr. Je me souvenais du jour où il m'avait exposé le concept de l'infini. L'incommensurable, le temps s'étirant sans limites. Il avait acheté ce pendentif pour moi. Il savait ce qu'il représentait.

– Dans ce cas, rends-le-moi.

Il a tendu la main et j'ai vu qu'elle tremblait.

– Non.

– Il ne t'appartient pas. Je ne te l'ai pas donné, tu l'as pris de toi-même.

C'est à ce moment-là que j'ai compris. Enfin. Ce n'était pas l'intention qui comptait, mais sa manifestation. L'intention ne suffisait pas. Elle ne me suffisait pas, elle ne me suffisait plus. Je ne me contentais plus de savoir qu'au fond de lui il m'aimait. J'avais besoin de paroles, de preuves. Et il ne m'en donnait pas. Ou pas assez.

Je sentais bien qu'il s'attendait à ce que je discute, à ce que je proteste, à ce que je l'implore. Mais je n'ai rien fait de tel. Je me suis débattue ce qui m'a semblé une éternité avec le fermoir du collier. Ce qui n'avait rien de bien étonnant, étant donné que mes mains tremblaient également. J'ai fini par détacher la chaîne et la lui rendre.

La surprise s'est peinte sur ses traits une fraction de seconde puis, à son habitude, il s'est refermé. Peut-être que je m'étais fait des idées. Peut-être que je m'étais imaginé qu'il tenait à moi.

– Va-t'en alors, a-t-il dit en empochant le pendentif.

Comme je ne bougeais pas, il a répété, plus sèchement :

– Pars !

J'étais un arbre, les pieds enracinés dans le sol.

– Va retrouver Jeremiah. C'est lui qui veut de toi, pas moi. Moi, je n'ai jamais voulu.

D'un pas trébuchant, je me suis enfuie.

Chapitre quarante-deux

6 juillet

Je ne suis pas retournée immédiatement à la voiture. J'étais face à des choix impossibles. Comment pouvais-je affronter Jeremiah après ce qui venait d'arriver ? Après que nous avions échangé un baiser, après que je m'étais lancée aux trousses de Conrad ? Mes réflexions partaient dans un million de directions différentes. Je n'arrêtais pas de me toucher les lèvres. Puis le cou, à l'endroit où le collier s'était trouvé. J'ai erré sur le campus un moment avant de me diriger vers la voiture. Quelle autre solution avais-je ? Je n'allais pas partir sans prévenir personne. Et je n'avais pas d'autre moyen de rentrer à la maison.

Conrad avait dû parvenir aux mêmes conclusions, parce que je l'ai trouvé assis dans la voiture, sur la banquette arrière, la vitre baissée. Jeremiah était appuyé sur le capot.

– Salut, a-t-il lancé.

– Hello.

J'étais indécise. Pour la première fois, la télépathie ne

marchait pas entre nous, je n'avais pas la moindre idée de ce qu'il pensait. Son expression était indéchiffrable.

– Prête à rentrer ? a-t-il demandé en se relevant.

J'ai acquiescé et il m'a lancé la clé.

– Tu conduis.

Conrad m'a totalement ignorée pendant le trajet. Je n'existais plus à ses yeux et, malgré toutes mes résolutions, ça me donnait envie de mourir. Je n'aurais jamais dû venir. Aucun d'entre nous ne s'adressait la parole. Je les avais perdus tous les deux.

Que dirait Susannah si elle voyait la situation inextricable dans laquelle nous nous retrouvions ? Elle aurait été si déçue par mon attitude. Je n'avais servi à rien ; je n'avais fait qu'empirer les choses. Au moment où nous croyions que tout allait s'arranger, tout s'effondrait.

Je conduisais depuis ce qui me semblait une éternité quand il s'est mis à pleuvoir. Ça a débuté par des petits ploc retentissants, puis soudain des trombes d'eau sont tombées.

– Ça va ? m'a demandé Jeremiah.

– Oui, ai-je menti.

Je voyais à peine à cinquante centimètres devant moi. Les essuie-glaces allaient et venaient avec un bruissement furieux. La circulation a ralenti progressivement jusqu'à s'arrêter presque complètement. On apercevait les gyrophares de voitures de police devant.

– Il doit y avoir un accident, a dit Jeremiah.

Nous étions immobilisés dans le bouchon depuis plus d'une heure lorsqu'il a commencé à grêler. J'ai jeté un coup d'œil à Conrad dans le rétroviseur, mais son visage était impassible. Il semblait ailleurs.

– Est-ce que je sors ? ai-je demandé à Jeremiah.

– Ouais, prends la prochaine sortie et essaie de trouver une station-service, a-t-il dit en regardant l'horloge.

Il était vingt-deux heures trente.

La pluie ne s'est pas calmée. Nous avons patienté sur le parking de la station pendant des plombes. L'eau faisait du bruit en tombant, pourtant nous conservions un silence si parfait que lorsque mon estomac a protesté ils ont dû m'entendre tous les deux. J'ai toussé pour couvrir les grognements.

Jeremiah est sorti en trombe. Quand il est revenu de la boutique, ses cheveux étaient plaqués sur son crâne et dégoulinaient. Il m'a lancé un pot de beurre de cacahuètes et un paquet de crackers au fromage sans me regarder.

– Il y a un motel à quelques kilomètres, a-t-il dit en s'essuyant le front.

– Attendons que ça passe, a rétorqué Conrad.

C'était la première fois qu'il ouvrait la bouche depuis notre départ.

– Mec, l'autoroute est presque hors-service, ça ne sert à rien. Je propose qu'on dorme quelques heures et qu'on reparte demain matin.

Conrad n'a rien répondu. J'étais trop occupée à

manger des crackers pour parler. Ils étaient orange vif, salés et croustillants, je les engloutissais à la chaîne. Je ne leur en ai même pas proposé un seul.

– Que préfères-tu faire, Belly ?

Jeremiah avait un ton prudent, presque mielleux, comme si j'étais une parente éloignée. Comme si sa bouche n'avait pas été pressée contre la mienne quelques heures plus tôt. J'ai englouti le dernier cracker.

– Ça m'est égal, décide.

Lorsque nous avons atteint le motel, il était minuit. Je me suis réfugiée dans la salle de bains pour appeler ma mère. Je lui ai raconté ce qui était arrivé et elle a immédiatement dit :

– Je viens te chercher.

La moindre parcelle de mon corps voulait répondre : « Oui, s'il te plaît, viens tout de suite », mais elle avait l'air exténuée et elle avait déjà tant fait. J'ai donc répliqué :

– Non, ça ira, maman.

– Je peux venir, Belly, ce n'est pas si loin.

– Ça ira, je t'assure. On partira tôt demain matin.

– Le motel est dans un endroit sûr ? a-t-elle demandé en bâillant.

– Oui.

Je ne savais pas exactement où nous nous trouvions ni si l'endroit était sûr, mais à vue de nez il ne me semblait pas que nous courions de danger.

– Va te coucher alors, et ne traîne pas demain matin. Appelle-moi quand vous aurez repris la route.

Après avoir raccroché, je me suis appuyée contre le mur un moment. Comment en étais-je arrivée là ?

J'ai enfilé le pyjama de Taylor et mon nouveau sweat-shirt par-dessus. J'ai pris le temps de me laver les dents et de retirer mes lentilles de contact. Je me fichais que les garçons puissent attendre la salle de bains. J'avais besoin de ces instants de solitude, loin d'eux. Quand je suis ressortie, Jeremiah et Conrad étaient installés par terre, chacun d'un côté du lit, munis d'un oreiller et d'une couverture.

– Vous devriez prendre le lit, ai-je proposé sans réelle conviction. Vous êtes deux, je dormirai par terre.

Conrad s'appliquait à m'ignorer, mais Jeremiah a répondu :

– Nan, reste. Tu es la fille.

En temps normal, j'aurais discuté pour le principe – quel rapport y avait-il entre le fait d'être une fille et de dormir, ou non, par terre ? Je n'étais pas invalide ! Mais je n'ai pas discuté. J'étais trop fatiguée. Et je voulais le lit.

Je me suis glissée sous les draps, Jeremiah a réglé le réveil de son téléphone portable et éteint les lumières. Personne n'a souhaité bonne nuit ni suggéré de voir s'il y avait quelque chose de bien à la télé. J'ai essayé de trouver le sommeil, en vain. J'ai donc tenté de me rappeler à quand remontait la dernière fois que nous avions dormi tous les trois dans la même chambre. J'ai eu du mal au début, mais j'ai fini par retrouver.

Nous avions planté une tente sur la plage et je les avais suppliés sans relâche de me laisser les accompagner jusqu'à ce que ma mère les force à m'emmener. Steven, Jeremiah, Conrad et moi. Nous avions joué au Uno pendant des heures et Steven m'avait félicitée lorsque j'avais remporté la deuxième manche consécutive. Soudain, mon grand frère me manquait tellement que j'ai eu envie de pleurer. J'étais en partie persuadée que si Steven avait été là, la situation n'aurait pas dégénéré à ce point. Rien de tout cela ne serait arrivé même, parce que j'aurais encore été occupée à les poursuivre au lieu de me retrouver entre eux deux. Tout avait changé maintenant et nous ne pourrions plus jamais revenir en arrière.

Je réfléchissais à tout ça quand Jeremiah s'est mis à ronfler, ce qui m'a agacée. Il s'endormait toujours rapidement. À peine la tête posée sur l'oreiller. Ce qui venait de se passer ne troublait pas son sommeil, apparemment. Et ça n'aurait sans doute pas dû troubler le mien. J'ai roulé sur le côté pour lui tourner le dos.

J'ai entendu Conrad chuchoter, tout doucement :

– Tout à l'heure, quand j'ai dit que je n'avais jamais voulu de toi, ce n'était pas vrai.

Je me suis arrêtée de respirer. Je ne savais pas quoi dire, je ne savais même pas si j'étais censée dire quelque chose. Ce que je savais, en revanche, c'est que j'avais espéré ce moment. Ce moment précis. J'ai ouvert la bouche pour parler, mais il a répété :

– Ce n'était pas vrai.

J'ai retenu mon souffle, dans l'attente de ce qui allait suivre.

– Bonne nuit, Belly, a-t-il simplement ajouté.

Après ça, évidemment, il n'était plus possible de dormir. Mon esprit était en ébullition : que voulait-il dire ? Qu'il avait envie qu'on soit ensemble ? Lui et moi, pour de bon ? Toute ma vie, je n'avais rêvé que de ça, mais à présent je revoyais le visage de Jeremiah dans la voiture, son expression sincère, son désir. J'avais eu besoin de lui moi aussi, je l'avais désiré. L'envie avait-elle toujours été là, enfouie en moi ? À présent, pourtant, je ne savais pas s'il voulait encore de moi. Il était peut-être trop tard.

Puis il y avait Conrad. « Ce n'était pas vrai. » J'ai fermé les yeux pour me repasser en boucle ses paroles. Sa voix dans l'obscurité, qui me hantait et me faisait frissonner.

Je suis restée allongée là, respirant à peine, et j'ai pesé chacun de ces mots. Les garçons dormaient alors que tous mes sens étaient en alerte, en éveil. J'avais l'impression de vivre un rêve merveilleux et j'avais peur de m'endormir parce que, au réveil, il se serait dissipé.

Chapitre quarante-trois

7 juillet

J'étais debout avant la sonnerie du réveil de Jeremiah. J'ai pris une douche, remis les vêtements que je portais la veille et me suis lavé les dents. Quand je suis retournée dans la chambre, Jeremiah était au téléphone et Conrad pliait sa couverture. J'ai attendu qu'il me regarde. Il aurait suffi d'un regard, d'un sourire, d'une parole pour que ma décision soit prise.

Mais Conrad n'a pas relevé les yeux. Il a rangé les couvertures dans la penderie puis chaussé ses baskets. Il a même défait ses lacets pour les resserrer. Je continuais à patienter, mais il ne me regardait pas.

– Salut ! ai-je lancé.

Il a fini par tourner la tête.

– Salut, a-t-il répondu. Un pote va venir me chercher.

– Pourquoi ?

– C'est plus simple. Il m'emmènera à Cousins pour que je puisse récupérer ma voiture. Pendant ce temps-là, Jer' te raccompagnera chez toi.

– Ah...

J'étais tellement prise au dépourvu qu'il m'a fallu un moment pour comprendre à quel point j'étais déçue. Nous sommes restés là à nous observer sans un mot. Mais il s'agissait d'un silence éloquent. Dans ses yeux, nulle trace de sa déclaration de la nuit. J'ai senti quelque chose se briser en moi.

Alors voilà. Entre nous, tout était terminé. Enfin.

Je l'ai observé avec tristesse, parce que je venais de songer : *Je ne te regarderai plus jamais avec les mêmes yeux. Je ne serai plus jamais cette fille-là. La fille qui revenait en courant chaque fois que tu la repoussais, la fille qui t'aimait coûte que coûte.*

Je n'arrivais même pas à lui en vouloir, parce qu'il était comme ça. Et qu'il serait toujours comme ça. Il n'avait jamais menti à ce sujet. Il donnait puis reprenait. J'ai senti mon ventre se nouer, cette douleur familière, cette sensation de regret, de perte, que lui seul était capable de me procurer. Je ne voulais plus jamais l'éprouver. Plus jamais.

Peut-être étais-je venue pour cette raison, pour en avoir le cœur net. Pour pouvoir lui dire au revoir. Je l'ai regardé en pensant : *Si j'étais suffisamment courageuse ou suffisamment honnête, je lui livrerais le fond de ma pensée.* Ainsi, il le saurait, ainsi, je le saurais, et je ne pourrais plus jamais le retirer. Mais n'ayant ni ce courage ni cette honnêteté, je me suis contentée d'un regard. Je crois qu'il avait compris de toute façon. *Je te libère. Je te ferme mon cœur. Parce que si je ne le fais pas maintenant, je ne le ferai jamais.*

J'ai été la première à détourner les yeux.

Jeremiah a raccroché et lancé à Conrad :

– Dan est en route ?

– Ouais. Je vais l'attendre au café.

– Belly, qu'est-ce que tu veux faire ? s'est enquis Jeremiah en se tournant vers moi.

– Rentrer avec toi, ai-je répondu en plaçant mon sac sur mon épaule.

– Alors allons-y, a-t-il dit en se levant pour me prendre mon sac. On se voit à la maison ? a-t-il ajouté à l'intention de son frère.

Je me suis demandé de quelle maison il parlait, la maison de vacances ou leur maison-maison. Enfin, peu importait au fond.

– Au revoir, Conrad, ai-je dit.

Je suis sortie de la chambre, pieds nus, les chaussures de Taylor à la main. Je n'ai pas jeté un seul regard en arrière. Et aussitôt j'ai ressenti une sensation agréable, la satisfaction d'être partie la première.

Pendant que nous traversions le parking, Jeremiah a dit :

– Tu devrais peut-être remettre tes chaussures. Tu pourrais te couper.

– Elles appartiennent à Taylor, ai-je répondu en haussant les épaules, comme si ça expliquait quoi que ce soit. Elles sont trop petites, ai-je ajouté.

– Tu veux conduire ?

Après avoir pris le temps de réfléchir, j'ai répondu :

– Non, c'est bon. Prends le volant.

– Mais tu adores conduire ma voiture, a-t-il dit en la contournant pour m'ouvrir la portière.

– Je sais. Mais aujourd'hui, je préfère me laisser conduire.

– Tu veux petit-déjeuner avant ?

– Non, juste rentrer.

Bientôt nous roulions. J'ai baissé ma vitre jusqu'en bas et passé la tête dehors sans me préoccuper que mes cheveux volent dans tous les sens. Steven m'avait un jour dit que des insectes et d'autres saletés pouvaient s'emmêler dans les cheveux des filles. Je m'en fichais. J'aimais la sensation que ça me procurait. La sensation de liberté.

Jeremiah m'a observée avant de lâcher :

– Tu me rappelles notre chien, Boogie. Il adorait voyager la tête dehors.

Il utilisait encore ce ton poli. Distant.

– Tu n'as rien dit. Au sujet de ce qui est arrivé.

Je lui ai coulé un regard, j'entendais mon cœur battre dans mes oreilles.

– Qu'est-ce que tu veux dire ?

– Je ne sais pas. Beaucoup de choses.

– Belly... a-t-il commencé avant de s'interrompre et de souffler en secouant la tête.

– Quoi ? Continue.

– Non.

J'ai tendu la main vers la sienne et enlacé nos doigts.

J'avais l'impression que je n'avais rien fait d'aussi sensé depuis très longtemps. J'avais peur qu'il ne se dérobe, mais il n'a pas bougé. Nous sommes restés main dans la main tout le long de la route jusque chez moi.

Quelques années plus tard

Avant, je me représentais toujours mon avenir avec le même garçon. Dans mes rêves, mon futur était figé. Certain.

Je ne l'avais pas imaginé ainsi. Moi, en robe blanche sous une pluie battante, courant vers la voiture. Lui, me précédant pour ouvrir la portière côté passager.

– Tu es sûre ? me demande-t-il.

– Non, dis-je en montant.

Mon futur est incertain. Mais il m'appartient.

Remerciements

Ma plus sincère gratitude va à Emily van Beek, Holly McGhee et Elena Mechlin, chez Pippin, ainsi qu'à Emily Meehan et à Julia Maguire de S & S. Merci aussi à mes premières lectrices : Caroline, Lisa, Emmy, Julie et Siobhan. J'ai tant de chance de vous connaître toutes.

D'autres livres

wiz
Albin Michel

www.wiz.fr
Logo Wiz : Cédric Gatillon

Composition Nord Compo
Impression : Imprimerie Floch, août 2011
Éditions Albin Michel
22, rue Huyghens, 75014 Paris
ISBN : 978-2-226-22019-6
ISSN : 1637-0236
N° d'édition : 19007/03. – N° d'impression : 80248
Dépôt légal : juin 2011
Loi n° 49-956 du 16 juillet 1949 sur les publications destinées à la jeunesse.
Imprimé en France.